Michaela Stadelmann

Vergiss für immer

Niederrhein-Krimi

Michaela Stadelmann wuchs in Wesel am Niederrhein auf. Seit 2007 veröffentlicht sie Romane in unterschiedlichen Genres, u.a. Krimis bei Midnight Ullstein. Hauptberuflich ist die Autorin als freie Lektorin tätig. Mit ihrer Familie lebt sie in Mittelfranken.

Bibliografische Information der Deutschen Nationalbibliothek:
Die Deutsche Nationalbibliothek verzeichnet diese Publikation in der Deutschen Nationalbibliografie; detaillierte bibliografische Daten sind im Internet über dnb.dnb.de abrufbar.

TWENTYSIX - Der Self-Publishing-Verlag
Eine Kooperation zwischen der Verlagsgruppe Random House und BoD - Books on Demand
© 1. Auflage 2018 Michaela Stadelmann
Coverdesign: Esther Wagner
Fotos: Shutterstock
Herstellung und Verlag: BoD - Books on Demand, Norderstedt
ISBN: 9783740747817

Manchmal reicht es, zu vergeben.
Manchmal sollte man vergessen.
Für immer.

Prolog

Einatmen. Schritt. Ausatmen. Schritt.

Dunkel war sie, die Nacht der Nächte! Nur der brackige Geruch des Rheins begleitete Elena.

Da — ein Schrei! Zitternd blieb Elena stehen.

Einatmen. Ausatmen. Zögernder Schritt.

Sie tat es für sie, die Göttin der Dunkelheit!

Etwas rutschte unter Elenas fest geschnürtem Outdoor-Schuh weg. Sie stolperte gegen einen einzeln stehenden Baum, fing sich, keuchte erschrocken und dankbar zugleich. Hel, die Göttin der Unterwelt, hatte sie straucheln lassen, um ihr die Vergänglichkeit alles Menschlichen zu zeigen. Und Hel hatte sie aufgefangen, um ihr zu zeigen: Ich erwarte dich!

Die letzten Ausläufer des Flürener Feldes ließ Elena kurz darauf hinter sich. Nun war nur noch auf der linken Seite bis zum Altrhein Waldbestand vorhanden, der sie vor dem Oktoberwind schützte. Ein richtiger Wald war es eigentlich auch nicht, denn die Bislicher Straße zerteilte den grünen Streifen in zwei kümmerliche Reste.

Nein, dachte Elena, Wald bleibt Wald. Immerhin konnte sie sagen, dass sie mit zehn Meter Abstand zur Landstraße durch das Unterholz stapfte. Sie wünschte sich mehr Alleebäume wie an der Landstraße stadteinwärts und hätte niemals zugegeben, wie erbärmlich sie fror.

Trotz des unwirtlichen Wetters wagten sich noch andere Menschen hinaus. Elena kniff jedes Mal die Augen zu, wenn ihr ein Auto auf der Landstraße entgegenkam, damit das Fernlicht sie in der Finsternis nicht blendete. In ihrer Vorstellung kam es einer Begegnung mit einem Feuerdrachen im dunkelsten Zauberwald gleich, der sie nur deshalb nicht entdeckte, weil Hel ihre schützende Hand über sie hielt: Die Herrscherin über die Toten, Lokis mächtigste Tochter, war gnädig zu ihren Anhängern!

In der Tasche ihrer Outdoorjacke vibrierte etwas. Automatisch zog Elena ihr Handy heraus, obwohl sie sich bei allen nordischen Göttern geschworen hatte, in dieser Nacht auf alles Moderne zu verzichten. Nichts sollte ihre Vorbereitungen auf Allerheiligen stören!

Wo zum Teufel bist du?

Udo, wie immer überaus besorgt, hatte mit seiner SMS Elenas Konzentration gestört.

Bei der NABU Naturarena, schrieb sie mit klammen Fingern und tippte auf den Send-Button. Das Handy glitt zurück in die Jackentasche. Einen Moment schloss Elena die Augen. Doch so sehr sie sich auch konzentrierte, sie fand nicht mehr unter die schützende Hülle aus freudiger Erwartung und Glaube an die alten Rituale zurück. Und der sowieso schon eisige Rheinwind frischte hier, wo der Baumstreifen endete, noch mehr auf. Mit zusammengebissenen Zähnen stapfte sie weiter. Es nützte nichts, die Mütze noch tiefer ins Gesicht zu ziehen und die Arme um den Körper zu schlingen. Es war kalt wie in einer Eishölle.

Kurz darauf griff der Wind erst richtig an. Er blies so heftig, dass Elena das Gefühl hatte, nackt zwischen den Äckern zu stehen. Wie ein schrumpeliges Blatt taumelte sie immer weiter über ein brachliegendes Feld auf den Rhein zu. Ihre Füße sanken in der feuchten Erde ein. Die Unruhe in ihr wuchs, als sie darauf wartete, den Ruf der Totengöttin in sich wiederzufinden. Udo hätte sie spätestens jetzt sehr, sehr nachdenklich angeschaut und ihr eine Schlaftablette angeboten.

»Ah!«

Etwas Unförmiges hatte sich in der Dunkelheit vor ihre Outdoor-Schuhe gemogelt. Der Länge nach schlug sie hin.

»Verdammte Scheiße!«, fluchte sie in ihrer Muttersprache.

Zwanzig Meter weiter rollte etwas Großes über die Straße. Mühsam setzte sie sich auf. Das Brummen war lauter als die wütenden Wellen und kam ihr bekannt vor. Und weil der Wind gar so gemein war, rappelte sie sich mit einem Seufzer hoch, klopfte sich die feuchte Erde von den Klamotten und stapfte zu dem grauen Band aus Asphalt zurück. Scheinwerfer flammten auf. Fast glaubte sie, Udos zufriedenes Grinsen in seinem geliebten Kleinwagen ausmachen zu können.

Er stieß die Autotür von innen auf und zog sie auf den Beifahrersitz.

»Du hättest ruhig im Camp bleiben können«, sagte Elena in ihrem angenehmen Singsang. »Ich weiß, wo ich hin muss.«

»Eine Windsbraut hat mir geflüstert, dass meine Rubensfee weggeweht wird, wenn ich nicht aufpasse.« Knackend schaltete Udo die Innenbeleuchtung ein und öffnete das Handschuhfach. »Ich hab dir Tee mitgebracht.«

»Kräutertee?«, fragte Elena hoffnungsvoll.

»Hmhm«, brummte er bestätigend. »Damit du dir bei der Witterung nicht den Tod holst.« Er zog eine große Thermoskanne heraus, schraubte den Deckel ab, schenkte Tee für seine Herzdame ein. »Langsam trinken, er ist heiß.«

»Weiß ich doch«, murmelte Elena und errötete heftig. Ja, der Tee tat gut und ihr Gaumen durfte nach dem ersten Schluck ruhig brennen. Denn was mit Liebe von ihrem Herzbuben gekocht wurde, konnte ihr niemals schaden.

Udo saß stumm neben ihr und wartete. Das konnte er gut, zumal er nun Zeit hatte, sich an Elenas Erscheinung zu erfreuen. Anfangs hatte er gedacht, sie wäre nur zu ihm auf die Grav-Insel gezogen, um in Deutschland bleiben zu können. Doch es war von Anfang an echte, tiefe Liebe gewesen, das wusste er inzwischen. Und er konnte nicht anders, als sie mit all ihren Pfunden zu vergöttern, denn sie entsprach in so vielen Punkten seinen geheimen Wünschen, dass er—

»Was starrst du so?«

Ihre raue Stimme ließ ihn wohlig seufzen. »Ich werde schon meine Gründe haben.«

Daraufhin färbten sich ihre Wangen noch dunkler. »Tu das nicht immer, es macht mich verlegen.« Rasch hauchte sie ihm einen Kuss auf die Wange und schickte sich an, wieder auszusteigen.

Beunruhigt fragte Udo: »Wo willst du denn hin?«

»Weiter«, meinte sie. »Ich habe Hels Stimme wieder empfangen. Das habe ich dir doch erklärt.«

»Aber doch nicht mehr um die Uhrzeit.«

»Doch, genau jetzt!«, erwiderte sie gereizt. »Wenn die Herrscherin von Helheim dich zum Feiertag ruft, musst du ihre Ankunft vorbereiten, sonst nimmt es ein böses Ende mit—«

»Ja ja ja«, unterbrach Udo sie nachsichtig. »Ich fahre dich.«

»Nein!«

»Doch. Wenn du weiter durch die Kälte läufst, holst du dir am Ende noch den Tod.« Er beugte sich über sie und zog die Beifahrertür wieder zu. »Und dann wäre ich ausgesprochen sauer auf Hel und ihren Totenzirkus.«

»Sprich nicht so über sie«, bat Elena. »Du weißt doch, dass ich das nicht mag.«

»Und du weißt, dass ich nicht an den Hokuspokus glaube.« Sein Lächeln wurde dünner. Ihr Glaube an alles, was der Mensch »zwischen Himmel und Erde nicht sehen kann«, nervte ihn heute. Ein wenig. Sehr. »Also, wo lang?«

Damit hatte er ihren Willen gebrochen, ganz allein den Ort aufzuspüren, an den Hel sie rief. Ein Blick auf die Uhr im Armaturenbrett verriet, dass sie bereits länger als die geplante halbe Stunde durch die Kälte gestolpert war. Das sollte als Opfer reichen, oder? »Geradeaus«, seufzte sie und schnallte sich an. »Wir müssen zum Wasser. Aber fahr langsam.«

Auf seiner ersten Geistertour mit ihr hatte Udo lernen müssen, dass Zeit für sie keine Rolle spielte. Es sei durchaus üblich, für eine Strecke von hundert Metern zehn Minuten zu brauchen, hatte Elena ihm erklärt. Dass sie jetzt eingewilligt hatte, mit ihm weiterzufahren, war schon ein großer Fortschritt! Oder ihr war wirklich kalt.

»Links«, sagte sie, als die Bislicher Straße eine Kurve nach rechts beschrieb. Gehorsam setzte Udo den Blinker und fuhr in den Marwick, eine schmale Straße, die an einem Kolk, dem Droste Woy, vorbeiführte. Unwillkürlich wurde er noch langsamer und bremste.

»Was machst du? Fahr weiter«, drängte sie ihn.

»Aber da ist jede Menge Wasser«, verteidigte Udo sich, »der Kolk und der Altrhein und gleich daneben die Teiche vom—«

»Gut, danke, aber ich suche ein anderes Wasser«, unterbrach Elena ihn geduldig. »Ein dunkleres. Also fahr.«

»Es ist doch überall gleich dunkel«, murmelte Udo beleidigt.

Elena zeigte sich milde: »Ich meine nicht die Nacht, du Dummerchen. Ich meine die Seele des Ortes. Die Atmosphäre.« Sie lächelte. »Und jetzt sei still. Ich muss mich konzentrieren.«

Kurz vor dem Rhein machte die Straße einen Knick zur Anlegestelle der Fähre hin. Udo spähte in die Dunkelheit. Hier wäre auch eine schöne Ecke zum Wohnen gewesen. Aber er war ja schon Dauer-Camper auf der Grav-Insel, und gegen die kam keine noch so schöne Ecke der Welt an. Sie zockelten am Café Fährhaus vorbei, wo um diese Uhrzeit alles dunkel war. Weder Halloween-Party noch Disco liefen heute.

»Vorne rechts«, kommandierte Elena.

»Links geht's zum Wasser runter«, meinte Udo vorsichtig. »Da ist es auch dunkel.«

»Aber das Wasser vom alten schmutzigen Rhein will ich auch nicht, mein Schätzchen«, gurrte Elena belustigt. »Glaub mir, ich suche ein anderes.«

Wahrscheinlich wäre Udo schneller gewesen, wenn er den Wagen beim Abbiegen um die Ecke getragen hätte. Er schaltete in den zweiten Gang und schmatzte leise. »Ich hab Durst. Wir könnten bei Gertsens vorbeischauen. Die wohnen einen Steinwurf von hier in so 'nem Gässchen. Auf der Laak oder so.«

»Mit denen will ich nichts zu tun haben!«, rief Elena empört. »Dort bekommt man nur Wasser mit Edelsteinen drin. Wer so was macht, ist nicht ganz gesund im Kopf!« Sie ließ ihren Zeigefinger an der Schläfe kreisen. »Verrückte Deutsche!«

Still schmunzelte Udo in sich hinein und hielt konsequent eine Geschwindigkeit zwischen zehn und fünfzehn Stundenkilometern. Nach einer Weile bog er auf Elenas Geheiß links ab auf den Damm.

»Gib ein wenig Gas«, bat sie. »Sonst kommen wir nie an.«

Frauen, dachte Udo. Den Seufzer verkniff er sich lieber. »Hier geht es übrigens nach Vissel.«

»Ich weiß.« Elenas Stimme klang schläfrig. »Ich weiß ...«

»Ist das nicht zu weit?«

Elenas Augen klappten auf wie bei einer Puppe. »Wieso zu weit?«

»Hätte ja sein können.« Udo unterdrückte ein Gähnen.

Erleichtert sank Elena zurück in den Beifahrersitz. »Nein, Bärchen, das ist nicht zu weit. Ich glaube ...«

Ihre träge Stimme brach ab und wurde zu dem zarten Schnarchen, das Udo seit knapp einem Jahr in den Schlaf wiegte. Unwillkürlich entspannte auch er sich. Das Licht der Scheinwerfer schob sich schwerfällig über den gelblich-grauen Asphalt, ohne dass er etwas tun musste. Warm war es im Auto, merkte Udo, und Elenas Duft intensiver als sonst. Sie schwitzte im Schlaf. Himmlisch. Udo war glücklich.

So viel Glück konnte der Rhein nicht zulassen. Er schickte seinen Verbündeten, den Wind, ein weiteres Mal ins Rennen. Unbarmherzig nahm er am Ufer Anlauf, um den Wagen ordentlich durchzurütteln.

Udo zuckte hoch. Was war das?

Einen Herzschlag hatte er Zeit, dann stürzte ein Schatten auf die schnurgerade Landstraße. Er hielt direkt auf den Wagen zu. Kein Trugbild, ein Gefährt auf Kollisionskurs, die Scheinwerfer dunkel, das begriff Udo noch, aber er reagierte zu langsam, um das Lenkrad herumzureißen.

Elena grunzte im Schlaf, als ginge sie das alles nichts an.

Alles wurde plötzlich sinnlos.

»Hey!«, brüllte Udo trotzdem. Er war noch nicht bereit für den Tod und drosch auf die Hupe. Die Stille explodierte in infernalischem Kreischen.

Kurz vor seinem Wagen scherte der Schatten auf die andere Seite aus, knirschend protestierte das Fahrerfenster unter dem Aufprall des Gegenwindes, dann war die Straße wieder leer. Nicht mal gestreift hatte das Geisterfahrzeug sie.

»Haaaalt!«, kreischte Elena so plötzlich, dass Udo den Van beinahe doch noch in den Straßengraben gesetzt hätte. Schlingernd kamen sie zum Stehen.

»Bist du bescheuert?«, schimpfte Udo und riss an der Handbremse. »Was brüllst du hier so rum?«

»Bin ich bescheuert oder du?«, schrie Elena ihn an. »Was rast du so wie ein Idiot? Fast wären wir vorbeigefahren!« Mit fliegenden Fingern schnallte sie sich ab, sprang aus dem Van und rannte davon. Sie hatte gar nicht mitbekommen, dass irgend so ein Landstraßenvandale sie gerade fast auf die Hörner genommen hatte.

»Elena!« Schweiß lief Udo aus den Haaren über die Stirn. Dann setzte das Zittern ein. Das war knapp! Und wo verdammt noch mal war Elena hin? Er konnte kaum den Zündschlüssel umdrehen, so heftig schüttelte es ihn. Trotzdem schaffte er es sogar, auszusteigen und ein paar Schritte zu laufen.

Etwas klingelte. Sein Handy. In der Hosentasche. Minuten schienen zu vergehen, bis er es herauszog und das Gespräch annahm. »Ja?«

»Wo bist du?«, schrie Elena. »Ich brauche dich hier!«

Ihre Stimme beruhigte ihn. Nach und nach verebbte der Aufruhr in seinen Gedanken. Elena lebte. Er lebte. Das riesige Areal, um das er gerade herumlief, war sogar beleuchtet. »Ich bin an der Einfahrt zum Sandwerk. Auf der Straße. Hier ist hell, du kannst es gar nicht verfehlen. Komm zurück.« Er flüsterte fast.

»Was soll ich beim Sandwerk? Komm du her!«

»Aber …«

»Ich hatte recht! Hel hat mich gerufen!« Ihre Stimme vibrierte gefährlich. »Udo, ich brauche dich! Bitte komm zu mir!«

Ja, verdorri noch mal, dachte Udo, wie soll ich sie denn finden? Nur das Sandwerk wurde angestrahlt, der Rest der Auen lag so finster da wie vor der Entdeckung des Stroms!

Elena schien seine Gedanken über die Entfernung zu erahnen. »Verlass dich auf deinen Instinkt«, sagte sie mit fester Stimme. »Dann findest du mich.« Sie unterbrach die Verbindung.

Udo hatte keine Lust mehr auf ihre Esoterik-Spielchen. Er wollte zurück in seinen Camper und endlich schlafen. Aber nicht ohne Elena.

Seufzend steckte er das Handy weg, kontrollierte mit der Fernbedienung, ob er den Van abgesperrt hatte, und ging los. Hinein in die Dunkelheit. Um die Göttin des Totenreichs zu empfangen.

Ha ha.

»Elena?«

»Hier!«

Ihre Stimme klang schon näher. Mit ihr kam eine Windböe vom Rhein herauf und fegte Udo beinahe die letzten Haare vom Kopf.

»Wo ist hier?« Bestürzt hörte er Elena schluchzen. »Bist du verletzt?«

Plötzlich schlug im Dorf die Kirchturmuhr. Unwillkürlich zählte Udo mit. Eins — zwei — drei — die vier Schläge der vollen Stunde. Er konnte nicht verhindern, dass sich seine Schritte dem Rhythmus der Schläge anpassten. Die Welt glitt an ihm vorbei: Das beleuchtete Sandwerk war nur noch ein weit entferntes Funkeln. Unsicher tastete er sich weiter in die Richtung vor, in der er Elena vermutete, weg von der Straße, weg von seinem Wagen. Der Boden wurde weicher. Bei jedem Schritt sank er ein wenig ein. Hin und wieder schmatzte die Erde wie ein nasser Schwamm.

Und noch mal: eins. Zwei. Drei. Vier Schritte. Eine Baumreihe zerteilte das Land in Brache und schlammiges Flussufer. Wenn er es nicht besser gewusst hätte, hätte er gesagt, dass er mit vier Schritten einen Kilometer zurücklegte.

»Udo!«, rief Elena verzweifelt.

Irgendwas stimmt doch da nicht.

Beim siebten Schlag tauchte eine Wand auf, die bis zum Himmel reichte, und noch mehr Bäume. Dort, wo der Rhein sich wie ein Geschwür in die Aue hineingefressen hatte, bildeten sie einen dichten Ring, wusste Udo.

»Elena?«

»Ich bin hier drin!«

Das klang gar nicht mehr gut.

Neun, zehn Schläge, zählte Udo und ließ die Grenze des Baumrings hinter sich. Hier gab es nichts mehr außer Dunkelheit und darüber den finsteren Himmel ohne Sterne.

»Elena, ich ...«

Elf. Zwölf. Mitternacht.

Plötzlich wurde Udo ganz ruhig. Na ja, dachte er sich, wenn ich hier tatsächlich nur deshalb stehe, weil die Göttin der Toten nach mir gerufen hat, dann brauche ich mich jetzt auch nicht mehr aufzuregen. Vielleicht bin ich ja auch schon tot und hab es nur noch nicht bemerkt.

Die Schatten wichen zurück. Eine Lichtung tat sich auf, darauf eine einzelne Kopfweide. Obwohl es zu dunkel für Details war, sah Udo, dass Elena auch hier war. Sie schmiegte sich an den Stamm des einsamen Baumes, als müsste sie ihn trösten. Vergessen waren Angst, Erschöpfung und Dunkelheit. Das hatte sie also gemeint, als sie davon sprach, Hel zu empfangen.

»Hätten wir das nicht auch morgen machen können?«, fragte Udo. »Bäume umarmen im Dunkeln ist echt'n bissken bekloppt.«

»Sei vorsichtig«, flüsterte Elena erschöpft. Ihr Schatten löste sich von der Weide. »Hast du ein Taschentuch?« Mit verstopfter Nase sprach sie weiter: »Danke, Hel, die du bist die Göttin der Toten, dass du uns ein Zeichen gegeben hast.«

Langsam kam Udo näher. Allmählich wurde ihm die ganze Sache zu bekloppt. Er wollte Elena fürsorglich den Arm um die Schultern legen und sie von hier wegbringen, damit sie den Kopf wieder frei bekam. Und vorher einen Blick auf den Baum riskieren, damit er auf dem Campingplatz etwas zu erzählen hat, wenn es wieder hell war.

»Da. In dem Hohlraum«, flüsterte Elena erstickt. »Siehst du? Das war Hel.«

Ein Schauer lief über Udos Rücken. Tapfer schluckte er den Kloß hinunter, der sich in seinem Hals gebildet hatte, und steckte den Kopf tief in den Spalt des Stammes. Erst jetzt nahm er den süßlichen Geruch wahr, das Schaben und Kratzen der Natur in Form von Käfern, Fliegen und Würmern, die hier ihr Werk zu jeder Tages- und Nachtzeit verrichteten. Das Abbeißen, Kauen und Schlucken der Insekten, die lebten, um alles Leben dem Humuskreislauf zuzuführen.

Sie waren nicht allein.

Der Tote schien zu lächeln, als wollte er sagen: Da seid ihr ja endlich.

*

Im Scheinwerferlicht sahen die Regentropfen aus wie dramatisch zur Erde segelnde Sternschnuppen, oder wie Pfeile. Aufgrund des Eintrittswinkels von schräg oben hätten sie, wären die Regentropfenpfeile mit geschliffenen Spitzen präpariert gewesen, Halsschlagadern und Herzen aller Anwesenden mit einem Streich durchbohren können. Zurückgeblieben wäre lediglich ein bisschen Feuchtigkeit, die schneller verdunstete, als die nächste Polizeistaffel vor Ort war.

»Regen als perfekte Waffe für das perfekte Verbrechen.« Müde rieb Claaßen sich die Augen. Aber dieser Täter hatte seinem Opfer natürlich ganz profan den Schädel eingeschlagen. Typisch und stillos.

»Was haben Sie gesagt, Chef?«

Langsam drehte Claaßen sich zu Frank Dresel von der Schutzpolizei um. Der konnte Nieselregen noch weniger leiden als Claaßen und hatte sich wie sein Chef unters Schutzzelt verzogen. »Ich habe gefragt, ob die Zeugen vernehmungsfähig sind.« Auf der Zeltplane kicherten Regentropfen.

»Soll ich die Sanis fragen?«, fragte Frank.

»Nein, Sie sollen es herauskriegen und mir dann … Ach, ich mach schon.« Vicky hätte ihn sofort verstanden und wäre losgegangen, ohne nachzufragen. Aber nicht, weil sie eine bessere Polizistin war als Frank, sondern weil sie immer einen Tick vorausdachte, um besser zu sein als ihr aktueller Chef Dietmar Claaßen. Sie sondierte die Lage vor allen anderen, um vorbereitet zu sein. Das war Vicky Steinhauers ganz persönlicher Kontrollwahn, der sie keinen Deut weiterbrachte.

Missmutig stapfte Claaßen durch den Herbstregen zum Rettungswagen. Das Fahrzeug konnte nicht zum Fundort in der Schonung fahren, weil es im aufgeweichten Feldboden einsank und womöglich Spuren vernichtete. Dafür lief der Regen schon nach der kurzen Strecke in Claaßens Kragen. Genau wie bei

Schimanski. Schön heldenmäßig, aber saukalt. Da wurde später mindestens ein Erkältungsbad fällig.«

Auf Claaßens Klopfen hin öffnete sich eine der beiden hinteren Türen. Ein Gesicht mit kurz getrimmtem Vollbart erschien.

»Kann ich schon ein paar Worte mit den Zeugen wechseln?« Claaßen deutete auf das helle, warme Innere des Rettungswagens.

Der Spalt verbreiterte sich, bis der ganze Sanitäter zu sehen war. »Wenn Sie mir sagen, wer Sie sind.«

Wortlos zupfte Claaßen seinen Ausweis aus der Jacke. Der Sanitäter nickte. »Rein in die gute Stube.« Bevor er die Tür hinter Claaßen zuknallte, warf er einen prüfenden Blick in die Dunkelheit.

»Alles in Ordnung?« Claaßen unterdrückte das heftige Bedürfnis, die Jacke auszuziehen und den Regen auszuschütteln. Erstens hätte ihm die Notärztin, die sich um die patschnassen Zeugen kümmerte, was gehustet. Zweitens war es hier drin so geräumig wie in einer Sardinenbüchse. Jede weitläufige Bewegung räumte Gerätschaften im Wert von mehreren zehntausend Euro ab.

»Draußen ist jemand von der Tageszeitung rumgeschlichen. Wollte unbedingt ein Interview. Der ist erst verschwunden, als ich ihm Prügel angedroht habe.« Krachend zog der Sanitäter den Türflügel ins Schloss.

Claaßen schmunzelte. »Dafür wird Sie der Journalist hoffentlich nicht rechtlich belangen.«

»Dazu muss er erst mal beweisen können, dass ich es getan habe.« Das Grinsen des Sanitäters wirkte um diese Uhrzeit schon ein wenig angestrengt. »Notfalls halte ich dagegen, dass er uns bei der Ausübung unserer Tätigkeit gehindert hat.«

»Hat er das denn?«

Die Notärztin nickte. »Brüllen und an die Tür klopfen finde ich extrem störend bei der Untersuchung einer Verletzten. Sie nicht?«

Es wurde Zeit, sich mit den Zeugen zu befassen, die mit gesenkten Köpfen nebeneinander auf der Liege saßen und etwas schlürften, das nach Kamillentee roch. Ekelhaftes Zeug, fand Claaßen.

»Und Sie sind Frau und Herr …?«

»Elena und Udo Gödecke«, stellte Udo sie beide vor.

Claaßen hielt ihn für um die sechzig. Er ging wahrscheinlich regelmäßig ins Sonnenstudio und fuhr Fahrrad oder joggte. »Und Sie sind hier, weil …?« Den Trick mit den unbeendeten Sätzen hatte Claaßen bereits in der Ausbildung verinnerlicht. Wirkte bei hypernervösen oder verschlossenen Typen und Pärchen, die zusammen zu seltsamen Orten pilgerten.

Umständlich zog Elena die Wolldecke fester um die kräftigen Schultern und nickte Claaßen ernst zu. »Ich hatte das Gefühl, herkommen zu müssen. Mein Mann hat mich begleitet.« Ihre Stimme klang so rein, wie Claaßen es sich bei einem Mensch gewordenen Schneewittchen vorstellte, das zu lang in einer Konditorei gearbeitet hatte. Dazu passten auch ihr osteuropäischer Akzent und die nassen, schwarzblauen Löckchen, die sich widerspenstig in alle Richtungen ringelten. Das fast perfekte Bild der unbefleckten Schönen. Niedlich. Nur in den Mundwinkeln war ihr dunkelroter Lippenstift verschmiert.

»So, so, Sie hatten also ein Gefühl.«

Elena nickte nachdenklich. »Ein Bauchgefühl, ja.«

»Bauchgefühle klingen ungesund und gehören in die Arztpraxis, aber nicht in eine polizeiliche Ermittlung.« Schon so oft hatte Claaßen den Rat bekommen, seine blöden Sprüche hinunterzuschlucken, aber er brachte es nicht fertig. Dummes Zeug gehörte einfach kommentiert. »Und warum sind Sie wirklich hier?«

Energisch stellte Udo Gödecke seinen Plastikbecher auf die Liege. »Meine Frau ist sehr naturverbunden. Da unternehmen wir öfter mal Ausflüge.«

»Auch mitten in der Nacht?«, hakte Claaßen nach.

»Dann hat man seine Ruhe vor den ganzen Idioten, die nur blöd in der Gegend rumstehen.«

»Die sieht man nachts auch nicht so gut?«, witzelte Claaßen.

Mit einem verärgerten »Ach was!« richtete Elena sich plötzlich auf. »Ich bin Geistheilerin. Nachts ist die Zeit der Geister. Also bin ich auch nachts draußen!«

»Bitte, wie meinen?«, entfuhr es Claaßen.

»Morgen ist Allerheiligen«, fuhr Elena eindringlich fort. »Ich wollte diverse Vorbereitungen treffen, um Hel zu huldigen.«

Verwirrt schaute Claaßen Udo an. »Was soll das sein? Ihr Hausgeist?«

Röte schoss Elena ins Gesicht. »Das ist die Herrscherin der Unterwelt. Sie ruft die Seelen der Verstorbenen zu sich ins Reich des Todes.«

Hinter Udo erlitt die Notärztin einen Hustenanfall.

»Diesen Feiertag haben schon die Wikinger begangen.« Fest blickte Elena Kommissar Claaßen in die Augen.

»Die Wikinger gibt's nicht mehr«, stellte er trocken fest. »Sind alle schon in Walhalla.«

»Das Jenseits mag es nicht, wenn man sich darüber lustig macht«, wies Elena ihn zurecht.

»Das Jenseits ist nicht hier und ich mache auch nur meine Arbeit«, bügelte Claaßen sie ab. »Also jetzt bitte mal ernst bleiben: Was wollten Sie hier?«

Udo räusperte sich umständlich. »Ich weiß, Sie finden es merkwürdig, aber meine Frau meint das ganz ernst. Sie hat so eine Ader. Sonst hätte sie den Toten nicht entdeckt. Ich finde, der war noch zu jung zum Sterben.«

»Das finde ich aber auch«, stimmte Claaßen ihm zu. »Sie kannten den nicht zufällig?«

Kopfschütteln.

»Und Sie wissen natürlich auch nicht, wie er hergekommen sein könnte.«

»Genauso ist es, Herr Kommissar«, murmelte Elena. »Ich habe ihn gefunden, weil ich ihn finden sollte. Mehr kann ich Ihnen leider nicht sagen.«

Die Ärztin warf dem Sanitäter einen vielsagenden Blick zu.

Claaßen schnaubte ein paar Male, als müsste er sich erst überlegen, ob er die Aussage für bare Münze nahm, bevor er sein Notizbuch herausholte und bedächtig alles notierte. »Sie behaupten also, Sie wussten, dass eine Leiche in genau diesem Weidenbaum in dieser Schonung von insgesamt drei liegt. Und der junge Mann hat quasi nach seinem Ableben auf Sie wartet.« Er nahm den Stift vom Papier und musterte Elena eingehend. »Waren Sie denn vorher schon mal hier? Also nachts, in Ihrer Kernarbeitszeit?«

Verlegen schlug sie die Augen nieder. »In Gedanken bin ich diesen Weg tatsächlich schon gegangen.«

»Haben Sie Drogen genommen?« Claaßens Stimme hatte jeden freundlichen Klang verloren.

»Herr Wachtmeister, ich verlange, dass wir unseren Anwalt anrufen dürfen!« Udo sprang so heftig von der Liege, dass der ganze Rettungswagen wackelte. Seine dunklen Augen blitzten. »Sie spekulieren bloß wild herum und verdächtigen meine Frau und mich, den armen Kerl da draußen getötet zu haben. Warum? Sehen wir etwa aus wie Verbrecher?!«

Die Attacke versetzte Claaßen in Erstaunen. »Ich versuche nur zu verstehen, was passiert ist, Herr Gödecke. Also noch mal, haben Sie beide Drogen genommen?«

»Also, wirklich nicht!«

»Können Sie das irgendwie nachweisen?«, wandte er sich an die Notärztin. »Mit einem Schnelltest oder so?«

Sie holte Luft für eine Erklärung, aber das dauerte Claaßen schon zu lang. »Machen wir's kurz, ich habe heute Nacht noch ein Date mit einer Leiche. Haben Sie den Eindruck, dass Herr und Frau Gödecke Drogen genommen haben könnten?«

»Nein!«, rief die Notärztin, als sie endlich zu Wort kam. »Bei der Untersuchung zur Erstversorgung haben wir keine Hinweise auf Drogenkonsum gefunden!«

Stille. Nur der Regen trommelte aufs Fahrzeugdach.

»Alle Reflexe normal?«, hakte Claaßen vorsichtig nach. »Pupillen und so?«

»Wenn ich es Ihnen doch sage!« Jetzt wurde die Notärztin laut. »Außerdem geht Sie das erst mal nichts an, ja? Das hier sind ja wohl nicht die Tatverdächtigen, sondern derzeit nur Zeugen!«

Ups, da kennt sich jemand aus, dachte Claaßen. Wobei: Schimanski hätte es aus ihr herausbekommen, ein stechender Blick hätte gereicht. Mit einem Ruck wandte er sich wieder Udo und Elena zu. Einmal mehr wackelte der Rettungswagen. »Dann jetzt bitte mal Klartext ohne Gedankenwanderungen und vor allem ohne Bauchgefühle: Haben Sie was mit dem Tod des jungen Mannes zu tun?«

»Nein«, antworteten Elena und Udo wie aus einem Munde.

»Gut! Dann brauche ich noch Ihre Daten und Ihre Unterschrift auf dem Protokoll, das morgen eine Kollegin in der Dienststelle aufnehmen wird.«

»Warum das?«, fragte Udo.

»Damit wir Ihre Aussage haben, wenn es zur Verhandlung kommt.«

»Und wir kommen nicht ins Gefängnis?« Elenas Stimme kratzte vor Aufregung etwas.

»Wenn Sie unschuldig sind, nicht.«

Damit schien auch Udo besänftigt. »Am Ende liegt der Junge dort im Baum, weil er zur falschen Zeit am falschen Ort war«, meinte er nachdenklich.

»Das Opfer ist bei einem Mord meist zur falschen Zeit am falschen Ort. Liegt in der Natur der Sache, Herr Gödecke.« Claaßen schob sich am Sanitäter vorbei und öffnete die hintere Tür. »Frank!«

Hinter ihm nahm Udo Elenas Hand und drückte sie vorsichtig. »Es wird alles gut, Schatz.«

»Hoffentlich«, seufzte sie. »Dass aber auch niemand damit umgehen kann, dass die Herrscherin der Unterwelt …« Sie verstummte, als sie den Blick des Sanitäters auffing.

»Frank, notieren Sie bitte mal die Personalien. Danach können die Gödeckes nach Hause. Sie gehen dann rüber zu dem Privathaus neben dem Werk und fragen, ob dort jemand was gesehen hat, ja?«

Mit einem Satz sprang Claaßen in den Regen hinaus, vorbei an dem säuerlich dreinblickenden Frank Dresel, ohne Udo und Elena noch einmal anzuschauen, und stakste hinüber zum Schutzzelt. Dass er beim Aufkommen mit dem Fuß umgeknickt war, hatte hoffentlich niemand bemerkt.

*

Dienst am Tag vor Allerheiligen fand Vicky immer noch besser, als nachmittags die Verwandtschaft abzuklappern und Schnäpse mit Tante Lieschen und Onkel Hubert zu kippen. Und anschließend wurde einträchtig über tote Leute schwadroniert, die sie als Nachzüglerin nicht mal gekannt hatte. Damit vermied sie schon seit Jahren Familienzusammenkünfte an den Gräbern der lieben Verblichenen. Die Toten waren tot und fertig.

Als sie deshalb relativ entspannt an ihren Schreibtisch im Großraumbüro trat, wartete schon ein Zettel mit krakeliger Schrift auf sie: Kopfweide Bislich-Vahnum — Vermisstendatei durchgehen — Protokoll Ehepaar Gödecke im Laufe des Tages — Zahnstand nach Abdruck der Rechtsmedizin abfragen.

»Wo ist denn Frank Dresel?«, fragte sie in den Raum hinein. »Hat der heute nicht auch Frühschicht?«

»Nein, Nachtschicht. Der ist noch mit Claaßen unterwegs«, antwortete die Kollegin, deren Schicht auch um sechs Uhr am Morgen begann und mit der sie sich den Schreibtisch teilte. »Frank hat angerufen und gesagt, dass du schon mal anfangen kannst. Ich hab dir einen Zettel hingelegt.«

Ein halbes Jahr hatte nicht gereicht, um mit Frank Dresel eine gemeinsame Arbeitsroutine zu entwickeln. Seine Notizen waren nichtssagend wie dieser Zettel, seine Laune war meist eher schlecht. Und auch sonst war Vicky froh, wenn sie ihn nicht sah. Sie deutete auf den Zettel. »Dann ist das hier von Frank?«

Die Kollegin war damit ausgelastet zu nicken, ohne ihren Kaffee auf ihre Uniform zu kippen. Für sie war die Frühschicht heute definitiv zu früh. »Ja. Soll er dir von Claaßen ausrichten. Hat er mir am Telefon diktiert.«

»Und was meint er damit?«

»Hat er nicht gesagt.«

»Na prima«, murmelte Vicky.

Ein paar Minuten später rauschte Claaßen mit Frank im Schlepptau herein, beide klitschnass, müde und abgespannt.

»Hallo, Frau Steinhauer, gibt's schon Ergebnisse?«

»Guten Morgen.« Vorwurfsvoll hielt sie den Zettel hoch. »Ich habe nicht mal ansatzweise genug Infos, um loslegen zu können. Was ist denn überhaupt passiert?«

Claaßen musterte Frank, als müsste er überlegen, wer er war. »Bisschen vage geblieben, was?«

Frank zuckte nur mit den Schultern.

Nach einem abschätzigen Schnauben fasste Claaßen den Fund in der Rheinaue Bislich-Vahnum zusammen: große, männliche Leiche in der Aushöhlung einer zerbrochenen Kopfweide, geschätztes Alter 20 bis 25, Liegezeit etwa ein halber Tag, Quetschungen an Hals, Brustkorb und Extremitäten, Brüche an der Wirbelsäule, wahrscheinlich durch einen heftigen Aufprall verursacht, Schädelknochen am Hinterkopf gesplittert. Todesursache: Schläge auf den Hinterkopf mit einem stumpfen Gegenstand.

»Sieht aus, als wäre er mit einem Auto zusammengestoßen, aber dafür wurde er zu weit weg von der Straße gefunden. Kein Handy, keine Papiere oder Markierungen in der Kleidung, weshalb wir uns erst mal um die Identität kümmern müssen.« Ein weiterer strenger Blick traf Frank. »Das hätten Sie Frau Steinhauer wirklich schon durchgeben können.«

»Wieso Markierungen in der Kleidung?«, fragte Vicky verwundert.

»Na, Eltern machen das doch, damit die Kinder ihre Sachen nicht in der Schule oder im Kindergarten verwechseln«, meinte Claaßen ungeduldig. »Da werden neben den Wäschezeichen auch noch kleine Namensschildchen zum Ausfüllen eingenäht. Kennen Sie das nicht?«

»Aber welcher Zwanzigjährige lässt seine Mutter noch die Klamotten beschriften?«, meinte Vicky.

»Na, zum Beispiel, wenn er in einem Internat wohnt«, warf Frank überraschend ein. »Das steht so angeblich auch in den ganzen Internatsgeschichtenbüchern drin, weiß ich von meiner Schwester. In diesen Büchern wird immer ein Mordstheater um die Hausmutter und die Wäsche der Mädchen gemacht und diese blöden Beschriftungen, damit die—«

»Ja, gut, wir wissen Bescheid, aber um auf Ihre Frage zurückzukommen, Vicky: Nein, ich glaube auch nicht, dass ein Zwanzigjähriger solche Zettel in der Kleidung hat. Nur kann man ja nie wissen, oder?« Claaßen wirkte zerstreuter und noch ungeduldiger als sonst. »Jetzt sehen Sie mal zu, dass die Identität des

Toten geklärt wird, Vicky, Zahnstand abfragen und so weiter, Sie wissen schon.«

Vicky wusste nicht, was sie mehr störte: Claaßens kurz angebundene Art oder Franks Trägheit. »Um den Zahnstand kümmert sich eigentlich die Rechtsmedizin. Und die Zahnarztpraxen machen erst in einer Stunde auf. Frühestens. Das kann also dauern.«

Als hätte er nicht zugehört, zog Claaßen einen weiteren Zettel aus der Innentasche seiner Jacke. »Bitte schön. Die Rechtsmedizinerin hat am Tatort schon mal ein paar Auffälligkeiten notiert. Damit können Sie vielleicht was anfangen, bis die Verifizierung aus Wedau kommt.«

Mit spitzen Fingern nahm Vicky den zerknitterten Zettel entgegen und runzelte die Stirn. Claaßens Schrift war auch nicht gerade ordentlich.

»Frank, Sie schauen mal, was Sie aus den Mitarbeitern herausholen können, ja?«, schnarrte Claaßen weiter.

Frank schreckte hoch. »Mitarbeiter?«

»Ja, die vom Sandwerk, das vis-à-vis vom Tatort ist.«

Mit hochgezogenen Augenbrauen warf Frank einen Blick auf seine Armbanduhr. »Aber meine Schicht ist eigentlich schon zu Ende.«

»Dann ordne ich Überstunden an«, meinte Claaßen knapp. »Ziehen Sie los und fragen Sie nach. Morgen ist Feiertag, bis dahin will ich den Fall aufgeklärt haben.« Mit diesen Worten ging Claaßen davon.

»So ein Depp«, meinte Frank.

»Tja, er ist der Chef.« Vicky zuckte mit den Achseln. »Und der Fall muss so oder so aufgeklärt werden.«

Verzweifelt kratzte Frank sich am Kopf. »Ich bin schon zwei Stunden früher hergerufen worden, weil es einen Personalengpass gab. Jetzt hab ich zehn Stunden runtergerissen. Ich muss langsam echt schlafen.«

Vicky beeindruckte er damit nicht. »Was habt ihr denn schon alles?«

»Ich schick's dir vom PC.« Müde trollte Frank sich zu seinem Schreibtisch am anderen Ende des Großraumbüros. In den Vorabendserien entwickelte sich aus ungleichen Kollegen meist ein Liebespaar, aber das konnte Vicky sich bei Frank und ihr nicht vorstellen, so tranig, wie er war. Außerdem fand sie ihn spießig. Er kam ihr vor, als hätte er schon alles durch im Leben und wartete nur noch auf die Rente. Und das mit Anfang dreißig!

Wie angekündigt kamen ein paar Minuten später die ersten Daten aus der Rechtsmedizin, die so nichtssagend waren, dass sie auf jeden männlichen Weseler ab 20 hätten zutreffen können. Immerhin hatte die zuständige Medizinerin das Alter bestätigt. Vicky reckte den Hals, um einen Blick in den Flur zu werfen, bevor sie damit zu Claaßen ging. Die Tür zum Büro des Kommissars war geschlossen. Das bedeutete, dass er entweder literweise Eistee trank oder einen seiner Power-Naps hielt.

Super, dachte sie. Wir sollen Gas geben und er schläft erst mal eine Runde! Andererseits musste es auf die Dauer ganz schön ungesund für die Bandscheiben sein, bei schwierigen Fällen über längere Zeit nur am Schreibtisch ein kurzes Nickerchen zu machen. Nun, es hatte ihn niemand gezwungen, Kommissar zu werden. Und weil das hier ganz wie ein schwieriger Fall aussah, der bestimmt bald die Presse auf den Plan rief, war Geschwindigkeit das Gebot der Stunde.

Grimmig vertiefte Vicky sich in die Datenbank. Vielleicht fand sie etwas in der Vermisstendatei, das zu diesen nichtssagenden Daten passte.

*

Keine Nachricht von Vera.

Müde steckte Hella das Handy in die Regenjacke und stolperte den Gehweg zur Bushaltestelle entlang. Die Windböen trugen den allgegenwärtigen Nieselregen bis unter ihre Kapuze. Ihre Mutter stand bestimmt am Küchenfenster und schaute ihr nach, bis sie um die Ecke gebogen war. Angeblich, weil sie sich Sorgen machte. Dabei wollte sie nur kontrollieren, ob Hella auch wirklich zur Bushaltestelle ging. Kontrollanrufe in der Arbeit machte sie inzwischen zum Glück nicht mehr. Aber Hella war sicher, dass ihr Chef Dr. Holtkamp immer noch täglich mit ihr telefonierte. Der Zahnarzt nahm die Sache mit ihrer Ausbildung zur zahnmedizinischen Fachangestellten sehr sehr, sehr ernst.

Der Bus kam, Hella taumelte hinein und ließ sich auf einen Fensterplatz fallen. Wie geht es dir?, tippte sie und schickte die SMS ab. Bis zum Zwischenhalt am Bahnhof kam keine Antwort. Die Fenster waren beschlagen, Leute stiegen aus, Leute stiegen ein. Hella hätte den Bus gern verlassen, um Dr. Holtkamps dauerbesorgte Miene heute nicht sehen zu müssen. Aber vom Blaumachen wurde es garantiert nicht besser.

Der Bus fuhr aus der Haltebucht auf den Kaiserring. Ein paar Minuten hatte Hella noch die Qual der Wahl: Sollte sie Vera eine gute Freundin sein und sie anrufen, statt noch eine SMS zu schicken?

Bloß nicht. Sie wollte gar nicht so genau wissen, wie schlecht es ihr ging, nur weil sie sich unsterblich in jemanden verliebt hatte! Am Ende driftete Vera wieder total weg, nur weil Hella was Falsches sagte.

Hinter dem evangelischen Krankenhaus stieg sie aus. Die letzten paar hundert Meter musste sie laufen und sich vom Nieselregen nassregnen lassen. Ziemlich blöder Deal, fand Hella. Sie ließ es lieber ruhig angehen.

Der scharfe Geruch des PVC-Bodens, lange haltbar, leicht zu pflegen, neutral fürs Auge, empfing sie beim Betreten der Praxis wie ein Faustschlag. Immerhin blieb der Nieselregen draußen.

»Guten Morgen«, rief sie, um Persönlichkeit in der Stimme bemüht, wie Dr. Holtkamp es ihr seit über einem Lehrjahr einzutrichtern versuchte. Das bedeutete, sie sollte nicht zu laut und nicht zu leise rufen, weder zu hoch, was schrill werden konnte, noch zu tief, als wäre sie ein Bullterrier auf der Jagd. Heraus kam wie jeden Morgen die Stimme eines trägen Teenagers, den man zu früh aus dem Bett geholt hatte.

»Guten Morgen!« Dr. Holtkamp erschien in der Tür des Behandlungszimmers. »Hast du das Wochenende gut überstanden?«

Hella dachte an den kurzen Besuch bei Vera, der im Streit geendet war und meinte: »Geht so.«

»Freut mich zu hören!« Das breite Lächeln auf Dr. Holtkamps Gesicht wurde von tiefen Sorgenfalten und heruntergezogenen Mundwinkeln abgelöst. »Ich habe eine Aufgabe für uns beide, je nachdem, ob du dich dafür stark genug fühlst.«

Das klang wieder nach etwas, das Dr. Holtkamp für richtig und wichtig hielt, etwas aus der Ecke »Ausbildungsauftrag«. Oder Kaffeekochen. Auf beides legte der Herr Doktor Wert, und beides hatte sie schon mal verbockt. Aber so richtig.

»Die Polizei bittet um Mithilfe.« Vom Türstock deutete er zur Rezeption hinüber. »Eine Leiche muss anhand des Zahnstatus' identifiziert werden. Wäre das interessant für dich? Wollen wir es zusammen machen?«

»Ich?«, meinte Hella unbehaglich.

Das Lächeln kehrte auf das Gesicht des Arztes zurück. »Das ist doch eine interessante Sache, die du in deinen Lebenslauf eintragen kannst.« Weil Hella immer noch nicht in Jubelschreie ausbrach, schob sich Besorgnis auf sein Gesicht. »Falls es dir unangenehm ist, kann ich es auch allein machen.«

»Ne, schon in Ordnung.« Na danke! Wenn der Morgen schon den ersten Toten brachte, wie sollte bitte schön der Rest des Tages werden?

»Du musst es wirklich nicht machen«, dröhnte Dr. Holtkamp. »Ich will nur nicht, dass du dich langweilst. So eine Story kommt krass gut bei Freunden an.«

»Alles okay«, murmelte Hella. »Ich mache mit.« Schon damit der Herr Doktor sich nicht weiter an der sogenannten Jugendsprache versündigte.

Marlies, die ältere der beiden Assistentinnen, kam aus dem Vorbereitungsraum. Sofort textete Dr. Holtkamp sie mit Aufträgen zu, die sie erledigen sollte, bevor in einer halben Stunde der erste Patient auf der Matte stand. Hella schien der Doktor vergessen zu haben. Sie beschloss, sich erst einmal umzuziehen. Vielleicht kam in der Zeit doch noch eine SMS von Vera.

Als Hella zur Rezeption schlurfte, war Dr. Holtkamp schon in die Patientendatei vertieft und fütterte die Selektion mit den Daten der Polizei.

»Ein bisschen mehr Karies hätte es ruhig sein können«, meinte er. Und als ob Hella es nicht wüsste, fuhr er mit seiner Onkelstimme fort: »Ein tadelloses Gebiss muss nicht behandelt werden. Demzufolge gibt es auch keine besonderen Merkmale wie Füllungen oder Brücken, nach denen man suchen kann.« Rasch warf er einen Blick auf die Uhr über der Tür zum Wartezimmer. »Jetzt wird's sportlich, noch zwanzig Minuten, bevor wir aufmachen. Ich muss ein paar Sachen mit Marlies besprechen. Traust du dir die weitere Selektion allein zu?«

Das klang nicht sonderlich schwierig. Eigentlich. »Darf ich das denn bei so einer Angelegenheit?«

»Ich kontrolliere es natürlich, bevor du was herausgibst.« Gewohnt enthusiastisch klapperte Dr. Holtkamp auf der Tastatur herum. Eine Liste mit Patientennummern ratterte aus dem Drucker. »Ich gehe sowieso davon aus, dass du nichts finden wirst.« Den Blick auf die Wanduhr geheftet, sprach er schneller. »Das wäre wirklich ein großer Zufall, wenn der Patient tatsächlich bei mir in Behandlung gewesen wäre!« Rasches Hochziehen der Mundwinkel. »Alles klar?«

»Ja«, meinte Hella. Mit seinen Grimassen würde sie sich wohl nie anfreunden können.

»Gut!« Leicht wie eine Feder war sein ermutigendes Tätscheln auf ihrer Schulter, ehe er davoneilte.

Na, dann.

Die erste Nummer in der Kolonne war an einen Patienten vergeben worden, der schon seit Jahren zu Dr. Holtkamp kam. Die allerersten Röntgenaufnahmen von ihm waren noch auf eine schlabberige Folie gezogen worden. Hella musste sich anstrengen, um auf der Digitalisierung etwas zu erkennen. Beim nächsten Patienten fiel die Überprüfung leichter, denn die zugehörige Bilddatei ließ sich ohne Darstellungsverlust am Bildschirm vergrößern. Aber auch dieser Zahnstatus schien nicht zu den Suchkriterien zu passen.

»Na? Klappt's?« Marlies eilte vorbei in den Vorbereitungsraum. »Macht bestimmt Spaß!«

Hellas »ja« fiel halbherzig aus. Was bedeutete schon Spaß an der Arbeit? Während Marlies um sie herumwieselte, rief sie die nächste Bilddatei auf.

»Da bin ich wieder.« Mit einem Mal stand Dr. Holtkamp neben ihrem Stuhl. »Kommst du zurecht …« Er wurde immer leiser und beugte sich vor, bis er mit der Nasenspitze fast an den Bildschirm stieß. »Krass. Das Unwahrscheinliche ist eingetreten!« Aufgeregt schob er Hella samt Stuhl zur Seite und klickte auf das kleine Druckersymbol. »Das ist er.«

Hella schaute ihm über die Schulter, ohne zu begreifen, woran Dr. Holtkamp den Status identifiziert hatte. Unschlüssig starrte sie auf den Namen in der rechten oberen Ecke des Bildschirms. Sie überlegte, welche Reaktion angemessen war, ob sie aufspringen und wegrennen oder lieber in Tränen ausbrechen sollte. Beides war ihr fremd, aber zumindest konnte ihr dann niemand vorwerfen, dass sie empathieunfähig war. Eine dritte Möglichkeit wäre gewesen, zu ignorieren, dass sie gerade Zeugin der Identifizierung eines Toten geworden war.

Dr. Holtkamps Finger rasten über die Tastatur. Ein Ausdruck nach dem anderen schob sich aus dem Drucker. Das sonst so rosige Gesicht des Doktors war bleich geworden. »Marlies! Wenn der erste Patient kommt, soll er sich ein paar Minuten gedulden, ich muss die Polizei anrufen.«

Endlich kam Hella in den Sinn, ihm Platz zu machen. Sie stand auf. Dr. Holtkamp achtete nicht auf sie. Anscheinend existierte sie nicht mehr für ihn.

Marlies, die Assistentin, sah das wie immer anders. »Kind, ausgerechnet du musst das miterleben!« Sie kehrte alle Fürsorge heraus, die sie für Hella aufbringen konnte, und schob das Mädchen mit dem Kakao, den sie sich gerade gekocht hatte, in den Personalraum ganz hinten. »Du kommst nicht eher heraus, bis du dich beruhigt hast!«, befahl sie ihr, dabei war Hella die Ruhe selbst. Dann schloss Marlies die Tür so behutsam wie zum Zimmer einer Schwerkranken.

Hella nippte am Kakao. Trotzdem. Die Entdeckung war schwierig. Und es gab eine Person, die vor allen anderen informiert werden musste.

Nach einer Weile öffnete Hella vorsichtig die Tür zum Flur. Der Patient war noch nicht da, die Stimme des Doktors drang immer noch aufgeregt aus seinem Büro, Marlies klapperte in einem anderen Raum mit den Instrumenten.

Vorsichtig huschte Hella zum Mitarbeiterraum. Sie musste dringend telefonieren.

*

Claaßen war anzusehen, dass er lieber Mauern gebaut, Brötchen verkauft, in einem Callcenter gearbeitet oder sogar Dreck geschippt hätte, als in diesem Moment Polizist zu sein. Vicky ging es ähnlich.

Es dauerte eine Weile, bis der Schock Anna Bauer wieder Raum zum Atmen gab. Das Zittern verebbte für ein, zwei Sekunden, bevor das Begreifen über sie hereinbrach. Ihr Weinen war laut und hässlich wie die Tatsache, dass ihr Sohn nicht mehr lebte. Sie versank in den Polstern ihres Sofas, als ob sie sich in dem Gewirr aus Kissen und Decken verirrt hätte. Die Kaffeeränder auf der veralteten Tageszeitung boten Vicky einen Fixpunkt in dem Elend, das Anna ausstrahlte. Sie fühlte sich unbehaglich im Wohnzimmer einer alleinerziehenden Mutter, deren erwachsener Sohn ihre ganze Energie aufgezehrt hatte. Und nun war er weg. Für immer.

Ein Seelsorger wäre gut gewesen. Zum Telefonieren ging Vicky hinaus in den Flur. Die Nummer von Pfarrer Josef Hernieden wählte sich heute schwerer als sonst. Er versprach wie üblich, so schnell wie möglich zu kommen. Es war Vicky unangenehm, ins Wohnzimmer zurückzugehen.

»Wie?«, flüsterte Anna.

Beinahe tonlos gab Claaßen die ersten Ergebnisse der Gerichtsmedizin wieder.

»Er wurde also«, Anna musste schlucken, »erschlagen?«

»Das wissen wir noch nicht«, gab Claaßen zu. »Wann haben Sie Ihren Sohn zum letzten Mal gesehen?«

»Samstagmorgen«, flüsterte Anna Bauer. »Er ist gleich nach dem Frühstück losgefahren zu seinem Freund Leonard Sauer. Er wollte dort übernachten.«

»Kam das öfter vor?«

Wie in Trance nickte Anna. »Die beiden sind zusammen in die Grundschule gegangen. Es war ganz normal, dass Oliver länger bei ihm blieb, ohne Bescheid zu sagen.«

»Beste Freunde, hm?« In Claaßens Stimme schwang ein Unterton mit, der Vicky nicht deuten konnte. »Wissen Sie, was die zwei vorhatten?«

Mit der Frage brachte er Anna der Fassung. Das Zittern setzte wieder ein. »Was werden die beiden schon vorgehabt haben? Sie sind erwachsen, da frage ich nicht mehr nach.« Sie hielt inne, als müsste sie über etwas nachdenken.

Aufmerksam geworden, hob Claaßen den Kopf.

»Am frühen Nachmittag hatte Oliver angerufen und wollte, dass ich ein Autokennzeichen aufschreibe. Er hatte mal wieder recherchiert.« Verwirrt blickte sie zwischen Claaßen und Vicky hin und her.

»Haben Sie es denn aufgeschrieben?«, fragte Vicky.

Langsam schüttelte Anna den Kopf. »Nein.« Tränen tropften auf ihren Schoß. »Ich dachte, das ist wieder so eine fixe Idee, aber er meinte, das wäre eine heiße Sache für die Zeitung.«

»Zeitung?«, unterbrach Claaßen sie.

»Das Tageblatt«, erklärte Anna müde. »Er war neben dem Studium freier Mitarbeiter. Weil er sich intellektuell unterfordert fühlte.«

Claaßen warf Vicky einen Blick zu. Anna fing den Blick auf. »Er war an der Universität eingeschrieben für den Studiengang Technikkommunikation. Aber das ist — das war nicht so seins. Ich hatte so gehofft, dass das nächste Praktikum ihn ...« Sie konnte den Satz nicht beenden.

»Und das Autokennzeichen? Können Sie sich daran erinnern?«

Verständnislos ließ Anna das nasse Taschentuch sinken. »Sie meinen also wirklich, es war wichtig?«

»Wenn es für das Tageblatt war, hat Ihr Sohn vielleicht etwas recherchiert, was im Nachhinein betrachtet nicht gut für seine Gesundheit war«, meinte Claaßen. Er gab auch in solchen Situationen nichts darauf, sich gewählter auszudrücken.

»Da müssen Sie den Chefredakteur fragen. Ich habe keine Ahnung, in was er meinen Sohn hineingetrieben hat!« Annas Erwiderung war voller Wut. »Ich hatte ihn oft in Verdacht, dass er Oliver absichtlich klein hält. Kein Wunder, dass der Junge sich so angestrengt hat! Er wollte sich und dem Chefredakteur immer und immer wieder beweisen, dass er gut ist.« Ihre Worte wurden leiser und leiser, bis sie ganz verstummte.

Am liebsten wäre Vicky nun gegangen. Sie würde sich wohl nie an solche Tragödien gewöhnen. Zu ihrer Verwunderung setzte Claaßen sich in seinem schmuddeligen Sessel zurecht, als wollte er es sich hier gemütlich machen, und warf Frau Bauer einen langen, ruhigen Blick zu. »Erzählen Sie doch mal, wie war Ihr Sohn?«, fragte er, als hätte der Hektiker vom Dienst plötzlich alle Zeit der Welt.

Ein Gefühl wie heißer Tee mit Honig an einem kalten Herbsttag stieg in Vicky auf. Bevor sie sich jedoch zu wohl fühlte, wies Claaßen sie an, »einen Termin beim Chef-Redax vom Tageblatt klarzumachen«. Gehorsam zog sie wieder ihr Telefon heraus und kehrte in den dunklen Flur zurück. Zwischen den Tuut-tuuts und den falschen Weiterleitungen einmal quer durchs Redaktionsgebäude bekam Vicky mit einem Ohr einen Abriss über Oliver Bauers Leben mit: Er interessierte sich für Mädchen, aber sie sich nicht für ihn. Schon immer hätte er gejobbt, von Mathenachhilfe über Regale einräumen bis hin zu Zeitungen austragen war alles dabei gewesen. Er wollte unabhängig von der finanziellen Situation seiner Eltern sein, auch emotional. Es sei ihm immer nur ums Geld gegangen, bis er vor zwei Jahren kurz vor dem Abitur einen Probeartikel beim Tageblatt einreichte.

»Da war's vorbei«, flüsterte Anna. »Plötzlich wollte er nicht mehr nur eine gewöhnliche Aushilfe sein, sondern etwas bewegen. Vielleicht war das auch seine Strategie, mit den Scheidungen fertig werden.«

Scheidungen? Alarmiert hob Vicky den Kopf. Eine war schon heftig für ein Kind, das wusste sie aus eigener Erfahrung, aber gleich mehrere davon?

»Wie oft haben Sie sich …« Verlegen kratzte Claaßen sich an der Nase. »Das heißt, Sie waren öfter verheiratet«, formulierte er rasch um.

In Annas Gesicht regte sich Trotz. »Zweimal, wenn Sie's genau wissen wollen. War nicht leicht, ging aber nicht anders. Dazu stehe ich.«

»Kein Ding, jeder soll so leben, wie es für ihn am besten ist«, wehrte Claaßen ab. Röte stieg aus seinem Pulloverkragen in sein Gesicht. »Wie hat Oliver sich in letzter Zeit mit seinem Stiefvater verstanden?«

Im Flur flog Vicky zum zweiten Mal aus der Leitung. Während sie erneut die Nummer des Redaktionssekretariats wählte, lauscht sie angestrengt ins Wohnzimmer hinüber.

»Ging so.« Anna sprach verdammt leise.

»Eher gut oder eher schlecht?«

»Eher gar nicht. Uwe kommt nur noch vorbei, wenn's brennt.«

»Und Ihr erster Mann?«

»Uwe war doch mein erster Mann«, meinte Anna.

Verwirrung. »Und gleichzeitig Olivers Stiefvater?«

Anna zuckte mit den Schultern. »Was dagegen?«

Weil Claaßen immer noch schaute wie ein Auto, tupfte Anna sich die letzten Tränen aus dem Gesicht und setzte sich zurecht. Zusammen mit der schmalzigen Warteschleifenmusik im Telefon bekam diese Geste für Vicky etwas Dramatisches.

»Ich war schon ein paar Jahre mit Uwe zusammen«, erzählte Anna. »Kurz, nachdem wir beschlossen hatten zu heiraten, hatte ich heimlich was mit Ralf. Das ging nur zwei Wochen oder so. Aber daraus ist Oliver entstanden.« Neue Tränen schimmerten in ihren Augen. »Ich wusste von Anfang an, dass Oliver nicht von Uwe war, hab ihm aber nichts gesagt. Ich wollte ihm nicht wehtun.«

»Sie schon wieder?« Die genervte Stimme der Sekretärin riss Vicky aus der Konzentration. »Ich habe Sie doch gerade schon zweimal ins Chef-Büro weiterverbunden!«

»Hat nicht ganz geklappt.« Vicky schloss die Wohnzimmertür bis auf einen Spalt. Mist, jetzt bekam sie womöglich nicht alles mit.

»Letzter Versuch«, murmelte die Sekretärin und überließ Vicky wieder der Fahrstuhlmusik in der Warteschleife.

»Und es ist bis heute nicht rausgekommen, dass Ihr Ex-Mann Uwe Bauer—«

»Uwe Pointinger«, unterbrach Anna den Kommissar im Wohnzimmer.

»Dass Uwe Pointinger nicht Olivers Vater ist?«

»Doch. Ich hab's ihm vor ein paar Jahren gesagt, vor fünf, glaube ich. Ich wollte die Scheidung, weil ich und Ralf heiraten wollten.«

»War bestimmt nicht leicht für Oliver.«

»Er war schon sechzehn und kam mit Ralf sowieso besser klar. Jedenfalls bis zur Scheidung vor einem Jahr.« Annas Finger spielten an einem Kissenzipfel herum. »Danach wurde es schwieriger.«

»Wollte Oliver deshalb finanziell unabhängig sein?«, hörte Vicky Claaßen parallel zum Knacken im Telefon sagen. »Hallo?« Irgendwie schaffte sie es, gleichzeitig auf die Fragen der dunklen Stimme der Chefsekretärin zu antworten und der Unterhaltung zwischen Claaßen und Anna Bauer zu folgen. Als sie auflegte, hatte Claaßen immer noch keinen festen Termin beim Chefredakteur, weil der außer Haus und unerreichbar war. Gleichzeitig glaubte sie sich nun einigermaßen im Bilde über die Bauerschen Familienverhältnisse.

»Also waren die Beziehungen zwischen dem Sohn und den Vätern in den letzten Jahren eher schwierig, weil er das Studium abbrechen wollte«, fasste Claaßen bei Vickys Rückkehr zusammen.

»Eher normal, wenn der Sohn erwachsen ist und rebelliert, oder?«, stellte Anna erstaunlich nüchtern richtig. »Er wollte nicht mehr studieren, hat aber nicht den Mumm gehabt, sich gegen Uwe und Ralf durchzusetzen.« Sie wirkte zu ruhig für die Tatsache, dass ihr Sohn nicht mehr lebte, als hätte sie sich einen Panzer übergestreift.

Langsam kam Vicky ins Zimmer. Ein Blick in das Gesicht ihres Chefs genügte: Er würde keine Rücksicht darauf nehmen, dass Anna sich abschottete, weder mit Worten noch bei seiner Fragetechnik. Entsprechend trocken formulierte er den nächsten Satz: »Könnte einer Ihrer beiden Ex-Männer beim Ableben Ihres Sohnes nachgeholfen haben?«

Vicky hielt die Luft an. Aber nichts passierte. Anna hatte sich so tief in sich zurückgezogen, dass sie für diese flapsige Formulierung nur ein Lächeln andeutete, als ginge sie das alles nichts mehr an. Das konnte auf einen später einsetzenden Schock hindeuten.

»Pfarrer Hernieden will vorbeikommen«, sagte Vicky hastig. »Soll ich auch den Rettungsdienst verständigen?«

Mit prüfendem Blick auf Anna nickte Claaßen. »Klar, warum nicht. Und die Typen von der Spurensicherung. Frau Bauer, wir müssen uns mal im Zimmer Ihres Sohnes umschauen. Und auf seine Konten müsste ich auch einen Blick werfen.«

»Klar, warum nicht?«, willigte Anna ein, als wäre alles in Ordnung. »Machen Sie ruhig Ihre Arbeit. Ich muss mit meiner Chefin telefonieren, dass ich heute nicht arbeiten komme.«

Allmählich machte Vicky sich Sorgen um Anna. Sie blieb dicht hinter ihr, als sie Claaßen zu Olivers Zimmer führte. »Bitte. Nur rein in die gute Stube.« Anna drückte die Klinke hinunter und schob die Tür auf. In diesem Moment wich alle

Farbe aus ihrem Gesicht. Ohne einen weiteren Ton sackte sie zusammen. Geistesgegenwärtig griff Claaßen zu.

Das Klingeln an der Wohnungstür kam ungünstig und gelegen zugleich. Gleichzeitig froh und panisch darüber, der Erstarrung zu entkommen, beeilte Vicky sich, sie zu öffnen. Die Starre hatte auch was Gutes, sie hatte den Schock bei Anna gedämpft. Gemessenen Schrittes kam Pfarrer Hernieden durch die aufgerissene Wohnungstür, erfasste mit einem Blick die Situation und kniete sich neben Claaßen auf den Boden.

»Frau Bauer? Kennen Sie mich noch?«

Vicky konnte nichts tun, außer den Rettungsdienst zu rufen. Wieder zückte sie das Telefon, wieder wählte sie automatisch eine Nummer, gab alle wichtigen Daten durch, verfiel in die verhasste abwartende Starre. Sie wollte aktiv werden, aber sie assistierte wieder mal nur. Wäre sie an Claaßens Stelle gewesen, hätte sie jetzt etwas veranlassen können, das die Ermittlungen weiterbrachte, statt dem Gestammel zwischen Anna und dem Seelsorger zuzuhören oder auf die ausgeblichenen Tapeten zu starren! Der Flurteppich erschien Vicky plötzlich so abgenutzt wie ihr einstiger Traumberuf.

»Helfen Sie mir mal, die Frau Bauer auf die Couch zu legen.« Pfarrer Herniedens Aufforderung war die ungefragte Bestätigung von Vickys mieser Selbsteinschätzung. Trotzdem gehorchte sie. Als Schutzpolizistin würde sie die großen Entscheidungen nie selbst treffen können, immer nur dienen dürfen. Die Polizei, dein Freund und Helfer!

Claaßen machte es dagegen nichts aus, dass der Pfarrer ihn nicht weiter beachtete, und betrat Olivers Zimmer. Stocksteif stand er mitten in dem kleinen, durchschnittlich schmuddeligen Jugendzimmer mit den Urkunden über dem Bett, das sich nur durch ein paar Kleinigkeiten von anderen Jugendzimmern unterschied: Der Bewohner würde nicht mehr zurückkommen und die Tür zuknallen, wie Claaßen aus dem abgesplitterten

Lack am Türstock schloss. Keine Schuhe würden mehr zu den anderen in die Ecke auf den Haufen fliegen und Schmutzränder an der Wand hinterlassen. Den halb vollen Mülleimer würde er nicht mehr unten im Hof ausleeren. Und er würde auch keine Botschaften mehr in den Staub auf seinem Bücherregal schreiben: FUCK OFF!

»Ich habe keine Lust mehr«, sagte Claaßen plötzlich. »Wollen Sie meine Stelle haben?«

»Was?«, meinte Vicky verblüfft, die gerade den Kopf ins Zimmer steckte.

»Sie haben schon richtig gehört, Steinhauerchen.« Er stand am überladenen Schreibtisch, auf dem sich Bücher und Papiere ein wildes Stelldichein gaben. »Alte Knacker sterben. Idioten, die einen auf Held machen, sterben. Aber junge Männer sollten nicht sterben. Vor allem hätte Oliver Eltern verdient, die ihn sein Leben selbst gestalten lassen.« Er nahm einen Kugelschreiber aus der Innentasche seiner Jacke, schob ihn zwischen die Blätterstapel und hob ein paar Seiten an. »Da, schauen Sie mal. Der Brief.«

Vorsichtig kam Vicky näher, obwohl im Hinterkopf eine Stimme mahnte, dass sie gerade höchstwahrscheinlich wichtige Spuren zerstörten. Aber das musste sie in Kauf nehmen, denn was der Chef sagte, war heilig und musste umgehend umgesetzt werden.

Von dem Schreiben auf grauem Recyclingpapier, das Claaßen entdeckt hatte, war nur der halbe Briefkopf und die Betreffzeile zu sehen.

»Eine Exmatrikulation«, sagte Vicky. »Hat seine Mutter nicht gerade etwas von einem Praktikum gesagt?«

»Ja, das habe ich auch noch im Ohr. Da hatte Oliver Bauer wohl gegen den Willen seiner Eltern Fakten geschaffen.« Claaßen deutete mit dem Kinn auf das, was sonst noch auf dem Schreibtisch lag. »Das sind alles Zeitungen, und das da Biografien bekannter Journalisten. Nichts mit Technikkommunikation! Der Junge hat das Handtuch längst geschmissen. Und zwar schon im August.«

»Vielleicht will seine Mutter das nicht wahrhaben und ignoriert es«, meinte Vicky.

»Oder sie hoffte, dass er doch weiterstudiert, und hat sich alles schöngeredet. Und dann ist der Stress im Hause Bauer ein wenig eskaliert. Mit tragischen Folgen.« Der Kugelschreiber wanderte zurück in Claaßens speckige Innentasche. »Fragt sich nur, ob und wem da die Hand zu kräftig ausgerutscht ist.«

Der Gedanke gefiel Vicky nicht. »Ich finde das ein bisschen voreilig. Müssen denn unbedingt die Eltern schuld am Tod ihres Sohnes sein?«

»Müssen müssen sie nicht«, stimmte Claaßen zu. »Aber überprüfen müssen wir es trotzdem. Kriegen Sie bitte die Adressen von den Vätern raus, Vicky. Dann können wir das schon mal klären.« Er legte den Kopf schief und betrachtete noch etwas, das mit der Exmatrikulation aus dem Stapel herausgerutscht war. Es war ein ausgedrucktes Bild mit zwei Jungen in Fußballtrikots, die sich gerade auf dem Spielfeld abklatschen. Vorsichtig zog er es mit einem Taschentuch heraus.

»Oder ausschließen«, schob Vicky mit Nachdruck hinterher.

Damit entlockte sie Claaßen ein feines Lächeln. »Sie glauben wohl immer noch an das Gute in der Familie?« Gedankenverloren zückte er das Handy und machte Fotos von Vorder- und Rückseite des Bildes.

»An das Gute im Menschen«, korrigierte sie ihn. »In allen Menschen. Sonst wäre unsere Arbeit sinnlos.« So wollte *sie* es sich zumindest heute einreden.

Claaßens Handy klingelte. »Wie weise.« Er zog eine Augenbraue hoch, als er die Nummer auf dem Display las. »Ich will im Anschluss auf 'nen Sprung zu diesem Dr. Holtkamp, der Oliver Bauer identifiziert hat.«

Das Klingeln machte Vicky nervös. »Warum? Die Kriminalmedizin hat doch schon alles weitergegeben, was wir wissen müssen.«

»Erstens spreche ich immer mit dem behandelnden Arzt«, brummte Claaßen ärgerlich, »und zweitens weiß der Zahnarzt vielleicht etwas über Oliver, das von der Pathologin nicht in Betracht gezogen wurde«, und nahm endlich das Gespräch an.

*

Immer dieser verdammte Nieselregen.

Vera stemmte sich aus der Hocke hoch. Ihr Herz klopfte mal wieder viel zu schnell. Ruhe bewahren war aber auch keine Option. Sie war zu lange zu ruhig geblieben, und jetzt war es zu spät.

Heinz-Peter, der die Pflastersteine im Sommer hatte verlegen wollen, hatte extra zwei Paletten mitgebracht und eine wasserfeste Plane darauf ausgebreitet, bevor er die Pflastersteine hinter dem Schuppen ablud. »Zwei, drei Wochen, dann habt ihr eine schöne Terrasse«, hatte er beim Abschied versprochen. Seitdem war er nicht mal mehr zu Fuß durch die Hofeinfahrt gekommen, weil Oma Elli ihn nicht mehr hereinlassen wollte. Weil er ein Unruhestifter wäre.

Der beständige Herbstregen hatte eine Mulde in den Boden gewaschen, bis eine der Paletten unter dem Gewicht der Steinstapel eingebrochen war. Nun war aus den ehemals perfekten Stapeln eine Mini-Geröllawine geworden, die gegen die Schuppenwand drückte. Vera hätte die groben Arbeitshandschuhe ihres Vaters aus dem Arbeitsraum holen können, um Ordnung zu schaffen, damit die Steine die Zeit bis zum Frühling unbeschadet überstanden.

Eine Weile stand Vera mit nach oben gerichtetem Blick im Regen. Tropfen bildeten sich am Saum ihrer Kapuze, schwollen an und ließen los. Gleich würden sie auf ihre Brust fallen. Sie bildete sich ein, das Platschen zu hören, wenn sie auf den vollgesogenen Stoff trafen. Es hätte ein gutes Mittel gegen den brennenden Schmerz sein können, der sich durch ihren Kopf fraß. Die Haut darunter wurde allmählich kalt, sie sollte ins Haus gehen. Außerdem waren ihre Hosenbeine patschnass. Sie musste sich wirklich langsam aufwärmen.

Sie wollte nicht.

Dass Vera schließlich doch ging, lag daran, dass sie es noch einmal sehen wollte. Unfassbar, was da drin vorgegangen sein musste, und alles, ohne dass Elli größere Verletzungen davongetragen hatte! Damit war das Wohnzimmer auch auf Veras To-do-Liste gelandet.

Unerträglich.

Als sie sich endlich sattgesehen hatte, zog sie die Wohnzimmertür hinter sich zu und drehte den Schlüssel zweimal im Schloss. Den Schlüssel legte sie oben auf den Türstock. Dort fand sie ihn jederzeit, sollte sie das Bedürfnis verspüren, noch einmal mit den Fingerspitzen über das zersplitterte Holz des Buffets zu streichen. Kurz überkam sie das Gefühl, mit dem Ablegen des Schlüssels zurück in ihre menschliche Haut zu schlüpfen und aus der Geisterwelt in die ihr fremde Gegenwart zurückzukehren. Die ersten Schritte waren noch unsicher wie in neuen Spitzenschuhen, dann, plötzlich, spürte sie den harten Holzboden durch die Hülle bis in ihre zerbrechlichen Zehen. Aus einem Impuls heraus hob sie sich auf die halbe Spitze, verharrte ohne zu wackeln und lief los. Leicht, schwebend, wie eine Ballerina, im Haar ein hauchzartes Krönchen. Die Treppe hinauf in den ersten Stock. In ihr aufgeräumtes, sauberes Zimmer. Auf ihr Bett. Hier ruhte sie. Die Erinnerung an Oliver. Sein Duft war in das dicke Daunenkissen gesunken, das sie eine ganze Nacht mit ihm hatte teilen dürfen.

Vera ließ sich rücklings aufs Bett fallen und klappte die Augen zu wie eine Puppe. Augenblicklich schoss feuriger Schmerz durch ihre Lider über die Kieferknochen bis in die

Fingerspitzen. Die Migräne erwachte. Vera hatte sich die Schmerzen schon gestern regelrecht gewünscht, um die Sehnsucht nach Oliver ausblenden zu können. Aber das Miststück hatte auf den richtigen Augenblick gelauert, damit das ganze Ausmaß der Katastrophe Vera packte und zerriss.

Irisierende Kreise füllten ihr Gesichtsfeld aus. Die Auren, ein Zeichen, wie stark die Durchblutungsstörung in ihrem Kopf war. Vera schloss die Fäuste. Ihre Fingernägel bohrten sich in ihre Handflächen. Etwas Warmes floss unter ihren Fingerspitzen hervor über die weiche Haut des Handtellers. Wahrscheinlich Gewebeflüssigkeit, die aus den entzündeten Stellen lief. Damit ließ der Schmerz, der zeitweise bis in die Nasenspitze ausstrahlte und ihr metallischen Geruch vorgaukelte, allmählich nach. Die Leuchtkreise verblassten und erlaubten einen raschen Blick in die Vergangenheit. Auf den ersten Moment ihres Wiedersehens.

Vera schauderte wohlig und drückte ihr Gesicht ins Kissen. Das Gefühl ähnelte dem Pulsieren nach einem kräftigen Schlag auf die Nase. Als es nachließ, schien auch die Migräne für Sekunden fort zu sein. Der Geruch nach heißem Fett überlagerte den metallisch-scharfen Beigeschmack, der sich in die Luft gemischt hatte.

Vera öffnete die Augen.

»Hi«, sagte Oliver überrascht.

»Hi?« Der Frittierkorb, den sie gerade ins Fett hängen wollte, schwebte über der Fritteuse wie ihre Frage. War Oliver wirklich hier? Warum begrüßte er sie? Sie hatte ihn schon ewig nicht mehr gesehen, mindestens seit hundert Jahren.

»Was machst du denn hier?«, fragte er.

»Jobben.« Sie hob den Frittierkorb zur Verdeutlichung. Ärgerlich zischten ein paar Eiskristalle im heißen Fett. »Geld verdienen.« Sie grinste schief. »Was kriegst du?«

Verwunderung und Fassungslosigkeit rangen in seinem Gesicht um Erkenntnis. »Einmal Pommes rot-weiß mit Currywurst. Und du verdienst hier echt dein Geld?«

»Klar.« Sie hängte den Korb in die Fritteuse und stellte den Timer ein. »Mittel oder groß?«

»Was?«

»Die Pommes.«

»Groß, bitte.«

Groß wie Oliver, der Zwei-Meter-Mensch, dessen Gesicht etwas — Vera überlegte — Erwachsenes auszeichnete. Ohne diesen Zug wäre er immer noch der Junge gewesen, der mit ihr vor achtzehn Monaten das bestandene Abitur gefeiert hatte.

Sie nahm eine Bockwurst aus dem Thermostopf und steckte sie in die Schneidemaschine. »Zum hier essen?«

»Ja, bitte.«

Oben ruckelte die Wurst hinein, unten kullerten Wursthappen auf einen Teller.

»Und davon kann man leben?«, fragte Oliver.

»Von Currywurst und Pommes?«

»Nein, vom Jobben. Hier.« Er schaute sich um, als könnte er es nicht glauben. »Ich meine, du mit einem Einser-Abschluss.«

Vera musste lachen. »Ach so! Nein, ich jobbe, damit ich meine Ausbildung bezahlen kann. Ich krieg fünf Euro von dir.«

Noch so ein ungläubiger Blick, diesmal auf die Preistafel. »Ist das nicht zu wenig?«

»Fünf Euro«, widersprach sie mit einem Lächeln. Seine Verunsicherung gefiel ihr. »Wiedersehenspreis. Zwiebeln dazu?«

»Äh, ja.«

Vera werkelte und schaufelte und stellte ihm schließlich einen vollen Teller hin, von dem die Pommes zu rutschen drohten. Oliver machte sich gut als Gast vor der Essensausgabe, dachte Vera, er sollte mindestens noch einmal wiederkommen. Sie lächelte. Lächelte. Und lächelte.

»Hattest du nicht 'ne Ausbildung als Kinderkrankenschwester angefangen?«

Sicher meinte er die Frage nicht böse. So was fragte man eben, wenn man bis zum Wiedersehen davon ausging, dass der andere nach der Schule einen erfolgreichen Einstieg ins Leben der Erwachsenen gefunden hatte.

Vera atmete einmal durch. »Ich habe gewechselt. Und du?«

Blinzeln. »Uni. Studium.«

»Wie geplant«, stellte sie fest.

»So ungefähr.« Eine Fritte landete auf dem Tisch. Er schnappte sie und steckte sie sich in den Mund. »Was lernst du denn?«

Ein Pärchen kam herein und bestellte. Mit einer großen Tüte zogen sie nach ein paar Minuten wieder ab. Oliver hatte sich in die Ecke am Fenster verzogen, aß, schaute hinaus auf die Straße und zuckte zusammen, als Vera plötzlich eine Flasche Fanta neben seinen Teller stellte. »Ich tanze.«

Er verschluckte sich fast an seinem Burger. »Waff?«

»Ich mache eine Ausbildung zur Ballettpädagogin in Düsseldorf.« Ihre Wangen glühten. »Dafür jobbe ich hier. Damit ich die Ausbildung bezahlen kann.« Sie genoss es, dass er sie taxierte, zumindest bis zur Taille. Ab dort versperrte die Tischplatte die Sicht. »Hättest du mir nicht zugetraut, was?«

»D-doch.« Die Pommes waren vergessen. »Du hattest schon immer so was Elfenhaftes.« Wieder blinzelte er, als müsste er sich besinnen. »Das heißt, du bist jeden Tag hier?«

Die Frage kam plötzlich. Erschrocken setzte Vera sich in ihrem Bett auf. Ihr Herz pochte ein paar Male so heftig, dass sie glaubte, keine Luft zu bekommen. Lautlos bewegten sich ihre Lippen, als sie den nächsten Satz mitsprach: »Nur am Wochenende und mittwochvormittags. Aber nächsten Mittwoch muss ich zum Check-up beim Arzt.«

Ich werde mal vorbeischauen, antwortete Oliver in ihrer Erinnerung. Ciao.

Dann war er weg.

Mit Olivers Gesicht verschwand auch die Migräne. Vera war wieder allein in ihrem kleinen, düsteren Zimmer. Ihre zarte Hand rutschte unter die Matratze zwischen die Leisten des Lattenrostes. Hier, auf dem dünnen Zwischenboden aus Pressspan, ertasteten ihre Finger ein silbriges Kästchen. Entschlossen zog sie es heraus. Heute Morgen hatte sie es neben der Haustür entdeckt, Oma Elli musste es dort hingelegt haben. Mithilfe ihrer Erinnerung an Olivers Bewegungen und den Fingerabdrücken auf dem Display hatte sie die PIN herausbekommen, das Handy entsperrt und die SIM-Karte herausgenommen. Niemand sollte anrufen können. Automatisch rief sie die Audio-App auf und berührte den roten Abspiel-Button. Wenigstens Olivers Stimme war ihr geblieben.

Sonntag, 16. Oktober, kurz nach halb zwölf. Auf dem Weg zur Toilette hat mich Anna wieder mal abgefangen. Ob ich das ernst gemeint hätte, dass ich keine Lust aufs Praktikum in Fusternberg habe. Sie macht sich Sorgen. Kann ich verstehen, aber … Ich hätte ihr sagen können, dass ich sowieso nicht mehr an der Uni bin. Dann wäre endlich Ruhe und ich könnte mich ganz offen um ein Vollzeit-Volontariat bei einer Zeitung bewerben. Vielleicht in Düsseldorf, lieber noch in Köln. Ich könnte endlich richtige Reportagen machen, nicht nur Wetter und Kühe und Verkehrssünder. Ich käme raus aus diesem Kaff. Wesel, die Hansestadt am Niederrhein. Lachflash!
Das alles hier ist noch größerer Mist, seit ich Vera getroffen habe. Sie ist echt hübsch mit den hochgesteckten Haaren, aber sie gehört nicht in eine Imbissbude. Schon gar nicht in die an der Flürener Tankstelle. Sie ist auch von der Intelligenz her eine Nummer zu groß für mich. Ich könnte sie also gar nicht dort rausholen. Ich weiß nicht. Ich will sie nicht nur wiedersehen, ich will ihr was bieten. Das war

noch bei keinem andern Mädchen der Fall. Es ist ja auch kein Mädchen wie Vera.
Vera Cornelius. Angehende Ballettpädagogin.
Wenn ich ganz offiziell bei einer Zeitung wäre, käme es mit Sicherheit auch bei ihr besser an als ein Student, der den ganzen Tag nur rumhockt und lernt. Wenn er überhaupt lernt. Der bewegt doch nichts. Aber Anna und Ralf wollen unbedingt, dass ich es mal besser habe und als Ingenieur richtig Asche einfahre. Dass die Aussichten auf einen Job für einen Berufsanfänger total mies sind, wollen sie nicht wahrhaben. Hauptsache, sie können sagen, ich studiere. Aber Journalismus interessiert mich wirklich! Aber das wollen die beiden nicht. Uwe war auch feige. Er mischt sich nach wie vor nicht ein. Da hat man schon einen echten Vater und einen Ziehvater, und dann steht man doch allein da. Lasst mich nur alle im Stich! Aber seit August ist es sowieso wurst. Nur blöd, dass mir das immer wieder auf die Füße fällt.
Ich will Vera wiedersehen. Aber ich kann da nicht einfach so ankommen wie ein Loser. Ich muss was reißen. In Sachen Uni geht derzeit nichts, jedenfalls dieses Semester. Aber wenn ich was in die Zeitung bringe, das echt heftig ist, dann zählt es doch auch, oder?

Zitternd klickte Vera die Audio-App weg.

*

»Herr Bauer fährt den ganzen Tag in der Gegend herum. Mehr kann ich Ihnen auch nicht sagen«, erklärte Frau Pingpank aus der Nebenwohnung. Ihr Staubtuch flatterte.
»Und sein Sohn?«, fragte Claaßen mit der Engelsgeduld, die er für Damen ab sechzig reserviert hatte.
Abrupt hielt Frau Pingpank mit dem Wedeln inne. »Also, der Oliver, der ist ein sehr netter junger Mann. Früher hat er seinen Vater immer an den Wochenenden besucht.«

Abwartend starrte Vicky die alte Nachbarin mit den »Röllekes«, Lockenwicklern, in den Haaren an. Langsam senkte sich die Staubwolke auf ihre Schuhe und den Fußabstreifer mit der Aufforderung: »Bring Freude mit!«

»Und wie war es in den letzten Wochen?«, fragte Claaßen.

»Tja, Oliver war schon länger nicht mehr da.«

»Sicher?«

»Ganz sicher!« Zur Bekräftigung nickte Frau Pingpank gleich zweimal.

Claaßen legte den Kopf schief. »Können Sie sich vorstellen, warum?« Faszinierend, wie nett er sein kann, wenn er was will, dachte Vicky.

»Nein. Außer …« Wieder schüttelte Frau Pingpank das Tuch aus, dass es nur so staubte.

»Ja?« Claaßen fragte ganz sanft. Auf Vickys Armen spross eine Gänsehaut vor Ekel über so viel Honig in der Stimme.

Konzentriert schlug Frau Pingpank den Staublappen nun gegen die Wand des Hausflurs. »Na ja, wie junge Leute eben so sind.« Klopf, klopf, klopf.

Claaßen beugte sich weiter vor. »Wie sind sie denn?«

»Jung. Und manchmal 'n bisskin laut.« Mit einem Ruck hob Frau Pingpank den Kopf. Der Staublappen verharrte auf halbem Weg in der Luft. »Ich lausche nicht. Die Wände sind hier so dünn, da kriegt man so was einfach mit!«

»Was denn?« In Claaßens Stimme deutete sich an, dass auch seine Geduld endlich war.

»Herr Bauer und Oliver haben vor ein paar Wochen gestritten. Da sind Türen geknallt worden, dass bei mir die Porzellanfiguren in der Vitrine gewackelt haben.« Rote Flecken blühten auf Frau Pingpanks Gesicht. »Dann ist Oliver gegangen.«

Beiläufig klickte Vicky ihren Kugelschreiber heraus und legte ihn in ihr aufgeschlagenes Notizbuch, damit sie nicht nur dumm neben Claaßen stand. »Wann ungefähr?«

Gestört warf der Kommissar ihr einen Blick zu.

»Vor zwei, drei Wochen.« Der Staublappen klatschte erneut gegen die Wand. Klopf, klopf, klopf. »Der Junge hat noch was von unten hochgeschrien, das habe ich nicht verstanden. Ralf ist runtergerannt, aber anscheinend war Oliver schon weg.« Klopf, klopf, klopf. »Was ist denn mit Oliver?«

»Das werden wir mit seinem Vater klären.« Die Zeichen, die Vicky alibimäßig in ihr Notizbuch kritzelte, konnte sie schon jetzt kaum entziffern, aber darum ging es nicht. Sie gab sich beschäftigt, damit sie nicht wie Claaßens überflüssiges Anhängsel wirkte.

»Wissen Sie, wann er wieder zu Hause ist?«, fragte Claaßen, bevor Vicky Frau Pingpanks Aufmerksamkeit vollends von ihm ablenkte.

»Meist gegen fünf«, meinte Frau Pingpank. »Er kann die Wassertanks auf den Wasserspendern nur während der Bürozeiten kontrollieren, hat er mir erklärt.«

So genau wollte Claaßen es nun auch nicht wissen, aber gut, Infos waren Infos. Er machte sich eine gedankliche Notiz, Vicky notierte parallel etwas in ihrem Buch. Streberin.

»Wahrscheinlich macht er das als Selbstständiger, nicht wahr?«, fragt Vicky.

»Ja, Frau Wachtmeister.«

Am liebsten hätte Vicky geschrien: »Ich bin Polizeimeisterin!«, da schob sich Claaßen demonstrativ zwischen sie und Frau Pingpank. Zum Glück.

»Fällt Ihnen sonst noch was ein?«

»Nein, Herr Kommissar, mehr weiß ich nicht.«

»Na dann.« Rasch drückte er ihr seine Visitenkarte in die Hand und zischte die Treppe hinunter. Vicky legte zum Abschied grüßend die Hand an die Mütze und wollte hinterher.

»Ach, übrigens!«

Vicky blieb nur ungern stehen, aber es konnte wichtig sein. Obwohl ihr das vertrauliche Näherrücken der alten Dame genauso zuwider war wie die falsche Berufsbezeichnung, rührte sie sich nicht.

»Wenn Sie Ihre Schuhe mit selbst gemachter Schuhwichse einreiben, dann glänzen die richtig und das Leder wird auch nicht so schnell brüchig. Wussten Sie das?«

Vicky musste an sich halten, um nicht in die Luft zu gehen. Manchmal waren die Leute aber auch wirklich bescheuert! Trotzdem sagte sie ruhig: »Ich kann mich erinnern, dass meine Großmutter die auch selbst gemacht hat.«

»Toll«, fand Frau Pingpank. »Dann probieren Sie das doch mal aus! Kann man auch ganz leicht selbst machen. Drücken Sie eine Speckschwarte aus und mischen Sie Ruß und Lebertran ins Fett. Das können Sie mit 'nem Schwämmchen auftragen. Dann sehen Ihre Schuhe noch besser aus. Als Frau sollte man immer auf sein Äußeres achten, gerade im Außendienst!«

Artig bedankte sich Vicky und sah zu, dass sie hinunterkam. Ob sie sich so einen Mist auch noch anhören musste, wenn sie Kommissarin war und keine Uniform mehr zu tragen brauchte? Falls sie überhaupt zum Kommissars-Studium zugelassen wurde. Ihre Bewerbungsunterlagen lagen schon eine ganze Weile bei Schmitt, dem Personalfuzzi der Dienststelle, und allmählich glaubte Vicky nicht mehr daran, dass er ihr die Weiterbildung bewilligte.

Als sie endlich im Wagen saß, war Claaßen gedanklich anscheinend schon in Büderich bei Uwe Pointinger. Keine Vermutungen, was das, was die Nachbarin gerade erzählt hatte, bedeuten könnte, keine weiteren Anweisungen, auch die anderen Nachbarn zu befragen – nichts. Ungewöhnlich für Claaßen, der sonst auf seine Art enervierend genau war.

»Hat sie Ihnen was von selbst gemachter Schuhwichse erzählt?«, fragte er unvermittelt.

»Hat sie«, bestätigte Vicky und drehte den Zündschlüssel. »Das hört wohl nie auf.«

»Fragen Sie mal die Kommissarin Assmann, die muss sich so was auch noch anhören.«

Vicky errötete und schwieg.

»Ich habe einen Wink von oben bekommen«, fuhr Claaßen fort. »Warum haben Sie mir nicht gesagt, dass Sie sich weiterbilden wollen?«

Die Schlange vor der nächsten Ampel setzte sich in Bewegung. Vicky trat langsam das Gaspedal durch. »Ich war mir bisher nicht sicher.«

»Aber beworben haben Sie sich doch schon.« Claaßen hatte ganz wichtig etwas in der Innentasche seines Parkas zu kramen. »Und sind Sie es denn jetzt? Sicher, meine ich?«

»Ich wusste nicht, ob ich das mit Ihnen besprechen kann.« Es war Vicky unangenehm, dass ausgerechnet Claaßen so früh davon erfahren hatte.

Schulterzucken auf dem Beifahrersitz. »Sie müssen es nicht mit mir besprechen. Aber Sie sollten wenigstens mit jemandem reden, damit Sie das noch vor Ihrer Rente gebacken kriegen.«

»So lang werde ich garantiert nicht damit warten.«

»Dann bin ich ja beruhigt. Gut, dass wir drüber gesprochen haben.« Claaßen lehnte sich zurück und starrte wieder aus dem Beifahrerfenster.

Vicky kochte vor Ärger. Claaßen war nur vorübergehend ihr Chef, weil sonst niemand mehr mit ihm zusammenarbeiten wollte. Außerdem konnte sie grundsätzlich nicht mit ihm, weil er schwierig war! Und deshalb sollte er sich auch nicht in ihre Angelegenheiten einmischen. Eine Weile hatte sie sich wirklich Gedanken darüber gemacht, noch mal die Schulbank zu drücken. Aber das hieß nicht, das sie es auch tat, nur weil sie die Zulassung dafür bekam! Woran sie wie gesagt nicht mehr glaubte. Andererseits wollte sie auch nicht ihr Leben lang

Streife laufen oder auf Abruf von Claaßen oder wem sonst bei Fuß stehen. Sie wollte … Eigentlich wusste sie gar nicht richtig, was sie wollte.

Die Straße wurde dreispurig, Bebauung und Bauminseln wichen zurück. Schilder kündigten die Kreuzung zur B 58 an.

»Nach Büderich müssten jetzt links«, sagte Claaßen ruhig, weil Vicky keine Anstalten machte, die Straße nach Nordwesten zu verlassen. Hektisch setzte sie den Blinker und fuhr auf die Linksabbiegerspur, wobei sie einen roten Van schnitt. Natürlich hupte der Fahrer nicht. Nur im Rückspiegel konnte sie kurz sein verärgertes Gesicht sehen.

Konzentrier dich, ermahnte sie sich. Es muss nicht jeder mitkriegen, dass du keine Lust mehr auf das ganze Theater hast!

*

Es war kurz vor neun, als Frank endlich wieder bei der Dienststelle ankam. Wie erwartet war bei der Befragung der Mitarbeiter im Sandwerk nicht viel herausgekommen. Dass die Lkw-Fahrer zum Rauchen an den Altrhein gingen, hatte eigentlich schon vorher festgestanden. Dass keiner etwas gesehen hatte, auch, denn am Wochenende wurde hier nicht gearbeitet. Sollte später der Verdacht aufkommen, dass einer von ihnen doch etwas mit dem Tod von Oliver Bauer zu tun hatte, müsste man es mit aufwendigen Bodenproben und Befragungen und allem möglichem Schnick und Schnack nachweisen, aber darüber sollte Claaßen entscheiden. Wie erwartet war auch den Anwohnern in der Nähe des Tatorts nichts Ungewöhnliches aufgefallen. Damit ging heute wieder eine Schicht zu Ende, nach der Frank sich fragte, wieso er eigentlich noch Kommissar werden wollte. Dann machte er doch nichts anderes mehr, als Leute zu befragen, die nichts gesehen hatten.

Bevor Frank endlich nach Hause konnte, tippte er noch schnell einen kurzen Bericht. Es gab nichts Dümmeres, als von den Kollegen aus dem Schlaf gerissen zu werden, weil Informationen fehlten. Viel zu schreiben gab es zum Glück nicht. Zusätzlich zum Eintrag in die Datenbank druckte er die Seite aus und legte sie Claaßen auf den Schreibtisch. Sicher war sicher.

Übermüdet war kein Ausdruck, als Frank endlich im Wagen saß und den Motor startete. Eigentlich durfte er nicht mehr fahren, aber er wollte nur noch ins Bett. Da war Schrittgeschwindigkeit auf dem Parkplatz eher hinderlich, weil sie ihn noch träger machte. Konzentriert rieb er sich das rechte Auge, das unangenehm brannte, und übersah dabei fast den dunkelblauen Passat, der mit der Schnauze nach vorn mitten in der Einfahrt stand. Obwohl er maximal zehn km/h gefahren war und die Bremse nur antippte, haute es Frank fast aufs Lenkrad. Anschnallen wäre auch nicht schlecht gewesen. Mit einem verärgerten Gurgeln verstummte der Motor.

»Idiot! Was stehst du da rum, Mann?«

Der Fahrer im anderen Wagen konnte ihn natürlich nicht hören. Zum Ausgleich konnte Frank ihn auch nicht richtig erkennen. Er musste sich mit dem Taschentuch die Wangen abwischen, weil nun beide Augen so stark tränten. Die Sicht wurde auch nicht besser, als er damit fertig war, denn, so erkannte Frank erst jetzt, auch die Windschutzscheibe des Passats war vollständig verklebt, genau wie der Rest des Wagens.

Der wie eingefroren in der Einfahrt stand, der Fahrer erstarrt hinter dem Steuer.

»Oh Mann.« Frank wollte nicht aussteigen und den Typ verscheuchen. Aber er musste wohl, denn der andere reagierte nicht auf sein Winken. Also dann.

Die feuchte Herbstkälte zog hier besonders stark aus den Auen herauf. Fröstelnd stieg Frank aus und stakste zum Passat hinüber. Zehn Meter, vielleicht fünfzehn musste er zurücklegen. Das waren eine Handvoll langsame Schritte, in denen Sekundenbruchteile genügten, um den Wagen abzuchecken: Kennzeichenplakette verschmiert, Reifen platt, Profil abgefahren. Fingerdicker Rost auf der Motorhaube. Der vordere Teil der Stoßstange stand seltsam ab. Das Gitter vor dem Kühler: zerbrochen.

»Hallo?« Beiläufig klopfte er im Vorbeigehen auf die Motorhaube. Selbst der Ton klang rostig. »Sie können Ihren Wagen hier nicht par—«

Röhrend machte der Wagen einen Satz nach vorn. Frank sprang erschrocken zur Seite, stolperte und fiel ins Gebüsch.

Das Getriebe ächzte, der Wagen setzte auf die Straße zurück, ein Twingo wich mit quietschenden Reifen aus. Dresel wartete auf das Krachen von Metall auf Metall, aber nicht mal die Außenspiegel klirrten. Der Passat zog rückwärts am Twingo vorbei bis mitten auf die Kreuzung, wendete, ohne zu bremsen und schoss auf der Monschauer Straße davon.

Auf der linken Seite.

Das alles ging so schnell, dass Frank im wahrsten Sinne des Wortes die Luft wegblieb. »Hey!«, rief er noch einmal schwach, wissend, dass es seine Pflicht gewesen wäre, Tod und Teufel in Bewegung zu setzen, um diesen Verkehrsrowdy zu schnappen. Aber er war platt. Er konnte einfach nicht mehr. Er kam nicht mal mehr ohne größere Verrenkungen vom Boden hoch. Wenn die Kollegen gesehen hätten, dass er sich wie ein alter Mann auf die Knie hievte und sich mit letzter Kraft aufrichtete, hätten sie ihn in ein Sanatorium gesteckt, und zwar mindestens bis zur Rente.

Auf der Kreuzung floss der Verkehr so ruhig wie eh und je. Auch der Kleinwagen war längst verschwunden. Als wäre nichts passiert.

»Affentheater«, murmelte Frank und schlich zurück zu seinem Wagen. Vielleicht kümmerte er sich morgen darum.

*

Uwe Pointinger saß auf dem speckigen Sofa. Schweigend. Hin und wieder zog er an seiner selbst gedrehten Zigarette. Äußerlich betrachtet lebte er das Klischee des heruntergekommenen, geschiedenen Mannes. Obwohl Vicky schon in unzähligen dieser Wohnzimmer mit den schäbigen Möbeln und der elementar wirkenden Unordnung gesessen hatte, ging ihr diese Szene mal wieder unter die Haut.

»Klar war Oliver vor Kurzem hier. Ein Sohn besucht seinen Ziehvater halt auch mal«, meinte Pointinger barsch.

In dem mit braunem Cord bezogenen Sessel mit den abgewetzten Armlehnen wartete Claaßen auf den richtigen Moment. Vicky, der Uwe einen Küchenstuhl hingestellt hatte, hätte gern gewusst, an welcher Frage der Kommissar bastelte, um sie Uwe ins Herz zu rammen.

»Einfach so?« Claaßen schoss die Worte mit widerlicher Präzision ab. Vickys Zehen drückten von innen gegen die Stahlkappen in den Schuhen. Natürlich einfach so, wollte sie brüllen, was glauben Sie denn?! Das ist so in einer Familie!

»Einfach so«, wiederholte Uwe ruhig. »Stellen Sie sich das mal vor.«

»Sie haben sich gut verstanden?«

Die Selbstgedrehte landete im Aschenbecher. »Sie wollen mir jetzt was anhängen, oder?«

Claaßen lächelte. »Wie kommen Sie darauf?«

Vicky rutschte auf ihrem Stuhl vor. Den Ausdruck in Uwes Augen kannte sie und hasste ihn deshalb. Er begann oberflächlich bei der Trauer über den Verlust des geliebten Kindes. Ganz tief drin waren es nur noch trockene, stumpfe, leblose Augen. Als wollten sie den Tod im Nachhinein aufsaugen, um dem Kind so ein weiteres Leben zu schenken.

»Na ja«, machte Uwe einen schwachen Versuch, so etwas wie Lebendigkeit vorzutäuschen. »Sie wissen von meiner Ex-Frau bestimmt schon, dass ich erst nach sechzehn Jahren erfahren habe, dass ich nicht Olivers Vater bin. Und jetzt glauben Sie, dass ich ihn …« Wenn die Hölle eine Fratze hatte, dann manifestierte sie sich gerade in Uwe Pointingers Gesichtsausdruck. Am liebsten hätte er Claaßen getötet.

Vicky hätte nicht übel Lust gehabt, Claaßen stellvertretend vors Schienbein zu treten. Ja, sie wusste, dass solche Gespräche dazugehörten, wenn man als Polizist etwas zu klären hatte. Und sie hatte sich längst daran gewöhnt. Bis Claaßen gekommen war. Bei ihm nahmen solche Fragen eine andere Dimension an. Als ob er sich zum Ziel gesetzt hätte, ein bisschen heftiger als andere am Lack zu kratzen, zwar mit denselben Worten, aber metaphysisch anders.

Vicky hätte gern herausbekommen, was er anders machte. Der Tonfall konnte es nicht sein, denn der war immer gleich nervig. Seine Fragen begannen mit einem verhaltenen Seufzen, als wäre es ihm zu mühsam, nachzufragen. Die Worte selbst vernuschelte er wie durch einen unsichtbaren Schnauzer. Dazu mahlten seine Wangenknochen, als hätte er den Befragten am liebsten gebissen. Man hätte ihm unterschwellig aggressive, affektierte Schlampigkeit vorwerfen können. Das funktionierte aber leider nicht, denn er war nach außen so korrekt und unnahbar wie ein Fernsehheld, der seine Schwächen zu verbergen wusste.

Trotzdem. Er sollte aufhören, Uwe zu quälen. Vicky spürte, dass er seinem Ziehsohn kein Haar gekrümmt hat. Scheiß auf die abzuwartenden Ermittlungsergebnisse!

»Hätte ich mich dem Glauben verschrieben, sollte ich besser für die Kirche arbeiten und nicht für die Polizei«, sagte Claaßen überraschend milde. »Wo waren Sie denn gestern Vormittag?«

»Hier. Es gibt keine Zeugen. Nehmen Sie mich jetzt fest?« Uwes Schmerz war dem Trotz gewichen.

»Gibt es denn einen Grund dazu?« Claaßen schien verwundert, der Strategiewechsel sollte Uwe verwirren: gerade noch Ekelpaket, jetzt vergebender Vater.

Plötzlich schrie Uwe: »Natürlich nicht!« Er musste seine Hände gegen seine Schläfen pressen, damit sein Kopf nicht explodierte. »Ich habe Oliver nicht angerührt! Oliver war doch mein Sohn! Sie Arschloch!«

Die Zurechtweisung durch Claaßen wegen Beamtenbeleidigung blieb aus. »Schauen Sie, ich muss meine Arbeit machen«, sagte er stattdessen. »Ich möchte genauso wie Sie wissen, was Oliver zugestoßen ist.«

»Und deshalb marschieren Sie hier rein und hauen mir so einen Stuss um die Ohren? Na, danke!« Mit zitternden Fingern nahm Uwe die glühende Zigarette aus dem Aschenbecher wieder auf. Eine andere, schmierige Kippe hatte begonnen zu schwelen. Hektisch klopfte Uwe beide aus und griff nach dem zerknitterten Tabaksbeutel, um sich eine neue Zigarette zu drehen. »Am Samstag war Oliver kurz hier, weil er mich«, er warf Claaßen einen giftigen Blick zu, »einfach so besuchen wollte. Danach ist er weitergefahren, ich glaube, zu seinem Freund Leonard.« Nachdenklich verzog Uwe die Stirn. »Er war mit dem Fahrrad hier, weil sein Auto eine Macke hatte.«

Ganz langsam atmete Vicky aus. Also war er nicht der Letzte, der Oliver lebend gesehen hatte? Sie hoffte es inständig für ihn. Es gab für sie nichts Schlimmeres, als Eltern, die ein Kind verloren hatten, unter Tötungsverdacht zu befragen. Obwohl solche Fälle natürlich auch vorkamen. Leider.

»Leonard Sauer«, ergänzte Uwe nach einer Weile und leckte das Zigarettenpapier an, bevor er es rollte. Als wäre alles wie immer. »Darf ich Oliver noch mal sehen?«

»Ich wollte Sie sowieso fragen, ob Sie ihn identifizieren möchten«, meinte Claaßen.

»Wird Anna auch dabei sein?«

»Ihre Ex-Frau? Ich gehe davon aus.«

Uwe schluckte. »Muss wohl so sein, dass alle noch mal zusammenkommen, bevor wir Oliver verscharren.« Sein Körper sprach für ihn, Uwe selbst war ganz weit weg. Endlich stand Claaßen auf. »Wir melden uns. Könnte sein, dass Ihr Chef einen Nachweis über die Zeit haben will, wenn Sie in die Rechtsmedizin kommen. Wir stellen Ihnen dann eine Bestätigung aus, dass Sie einen Termin mit uns hatten.«

»Der ARGE ist das wurst. Ich bekomme Stütze vom Staat.« Die fertige Zigarette landete zwischen rauen, braunen Lippen und wurde angezündet. »Wiedersehen.« Das war deutlich. Die beiden Polizisten standen auf und gingen.

Unten im Wagen steckte sich Claaßen einen Kaugummi in den Mund. »Klassischer Fall.«

Allein sein Tonfall ging Vicky plötzlich so sehr auf die Nerven, dass sie es sich nicht verkneifen konnte, mit den Augen zu rollen. »Meinen Sie wirklich, Uwe Pointinger hat seinen Sohn getötet?«

Belustigt musterte Claaßen sie. »Nein. Klassischer Fall von Übertragung der väterlichen Aggressionen auf Sie, meine ich. Manchmal bin ich echt froh, dass Blicke nicht töten können, sonst wäre ich nicht mehr.«

»Aber was habe ich denn jetzt schon wieder gemacht?«

»Vicky, kriegen Sie Ihre Emotionen in den Griff, dann sind wir weiterhin gute Freunde«, murmelte Claaßen wie zu sich selbst. »Und jetzt Abfahrt, bitte. Wir haben noch was vor.«

*

Der Kommissar hatte nur das, was auf dem Schreibtisch lag, in eine große Kiste gepackt und mitgenommen. Das Chaos hatte die Polizei Anna überlassen. Seit ein paar Minuten saß sie zum Glück nicht mehr allein auf Olivers ungemachtem Bett. Ralf hatte seine Tour unterbrochen und war nun da. Ihre Hände lagen nebeneinander auf dem Betttuch. Wenn sie die kleinen Finger abspreizten, hätten sie sich sogar berühren können.

Sie taten es nicht.

Es gab Etliches, was sie in den letzten Jahren nicht getan hatten, obwohl sie es hätten tun können. Zum Beispiel wäre es nicht verkehrt gewesen, wenn Ralf und Anna nach der Scheidung von Uwe und dem Ärger wegen der Vaterschaft nicht nur geheiratet, sondern sich auch wie ein liebendes Ehepaar verhalten hätten, statt das Klischee des »liebevollen Ignorierens« zu erfüllen. Aber das ging nach so langer Zeit der Heimlichkeit wohl nicht mehr. Etwas klemmte.

Anna warf einen Blick zu Ralf hinüber. Ein paar Wochen vor der Trauung war er zu ihr nach Obrighoven gezogen. Uwe hatte ihr die Wohnung überlassen, in die sie ein Jahr zuvor gezogen waren, damit Oliver nicht schon wieder aus allem herausgerissen wurde. Der Junge hatte es damals sowieso schon schwer genug gehabt.

Als Ralf zum ersten Mal nach der Trauung abends von der Arbeit nach Hause gekommen war, hatte das Rasseln im Türschloss anders geklungen. Es schwang plötzlich ein Unterton wie Gewohnheit mit, nicht mehr die anfängliche Erleichterung, endlich ganz offen mit der Frau zusammenleben zu können, die er liebte. Nach der kurzen Begrüßung hatte Ralf wie üblich einen Abstecher in Olivers Zimmer gemacht, die Tür geöffnet und »Guten Abend, junger Mann, was macht die Kunst?« hineingerufen. Es folgte Olivers unverständliches Gemurmel, eine Pause, dann wieder Ralf: »So geht das aber nicht, mein Freund.«

Bei der Erinnerung an diesen speziellen ersten Abend hob Anna unwillkürlich den Kopf. Uwes Klang hatte sich in Ralfs Stimme eingeschlichen, sie einen Tick zu streng, zu unnahbar gemacht. War das Uwes kleine Rache für all die Jahre, in denen er Ralf als Vater unwissentlich vertreten hatte?

»Das ist aber mein Leben«, hatte Oliver sich gewehrt.

»Und es ist mein Geld und das von deiner Mutter, das dafür draufgeht.« Türklappern.

Zack, abgebügelt. Ralfs Schritte kamen zum Wohnzimmer zurück. »Der Junge will das Gymnasium schmeißen.« Vorwurfsvoll hatte er Anna angeschaut, als wäre allein sie dafür verantwortlich.

Das hatte Anna kommen sehen. Hilflos hob sie die Schultern. »Ich finde es doch auch nicht gut, aber wenn ihm das Abitur zu schwierig ist?«

»Quatsch, das sind doch nur wieder so Flausen. Der soll sich mal auf den Hosenboden setzen, dann klappt es schon. Kannst du mir das Essen warm machen?«

Ganz langsam nahm Anna die Hand vom Bettlaken. Noch am Abend vor der Trauung hatte Ralf sich in die Küche gestellt und für alle drei gekocht, weil Oliver genauso müde von der Schule und Anna von ihrem Job als Buchhalterin nach Hause gekommen waren. Die Trauung am Freitag mit einem anschließenden Flitterwochenende zu zweit im Sauerland gaukelte ihnen vor, dass es immer so sein würde. Sie waren von nun an eine Familie, in der jeder seine Fürsorge für die anderen einbrachte. Und keine zweiundsiebzig Stunden später war Ralf ganz selbstverständlich in seine Rolle als autoritäres Familienoberhaupt gerutscht. Das Verständnis für Olivers Schulsituation ging ihm plötzlich völlig ab. »Sich auf den Hosenboden setzen« trat an die Stelle von Ralfs Versprechen: »Wir unterstützen dich bei allem, was du aus deinem Leben machen willst, egal, wie schwer die Oberstufe wird.« Ab da gab es für Anna keinen Unterschied mehr zu Uwe. Und damit endete ihre Liebe zu Ralf.

Sie wusste noch, dass es an dem Abend Kartoffelpüree mit Spinat und Spiegelei gegeben hatte. Reingeschaufelt hatte Ralf es, anschließend den Teller stehen lassen und den Fernseher eingeschaltet. Nicht mal ein Dankeschön, dabei war er mit seinen Liebesbezeugungen vorher geradezu verschwenderisch umgegangen. Aus Annas Gedanke, dass jeder mal einen schlechten Tag haben durfte, wurde die Gewissheit, dass Ralf ab jetzt fast nur noch schlechte Tage hatte, die sich von immer wieder aufflackernden Vater-Sohn-Diskussionen nährten. Erst ging es darum, dass Oliver das Zeug zum Abitur und es deshalb auch gefälligst zu machen habe. Dann sollte er seine guten Noten nicht an so was Windiges wie Journalismus verschwenden, sondern »Handwerker mit Diplom« werden. Ralf war schließlich auch Handwerker, also warum sollte sein Sohn etwas anderes lernen? Schon bald ging Anna raus, sobald die beiden ein Gespräch anfingen, das wie erwartet im Streit endete.

Langsam stand Anna auf und ging zu Olivers leerem Schreibtisch. Das Projekt Familie war für sie gescheitert, alle Hoffnungen, dass doch noch alles gut würde, endgültig dahin. Sie zog die oberste Schublade auf, auch sie war leer. Die Polizei hatte jedes noch so kleine Fitzelchen hervorgezerrt und würde auch das Bild zerstören, das Anna von ihrem Sohn hatte. Er hatte etwas Schlimmes getan, und jetzt war er tot.

»Meinst du, Uwe steckt dahinter?« Ralfs Frage klang, als wäre es ein Grund zur Hoffnung, dass sein ehemals bester Freund vielleicht den Tod seines Sohnes herbeigeführt hatte. »Glaube ich nicht«, flüsterte Anna. »Was ist mit dir?«

»Wieso ich? Oliver war schließlich mein Sohn!« Seine Empörung klang echt.

Aber die bringt mir Oliver auch nicht mehr zurück, dachte Anna und weinte.

*

Vera stand am offenen Fenster. Nieselregen sammelte sich auf ihrer Stirn, zeichnete die Konturen ihrer Schläfen und Wangen nach bis hinunter zum Kinn. Von dort tropfte es in dicken Perlen auf das Brustbein. Ihre Augenlider waren schon vor Stunden zu eiskalten Inseln geworden. Darunter träumte ihre Regenbogenhaut von Weihnachten, das sie mit Oliver hätte verbringen können.

Kalt bist du, dachte sie verwundert. Der Pullover hatte sich schwer mit Himmelswasser vollgesogen. Sie sollte das Fenster schließen und sich umziehen.

Der Griff ließ sich nur noch mit einem Trick bewegen. Das gleichzeitige Ziehen, Drehen und Drücken hatte Vera so oft wiederholt, dass ihr diese Bewegung ganz natürlich vorkam. Das Fenster schien damit ein Teil von ihr geworden zu sein, den nur sie so geschmeidig öffnen und schließen konnte. Heute hatte das Einrasten des Riegels etwas Endgültiges. Dieses Fenster würde sich nicht mehr öffnen, auch dann nicht, wenn das Nieseln versiegte und die Erde Zeit hatte, zu trocknen. Eingerastet war der Riegel für die nächste Ewigkeit, wie lang diese auch sein mochte.

»Shit«, murmelte Vera. Für den Filzteppich musste ein neuer Name erfunden werden. Ihre Füße quatschten, wenn sie sie bewegte. Kleine Pfützen quollen bei jedem Schritt heraus und begleiteten sie fast bis an die Luke. Die darunterliegenden Dielen nahmen ihr die Feuchtigkeit mit Sicherheit bald übel. Das Dach war nicht mehr dicht, ein Grund mehr, diesen Raum im Giebel nie mehr zu betreten.

In Zeitlupe drehte Vera sich um und ging hinaus. Unschlüssig blieb sie in dem engen Flur stehen. Ihr Zimmer darunter war zum Glück nicht betroffen. Wann das Gebälk wohl nachgab und einbrach? Würde es sie unter sich begraben, wenn sie wieder schlaflos im Bett lag? Das einzig Stabile in diesem Teil des Daches war die Klappleiter, mit der Vera vom Spitzboden zurück ins Obergeschoss kam. Die hatte sie vor drei Wochen aufgestellt, weil die Dachbodenleiter heruntergebrochen war.

Die Treppenstufen stöhnten selbst unter ihrem leichten Körper, als sie die Treppe ins Erdgeschoss hinunterschlich. Der Kachelofen in der Küche hatte schon lang nicht mehr gewärmt, auch der Durchlauferhitzer hatte den Dienst quittiert. Trotzdem gab es fast nur sauberes Geschirr in den Schränken. Man konnte schließlich Wasser auf dem Herd erwärmen. Das Wasser nahm Vera auch zum Aufbrühen von Melissentee. Sie musste ihren Körper aufwärmen und gleichzeitig die eisige Ruhe einkapseln, die der Nieselregen in sie hineingefroren hatte. Damit hatte sich ein weiterer Eisklumpen in der empfindsamsten Zone ihres Wesens manifestiert. Früher oder später würde sie innerlich erfrieren. Lang konnte es nicht mehr dauern.

Schon bei der hausärztlichen Untersuchung für den Eignungstest zur ballettpädagogischen Ausbildung war Vera plötzlich von dem Gedanken besessen gewesen, dass dieser Tag ihr letzter sein konnte. Vor Aufregung waren ihre Knie weich geworden, und als die Schwester die Nadel in ihren Arm stach, gab ihr Körper den Widerstand auf und zog sie in die Liege hinein.

»Bleib liegen, bis es dir besser geht«, hatte die Krankenschwester gemurmelt und ihr seelenruhig fünf Röhrchen Blut abgezapft. Während das rote Zeug aus Vera herausrann, schoss ihr plötzlich eine Frage von ganz hinten aus dem Kopf direkt auf die Zunge. »Wo im Körper beginnt die Leichenstarre?«

Vera klang sich selbst fremd, als sie diese Frage mitten in der Küche wiederholte und die Antwort mit der Stimme der Krankenschwester wiedergab: »Im Herzen, mein Kind, im Herzen.«

Der Wasserkocher brodelte. Wie ein fremdes Ding kam Vera das vor, was da in ihr schlug, als sie das heiße Wasser über den Melissenteebeutel goss.

Im Herzen.

Mein Kind.

Im Herzen.

Aus der Tasche zog sie das silberne Handy, um weiter Olivers konservierten Gedanken zuzuhören. War das nicht ein bisschen wie der Blick in eine fremde Hölle? Und sollte sich nicht die Polizei mit dieser Hölle beschäftigen?

Es ist bald halb elf abends, 17. Oktober. Ich hab den ganzen Tag im Bett gelegen. Bis zum nächsten Semester sind es nur noch ein paar Tage. Wieso unterstützt Anna mich nicht dabei, dass ich Journalismus studieren kann oder wenigstens fest bei einer Zeitung unterkomme? Ich hab doch nicht das Ingenieursstudium aufgegeben, damit mein Leben den Bach runtergeht, ich will was Richtiges bewirken! Dabei hat Anna jeden einzelnen meiner Zeitungsartikel gleich ausgeschnitten und an die Wand über ihr Nachtkästchen gehängt, weil sie so stolz ist. Und erst letzte Woche war sie bei Frau Dr. Bechermann, um sich bei ihr alles von der Seele zu reden. Mal wieder. Ohne mein Interview wüsste Anna gar nicht, dass es diese Superpsychologin gibt! Aber verstehen kann Anna trotzdem nicht, warum es mir nicht reicht, dass ich den Handtaschendieb geschnappt habe. Ich meine, ich konnte die Schlagzeile nicht mal in eine Bewerbung schreiben. »Mutiger Abiturient stellt Handtaschendieb nach Verfolgungsjagd durch das Emporia Shopping Center.« Ja, Wahnsinn. Und das war's dann? Dabei gibt es so viel Mist auf der Welt, der neben den großen Politikkrachern läuft. Dort, wo man gar nicht hinschaut.

»Sei doch nicht immer so furchtbar ehrgeizig mit dieser Zeitungssache. Nur, weil du einmal einer Rentnerin die Handtasche zurückgebracht hast, kannst du nicht gleich die ganze Menschheit retten«, hat Anna heute gesagt. Dabei will sie selber immer schön gerettet werden, erst von Uwe, dann von Ralf! Aber so funktioniert das bei mir nicht. Ich will nicht warten, weil niemand kommen wird. Und wenn jemand kommt, haut er wieder ab. Erst Uwe, dann Ralf.

Überhaupt Ralf, dieses Weichei. Zieht sechzehn Jahre seinen besten Freund über den Tisch, nur damit er nicht für mich aufkommen muss. Feigling. Und jetzt will er mir sagen, wie ich mein Leben zu leben habe? Idiot!

Das mit den Youtube-Videos werde ich doch nicht machen. Zu aufwendig. Die Probevideos waren alle eher blöd. Ich bin auch nicht der Typ dafür. Ich sehe da darin aus wie ein Nasenaffe auf Speed. Audios liegen mir einfach mehr. Vielleicht, wenn mal was Besonderes ist, mache ich eine Live-Video-Aufzeichnung auf allen Social-Media-Kanälen. Zum Beispiel bei so einem Ding wie mit dem Autofahrer, der letztens einen Fahrradfahrer regelrecht gejagt hat. Nachts im Schweinsgalopp durch die Feldmark! Der Typ muss in die Pedale getreten haben wie ein Irrer. Aber den Autofahrer hat er nicht erkannt, auch nicht das Autokennzeichen. Kein Wunder, der Autofahrer hatte den anderen anscheinend auf die Hörner nehmen wollen. Alles plattfahren. Brumm brumm! Da blieb echt nicht viel Zeit für den Fahrer-Check.

Aber das wär's. Wenn ich rauskriege, wer das war! Mit der Story kann ich Anna bestimmt davon überzeugen, dass ich unbedingt Journalist werden muss. Dann steht in der Zeitung: Journalist Oliver Bauer stellt Fahrradjäger! Das gibt mindestens den Pulitzerpreis. Nicht. Aber man darf ja träumen. Ich muss das Thema dem Sockerberg bei der nächsten Redax-Konferenz unbedingt vorschlagen.

Der Melissentee brannte auf Veras Zunge. Er war immer noch zu heiß. Immerhin musste sie gerade nicht weinen, wenn sie Olivers Stimme hörte.

Der Fahrradjäger. Sie erinnerte sich.

Schaudernd.

Inzwischen hatte die nächste Tonspur angefangen. Oliver hatte sie am nächsten Morgen aufgenommen. Die Müdigkeit in seinen Worten trieb Vera nun doch die Tränen in die Augen. Wie gern hätte sie ihn gepflegt, damit alles wieder gut würde!

Laut schluchzte Vera heraus.

Verehrtes Publikum! Wir haben den ... Moment ... 18. Oktober. Der Tag ist genauso weitergegangen, wie die Woche angefangen hat, nämlich beschissen. Obwohl Anna heute Morgen allen Ernstes gesagt hat, dass sie mir jetzt doch bei dem Journalismus-Studium helfen will. Sie wollte sogar wissen, was ich heute vorhabe. Das hat sie mich noch nie gefragt! Was soll das sein, späte Einsicht oder Mitleidsvorschuss in der Hoffnung, dass ich es kacke finde und doch noch Ingenieur werde?

Na ja, jedenfalls hatte sie mich heute ohne Theater zur Redaktionskonferenz fahren lassen. Hat aber auch nichts genützt, denn der Chef-Redax hat den Silberrücken raushängen lassen. Was denn bitte an einer Story über einen Verkehrsrowdy dran sein soll, hat er gefragt, ob ich das nicht ein bisschen zu dramatisch aufbausche. Ich so, weil ich völlig überzeugt war, dass ich ihn damit auf meine Seite ziehe: Laut meinen Quellen habe ich ...

Und er so: Welche Quellen genau?

Und ich so: Facebook, Twit...

Und abgewürgt. Er hat mich einfach abgewürgt! Er meinte, darauf gibt er nichts, das sei neumodischer Mist. Und ich soll mich nicht ständig wie der Rächer der Witwen und Waisen aufführen, nur weil ich einmal einer Omma die Handtasche zurückgebracht habe. Der Sockerberg macht den Job seit Jahrhunderten, ohne begriffen zu haben, was er damit alles bewegen könnte. Und er hat keinen Respekt vor den Menschen, die ihm seine Storys liefern!

Ich hab mich danach höflich zurückgehalten und den idiotischen Vorschlägen meiner Kollegen gelauscht, immer alles schön untermalt mit Sockerbergs Worten: »Aber lass es um Himmels willen menscheln, ja? Die Leute sollen sich ernst genommen fühlen! Jeder Karnickelköttel im Lokalteil ist wichtig, damit die Leute kaufen!«

Weißt du was, liebes Publikum? Ich pfeif auf Sockerberg. Ich recherchiere trotzdem. Ich will den Fahrradjäger fangen. Und das werde ich auch!
Was anderes liegt beim mir ja momentan nicht an.

Vorsichtig beendete Vera die App und legte das Handy auf den zerschrammten Küchentisch. Dass er sein Studium aufgegeben hatte, war ihr neu. Seltsamerweise tat sich daraufhin aber nichts bei ihr, obwohl Oliver ihr etwas mehr als zwei Wochen hatte weismachen wollen, was für ein solider Typ er doch mit seinem Technikstudium war. Andererseits auch logisch, denn wieso hätte er sonst so viel Freizeit gehabt?
Und jetzt war er tot.
Vera schluckte. Die Küche wurde plötzlich zu eng für das, was in ihr aufwallte. Mit eingezogenem Kopf, als könnte sie so ihren inneren Dämonen entkommen, huschte sie wieder die Treppe hinauf in ihr Zimmer.

*

Wir hier auf der Grav-Insel wissen, wie das Leben funktioniert. Glaube ich.

Udo Gödecke stand mit einer Tasse Kaffee auf der Veranda vor seinem Camper. Die Markise hatte er bereits abgenommen. Jetzt musste er noch die Plattform auseinanderbauen und hinten an den Hallen in seinem Stauraum einlagern, winterfest natürlich. Das machte er jedes Jahr am Reformationstag, keinen Tag früher oder später. Das war sein Ritual, mit dem er sich selbst daran erinnerte, dass alles vergänglich war, auch eine selbst gebaute Veranda und damit das Leben in Freiheit.

Dieses Jahr war er trotzdem spät mit dem Abbau dran. Den Vormittag hatte er mit Elena in Wesel auf der Polizeidienststelle verbracht. Es gefiel ihm nicht, dass er dieses Jahr schon öfter mit der Polizei tun gehabt hatte. Aber es war wie verhext. Spätestens alle sechs Wochen stand ein Uniformierter vor ihm und befragte ihn, ob er etwas zu dem Vorkommnis X, Y oder Z sagen konnte. Lag es daran, dass Udo so was wie ein Urgestein in dieser Straße war?

Aus der Küche kam Topfgeklapper. Elena kochte das Mittagessen. Sie liebte Udo, aber ab ungefähr Mitte September hasste sie die Grav-Insel und grollte Udo deshalb. Ab Herbst war die Zeit der heimlichen Hoffnungen des Sommers vorbei. Die Leute wollten dann aus irgendeinem Grund nicht mehr so oft die Karten gelegt bekommen, um sich von Elena die Zukunft voraussagen zu lassen. Vielleicht war das so, weil das Jahr sowieso bald vorbei war und sie sich in eine Art inneren Winterschlaf begaben?

Bedächtig nippte Udo an seiner Kaffeetasse. Elena kochte den besten Filterkaffee der Welt, fand er und bedauerte, dass morgen schon Allerheiligen war. Eigentlich hatte Udo kein Problem damit, dass das Jahr zu Ende ging. Jedes Jahr musste mal enden. Manchmal war es auch ganz gut, wenn es endete, denn nicht alle Jahre waren erträglich. Aber in diesem Jahr war Allerheiligen für seinen Geschmack zu schnell gekommen. Das bedeutete, dass Elena morgen bis zum 6. Januar zu ihrer Familie in die Ukraine fuhr. Danach kam sie bis Ende Februar bei Freunden in Spanien unter. Und erst Anfang März wäre sie wieder bei ihm auf der Grav-Insel. So war das nun mal.

»Das Essen ist fertig!«

Udo liebte es, wenn sie nach ihm rief. Langsam stieg er in den Camper, den Elena jedes Jahr aufs Neue wie einen kleinen Audienzsaal herausputzte. Auf jedem freien Fleck lagen selbst gehäkelte Deckchen oder protzige Kissen. Figürchen, Teller mit Goldrand und vor allem Bilder von ihrer riesigen ukrainischen Familie gaben sich ein seltsames Stelldichein. Die demonstrative deutsche Zurückhaltung hatte hier keine Chance. Und trotzdem fand Udo Elenas schamlose Angeberei mit ihrem kleinen, aber feinen Wohlstand gemütlich.

»Zu Tisch, zu Tisch«, sang Elena und stellte die Schüssel mit dem Salat neben die Koteletts. Sie hatte sogar das gute Geschirr aus dem Schrank geholt und liebevoll angerichtet.

»Hm, das sieht wieder lecker aus!« Udo rieb sich freudig die Hände und setzte sich auf die Eckbank. Elena quiekte belustigt, als er ihr auf den Po klopfte und sie zu sich herunterzog, um sie zu küssen.

Sie schob ihn weg. »Du musst dich kümmern, Udo.«

»Wie, kümmern?«, fragte er verdutzt.

»Na, du weißt schon. Du musst zum Cornelius-Haus fahren und schauen, ob alles in Ordnung ist.«

Bekümmert betrachtete Udo die Fleischberge auf dem Servierteller. »Vor dem Essen?«

»Nein, danach natürlich, du Dummerchen.« Seufzend nahm Elena auf der anderen Seite des schmalen Tisches Platz.

Udo war der Appetit auf die Koteletts erst mal vergangen. Das war die Krux, wenn man sich über Jahre an ein und demselben Ort aufhielt. Man kannte zu viele Leute und übernahm unbewusst Verantwortung für sie.

Elenas Messerspitze senkte sich in das Fleisch und säbelte ein Stück davon ab. Als sie seine Niedergeschlagenheit bemerkte, hielt sie inne. »Was ist los?«

Seufzend lehnte Udo sich zurück. Hinfahren und nachschauen, ob bei Cornelius' alles in Ordnung war, gerne. Aber was machte er, wenn nichts mehr in Ordnung war, wie er und Elena befürchteten?

Sie schien seine Gedanken zu lesen. »Du fährst«, bestimmte sie. »Du kannst ein junges Mädchen nicht sich selbst überlassen.«

»Kann ich nicht? Sie ist erwachsen.«

Udos Gegenargument fand keine Zustimmung. Betreten nahm er sich ein Stück Fleisch. »Aber dann bin ich vielleicht den Rest des Tages beschäftigt.« Er stockte. »Und du fährst heute Abend. Ich sehe dich dann vier Monate nicht!«

»Ich kann gut auf mich aufpassen«, antwortete Elena mit vollem Mund. »Außerdem werde ich dich heute begleiten, wenn nichts dazwischenkommt.«

Das versöhnte Udo wieder. Fröhlich schaufelte er Tomatensalat auf ein Tellerchen und begann zu essen.

*

»Was ist denn nun mit dem Termin bei diesem Chefredakteur?«

Claaßen riss Vicky mit seinem Genuschel aus dem beleidigten Schweigen, in dem sie sich gerade eingerichtet hatte. »Keine Ahnung. Die Sekretärin wollte mir keinen Termin geben.«

Mit dem stummen Claaßen auf dem Beifahrersitz fuhr Vicky in den Kreisverkehr und nahm die Ausfahrt in die Bislicher Straße Richtung Flüren.

An der Ecke gab es mal eine Tankstelle, dachte sie, die in den 1980er Jahren abgebaut wurde. Jetzt steht dort ein schmutziggrauer Wohnklotz. Früher war das mal eine nette Ecke. Früher war es auch üblich, die Kolleginnen zu billigen Handlangern zu degradieren, egal, welche Position sie bekleideten.

»Ich bin übrigens *nicht* Ihre Sekretärin«, sagte Vicky.

»Hätte Ihnen aber auch schon früher einfallen können«, brummte Claaßen. »Zum Beispiel bei Frau Bauer.«

Vicky brauchte ein paar Sekunden, um ihre Verblüffung zu überwinden. Sie hatte eigentlich damit gerechnet, dass er sie mit einem dummen Spruch zum Schweigen brachte. »Da bot es sich an, weil Sie die Frau Bauer gerade befragt haben.«

»Und jetzt bietet es sich an, Widerstand zu leisten, weil Sie am Steuer sitzen?«, frotzelte Claaßen.

»Nein. Jetzt haben Sie die Hände frei, im Gegensatz zu mir. Die Durchwahl ist die 112.«

Claaßen kicherte. »Wie der Polizeiruf. Muss ein wichtiger Typ sein, der Herr ... wie heißt er?«

»Ragnar Sockerberg.« Einen kichernden Claaßen fand Vicky verstörender als alles, was sie bisher mit ihm erlebt hat.

»Ist das ein alter Schwede oder was?«, feixte Claaßen.

Heimlich verdrehte Vicky die Augen. »Stammt Ihr Name nicht auch eher aus dem Norden, Dänemark oder so?«

Schlagartig hörte Claaßen auf zu lachen. »Vielleicht.« Er drehte den Kopf weg, damit Vicky nicht sah, dass er rot wurde.

»Wollen Sie auch den Rest der Nummer?«

»Den hab ich schon, danke.« Kurz darauf verlangte Claaßen gewohnt unfreundlich einen Termin beim Chefredakteur und wurde, wer hätte es gedacht, von der Sekretärin nicht etwa auf später vertröstet wie Vicky, sondern durfte sich auf ein Gespräch in anderthalb Stunden freuen. Ein wenig gelangweilt steckte Claaßen sein Handy in die Manteltasche. »Und was war daran jetzt so schwierig?«

»Die Chefsekretärin«, vermutete Vicky. »Meine Info war, dass Sockerberg den ganzen Tag außer Haus ist.«

Wehmütig knurrte Claaßens Magen, als sie am Restaurant beim Schloss vorbeifuhren. Er hatte Hunger. »Ich persönlich glaube ja, dass die Sekretärin noch von der ganz alten Garde ist und mit einer Polizistin nichts anfangen kann und Sie deshalb nicht ernst genommen hat.«

Noch so ein Satz von ihm, der Vicky aus dem Konzept brachte. Dass er sich in dieser Sache auf Vickys Seite schlug, war fast schon unerhört kollegial.

»Da staunen Sie, was?«, meinte er grinsend. »Ich weiß doch, wie die älteren Semester ticken. Die sind in der Hinsicht nicht besser als die Herren Kollegen, obwohl sie gern was anderes behaupten. Die fallen den jüngeren Geschlechtsgenossinnen auch gern mal in den Rücken.«

»Das war politisch aber auch nicht ganz korrekt.«

»Die Realität war noch nie politisch korrekt.« Das sagte wieder der kratzige Claaßen, mit dem Vicky kaum zurechtkam. Am besten konzentrierte sie sich auf die letzten hundert Meter bis zu ihrem nächsten Ziel, einem schmucken Einfamilienhaus direkt am Strand.

Über den Polizeifunk wurde ein Zweierteam angefordert. In Blumenkamp hatte ein Autofahrer einen Fahrradfahrer umgefahren. Der Fahrradfahrer war schwer verletzt, ein Rettungswagen bereits unterwegs, der Autofahrer flüchtig.

»Sauber«, brummte Claaßen. »Da vorn wohnen die Sauers. Hätten Sie Lust, die Befragung mit mir zusammen durchzuführen? So im Stil good cop, bad cop?«

Unschlüssig zuckte Vicky mit den Schultern.

»Andernfalls müsste ich Sie jetzt nach Blumenkamp schicken.«

Darauf hatte Vicky auch keine große Lust. »Von mir aus.«

*

Ein Mann in den sogenannten besten Jahren öffnete ihnen die Tür. »Ja, bitte?«

»Kriminalkommissar Claaßen, meine Kollegin und ich ermitteln im Todesfall Bauer und wir haben ein paar Fragen. Dürfen wir reinkommen, Herr …?«

»Bert Sauer. Kommen Sie«, meinte Bert Sauer steif, als wollte Claaßen mit ihm seiner Ankündigung zum Trotz einen Kreditplan für den Hausumbau durchgehen, und führte ihn und Vicky in die Wohnküche. Hier hatte sich wahrscheinlich Frau Sauer innenarchitektonisch ausgetobt. Vicky musste nicht lang überlegen, um dem Raum das Prädikat »geschmackvoll dekoriert« zu verleihen, genauer: mit dem neuesten angesagten Nippes vollgestellt. Das i-Tüpfelchen waren zwei Spendenquittungen, die an einer Vase lehnten und dem Ganzen einen sozial engagierten Touch gaben. Sie waren an den Sohn Leonard Sauer adressiert. So ein herzensguter Junge aber auch!

»Bitte nehmen Sie Platz, bitte greifen Sie zu«, meinte Bert. Gemütlich war es nicht auf den hohen Hockern an dem noch höheren Tisch, aber sie waren schließlich nicht zum Wohlfühlen hergekommen.

»Sie sprachen von einem Todesfall bei den Bauers«, fuhr Bert fort, nachdem Claaßen sich endlich auf seinem Hocker arrangiert hatte.

»Oliver Bauer ist vergangene Nacht tot aufgefunden worden.« Claaßen musterte den Inhalt des hölzernen Schüsselchens auf dem Tisch. Hm. Erdnüsse. Nicht heute.

»Oh.« Das erste echte Gefühl auf Berts Gesicht sah aus wie eine emotionale Entgleisung. »Oliver? Was ist denn passiert?«

»Wir ermitteln noch«, sagte Vicky rasch. »Wir müssten mal mit Ihrem Sohn sprechen.«

Aus Berts Bestürzung wurde Verwirrung. »Was hat Leonard damit zu tun?«

»Anna Bauer hat uns gesagt, dass er ziemlich gut mit Oliver befreundet war. Wir denken, dass er uns weiterhelfen kann.« Vickys Nachsatz brachte ihr einen Seitenblick des Kommissars ein. Red nicht so viel, sollte das wahrscheinlich bedeuten, und: Der soll uns nicht nur helfen, das muss er sogar. Verlegen lehnte Vicky sich zurück. Zum Glück fiel ihr rechtzeitig ein, dass sie auf einem Hocker saß.

»Mein Sohn war bis vor ein paar Minuten auf dem Fußballplatz und duscht gerade. Soll ich ihm sagen, dass Sie mit ihm sprechen wollen?«

Claaßen hielt Bert für einen resoluten Menschen und tat diese, in seinen Augen etwas dämliche Frage als Verwirrung ab. Kein Wunder, Leute wie Bert wurden nicht täglich mit einer Leiche konfrontiert. Hoffentlich!

»Bitte.« Umständlich wedelte Claaßen Bert weg. Diese Geste war unhöflich genug, um seine Rolle als »bad cop« zu unterstreichen.

Es dauerte keine zehn Minuten, dann saß ein hoch aufgeschossener junger Mann im Trainingsanzug mit nassen Haaren vor seinem Protein-Shake. Abwechselnd schaute er Claaßen und Vicky an. »Sie wollen mich verarschen, oder?«

»Leonard!«, ermahnte ihn sein Vater.

»Verarsche auf Staatskosten ist gesetzlich verboten«, meinte Claaßen gelassen. »Wo waren Sie am Samstag?«

»Hier«, antwortete Leonard ruhig. »Ich hatte frei.«

»Keine Vorlesungen oder ein Sonderseminar an der Uni?«

»Nein.«

»Und wann haben Sie Oliver Bauer zum letzten Mal gesehen?«

Verwirrung und Abwehr ließen Leonard zu seinem Protein-Shake greifen. In großen Schlucken leerte er das Glas zur Hälfte. Das Klirren beim Zurückstellen auf den Tisch hätte auch ein Winseln sein können. »Auch Samstag.« Sein Gesicht hatte die Farbe des Shakes angenommen. Blassrosa sah nicht besonders gut an ihm aus. »Am Nachmittag ist er weggefahren. Sein Auto ist im Eimer und er war die letzten Tage mit dem Fahrrad unterwegs.«

»Sie wissen nicht zufällig, wohin er gefahren ist?«, fragte Vicky.

Schulterzucken. »Keine Ahnung. Darüber haben wir nicht gesprochen.« Um seine Redlichkeit zu unterstreichen, schickte Leonard einen Augenaufschlag à la Bambi hinterher, was Vicky aber nicht beeindruckte.

»Sie waren doch angeblich so gute Freunde«, unterbrach Claaßen Leonards Demonstration. »Und da hat Oliver Ihnen trotzdem nicht gesagt, warum er Sie an einem Samstag, an dem Sie beide Zeit hatten, allein lässt? Zwei junge Männer, die sich um nichts kümmern müssen als ihr Studium.«

»Ich weiß wirklich nicht, was Oliver vorhatte«, beteuerte Leonard. »Außerdem hat er doch seit dem Sommer nicht mehr studiert.« Seitenblick zu seinem Vater. »Ich wollte jedenfalls Lehrstoff wiederholen.« Erster Trotz schwang in dem Satz mit.

»Was studieren Sie denn Schönes?«

»Medizin!« Bert wurde die Befragung seines Sohnes bereits zu viel. Die Höflichkeit, die er an den Tag legte, wurde von einem strengen Unterton begleitet. »Ich kann das bestätigen, ich war den ganzen Tag hier! Das wollen Sie doch sicher auch wissen, oder?«

»Was genau können Sie bestätigen?«, fragte Vicky eine Spur zu nett und hoffte, dass die Inneneinrichtung mit der ach so weiblichen Note nicht auf sie abgefärbt hatte.

»Dass mein Sohn sich am Samstag mit Oliver Bauer hier bis zum Nachmittag aufgehalten hat. Danach ist Oliver allein mit dem Fahrrad weggefahren. Meine Frau kann das auch bezeugen.«

»Eine Bestätigung reicht erst mal, wir sind hier nicht bei Gericht«, beschwichtigte Claaßen. »Also gut. Wie lang kannten Sie Oliver Bauer denn?«

»Seit dem Kindergarten.« Aus dem Blassrosa auf Leonards Wangen wurde teigiges Grau. Die Erkenntnis ist nie schön, dachte Claaßen bekümmert und stellte sich darauf ein, dass Leonard gleich die Küche verlassen wollte.

»Kann ich mich einen Moment hinlegen?«, sagte er da auch schon. »Ich fühle mich nicht gut.«

Wortlos stand Bert auf und nahm Leonards Arm wie bei einem Schwerkranken, um ihn hinauszudirigieren.

»Wohin?«, fragte Vicky.

»In sein Zimmer, Sie sehen doch, dass es ihm nicht gut geht.«

»Die Couch im Wohnzimmer tut's doch auch, oder? Wir sind noch nicht fertig mit der Befragung.« Claaßens Aussage dahinter, dass hier niemand eine Pause bekam, wurde von seinem knurrenden Magen bestätigt.

Bert gehorchte ohne Widerrede. Weder stellte er sich mit dem Satz: »Ich schütze lediglich die Rechte meines Sohnes!« quer, noch schrie er nach einem Anwalt. Entweder war er vernünftig genug oder er wusste, dass er damit die Angelegenheit unnötig verkomplizierte. Erstaunlich für jemanden, der, so erfuhren Vicky und Claaßen auf dem Weg ins Wohnzimmer, Maschinenbau studiert hatte und Abteilungsleiter eines Großkonzerns in Oberhausen war. Heute hätte er sich freigenommen. Leonard fügte sich ebenfalls, weil er seinem Vater vertraute, im Gegensatz zu Oliver Bauer und seinen beiden Vätern, wie Claaßen vermutete.

Auf der Couch oder besser: der dunkelblauen Wohnlandschaft wirkte Leonard kränklich und klein. Seine nackten, ein wenig aufgeriebenen Füße lagerte er auf Anraten seines Vaters »gegen den Schock« auf den Armlehnen. Die Maßnahme erschien Vicky mächtig übertrieben. Leonard machte nicht den Eindruck, als hätte er einen Schock erlitten.

»Sie kannten Oliver Bauer also aus dem Kindergarten«, nahm Claaßen den Faden wieder auf. Er teilte sich mit Vicky einen Zweisitzer.

»Ja«, antwortete Bert für Leonard. »Sie waren von Anfang an ausgesprochen gute Freunde.« Er hatte sich den Paradesessel geschnappt, um seine Stellung in der Familie zu demonstrieren.

»Ich habe Ihren Sohn gefragt«, wies Claaßen seine Antwort zurück. »Also? Herr Sauer junior?«

»Wir waren schon früh gute Freunde«, bestätigte der brav. »Wir waren zusammen im Kindergarten und in der Schule.«

»Wo?«

»Konrad-Duden-Gymnasium«, meinte Leonard, gleichzeitig sagte sein Vater: »Andreas-Vesalius-Gymnasium.«

»Herr Sauer, Ihr Sohn ist erwachsen und kann für sich selbst sprechen«, fuhr Claaßen den Vater an. »Das sollten Medizinstudenten jedenfalls können. Auf welcher Schule waren Sie denn nun?«

»Auf—«

»Du musst nichts sagen«, unterbrach Bert ihn hektisch. »Das hatte doch nun rein gar nichts mit den Ermittlungen zu tun! Meiner Meinung nach.«

Claaßen zuckte mit den Schultern. »Ich kann auch bei der Schulverwaltung nachfragen.« Und überhaupt ist ein Schulwechsel kein Beinbruch, dachte Vicky, normalerweise!

»Wir waren erst zusammen auf der Flürener Grundschule«, erklärte Leonard leise, »dann auf dem Konrad-Duden-Gymnasium und ab der neunten Klasse auf dem Andreas-Vesalius-Gymnasium.«

»Das hat sich so ergeben«, mischte Bert sich erneut ein.

Claaßen reichte es langsam. »Sie gehen jetzt besser raus.«

»Das ist mein Haus!«, protestierte Bert. »Sie können mich nicht einfach rausschmeißen!«

Klugscheißer. Warum drehte Sauer senior jetzt doch am Rad? »Ich kann Ihren Sohn auch in die Dienststelle vorladen«, klärte Claaßen ihn auf. »Ist Ihnen das lieber?«

Das war es natürlich nicht. Mit sehr geradem Rücken verließ Bert das Wohnzimmer. Als sich die Tür hinter ihm geschlossen hatte, setzte Leonard sich auf. »Sorry für meinen Alten.«

Claaßen winkte ab. »Warum war der Schulwechsel für Ihren Vater schwierig?«

Leonards Gesichtsfarbe wechselte von grau zu käsig. »Der Wechsel war nicht ganz freiwillig.«

In der abwartenden Stille kam endlich die Großvater-Standuhr in der Ecke zum Einsatz. Sie schlug die volle Stunde wie eine dezente Warnung, dass es gleich ans Eingemachte ging.

»Herr Sauer junior, ich bin kein Freund von unvollständigen Informationen, ich bevorzuge die ganze Story«, schnarrte Claaßen ungeduldig.

»Die kriegen Sie ja, Herr Kommissar.« Leonard brauchte mehrere tiefe Atemzüge, bevor er weitersprechen konnte. Anscheinend ertrug er seine Schulvergangenheit nur mit genügend Sauerstoff im Blut.

Bevor Claaßen ihn fragen konnte, ob er absichtlich hyperventilierte, damit er um die Aussage herumkam, platzte Leonard heraus: »Das lag an unserem idiotischen Biolehrer. Der hat uns regelrecht gemobbt, weil er es nicht vertragen hat, dass Oliver und ich besser waren als er.«

Interessant, bedeutete Vickys Kopfnicken.

»Der war gar nicht geeignet für den Schuldienst.« Leonard setzte sich zurecht. Mit dem, was er gleich erzählen würde, kannte er sich gut aus. »Manchmal kam er sogar mit 'ner Fahne zum Unterricht. Und dann seine Unterrichtsvorbereitung! Die war praktisch nicht vorhanden.«

»Ich denke nicht, dass das strafbar ist«, meinte Vicky unbedacht.

»Sollte es aber sein«, brummte Leonard. »Ich war kein Streber, aber wenn man ein halbes Jahr bei einem Lehrer im Unterricht sitzt, der völligen Schwachsinn labert und in den letzten zwei Minuten drei Seiten Text aufschreiben lässt, dass die Pause draufgeht, da hat man irgendwann keinen Bock mehr.«

»Wegen so was muss man nicht die Schule wechseln«, pflichtete Claaßen Vicky bei.

»Doch«, behauptete Leonard fest. »Weil das Zeug, das er uns diktiert hat, totaler Unfug war. Total falsch!«

»War Bio Ihr Lieblingsfach?«

Leonard nickte. »Alle naturwissenschaftlichen Fächer. Und weil unser Lehrer so dämlich war, habe ich mal den Medizinatlas mitgebracht und bin extra in der Pause zu ihm ins Lehrerzimmer gegangen, um ihm den zu zeigen. Man kann sich mal irren, habe ich mir gedacht und geglaubt, der würde kurz rot werden und die Sache wäre damit durch.«

»Aber das war nicht der Fall, richtig?« Normalerweise war Claaßen mit suggestiven Fragen vorsichtig, aber es war offensichtlich, in welche Richtung Leonards Bericht ging. Blöd nur, dass der Bengel meinte, es spannend machen zu müssen. Typisch Medizinstudent oder doch ein ausgemachter Egozentriker?, fragte Claaßen sich.

»Richtig.« Bekräftigendes Nicken. »Der war total beleidigt und hat mich in der Stunde danach regelrecht auseinandergenommen. Und dann hatte er mich was ganz Leichtes gefragt – ich antworte – und er sagt: ›Falsch, Herr Sauer. Das kann ich wohl nicht als bestanden durchgehen lassen.‹ Irre, oder?«

»Irre«, bestätigte Claaßen. »Klingt nicht ganz korrekt.«

»War es auch nicht.« So etwas wie trauriger Triumph blitzte in Leonards Augen. »Ich habe den Medizinatlas noch mal rausgenommen und ihm gezeigt, dass ich recht habe. Hat er aber nicht gelten lassen. Da habe ich ihm gesagt, er kann sich das ›nicht bestanden‹ sonst wohin schieben. Und dann war's vorbei.« Langsam sank Leonard in sich zusammen. Stolz auf den Widerstand gegen einen Lehrer sah definitiv anders aus.

»Was meinen Sie damit?«, hakte Vicky nach.

»Damit meine ich, dass der erst mich und dann auch noch Oliver fertiggemacht hat, wo es nur ging. Gestichelt hatte er, mit Briefen an unsere Eltern gedroht. Jede verdammte Biostunde. Und wir hatten eine Heidenangst und haben zu Hause nichts gesagt. Aber die Noten haben natürlich drunter gelitten. Ich bin in fast allen Fächern abgerutscht.«

»In fast allen Fächern?« Das verblüffte selbst Claaßen.

»Ja, was glauben Sie, was das für ein Stress war?« Zornige Flecken erschienen auf Leonards Wangen. »Plötzlich war die Versetzung gefährdet, meine und Olivers. Wir waren so unheimlich wütend.« Abrupt schloss er den Mund und verschränkt die Arme. Schniefte ein paar Male. »Wir haben seine Karre angezündet«, sagte er schließlich.

Eine Weile war es wieder still in dem Wohnzimmer mit der dunkelblauen Wohnlandschaft. Darauf saß Leonard wie ein trauriger Prinz, der das Königreich nicht mehr wollte, das er sich erkämpft hatte.

»Dann ist alles rausgekommen«, soufflierte Vicky leise.

Nicken. »Zum Glück waren nur die Sitze angekokelt. Wir hatten die Frontscheibe eingeschlagen und eine Art Molotowcocktail reingeworfen. Unser Lehrer kam rechtzeitig und hat alles gelöscht.«

»Und dann ging seine Sonderbehandlung erst richtig los?«, vermutete Vicky, weil Claaßen sich darauf beschränkte, Leonard zu mustern.

»Nein.« Leonard seufzte. »Er war fix und fertig, weil er endlich gemerkt hat, dass er zu weit gegangen war. Er hat mit unseren Eltern gesprochen, die haben den Schaden bezahlt.«

»Es gab keine Anzeige?« Claaßens Frage.

»Nein. Nur die Bedingung, dass wir die Schule wechseln, was wir sowieso vorhatten.«

»Und Ihre Schulnoten?«

»Notenmäßig mussten Oliver und ich in die Nachprüfung, die haben wir geschafft und sind nach Mitte gewechselt. Das war's.« Leonard strich sich mehrmals über seine Wangen. Es schabte, als hätte er am Morgen die Rasur ausfallen lassen.

»Und weiter?«, fragte Claaßen, weil das seiner Meinung nach nicht alles gewesen sein konnte.

»Wie, weiter?« Verständnislos schüttelte Leonard den Kopf.

»Wie ging es mit Ihnen und Oliver Bauer weiter?«

»Wir waren immer noch befreundet. So was schweißt zusammen. Auch weil seine Eltern sich in der Zeit haben scheiden lassen. Oliver hat dann mit seiner Mutter und seinem richtigen Vater in Obrighoven gewohnt. Damit ist auch der Kontakt zwischen meinen und seinen Eltern eingeschlafen.«

»Und weiter?«, wiederholte Claaßen stur. Er hätte niemals zugegeben, dass er ein Bauchgefühl hatte, weil er das Wort albern fand. Aber er hatte es, und es sagte ihm, dass das bei Weitem nicht alles gewesen war.

Hilflos zuckte Leonard mit den Schultern.

»Warum haben Sie zum Beispiel nicht zusammen Medizin studiert?«, half Claaßen ihm auf die Sprünge. »Das liegt doch nahe, wenn Sie sich beide für Naturwissenschaften interessieren.«

»Weil Oliver nicht die Noten dafür hatte und auch viel lieber Publizistik studiert hätte«, erklärte Leonard, als wäre Claaßen schwer von Begriff. »Das hat Ihnen Anna doch bestimmt auch schon alles gesagt.«

Falsch, mein Junge. Anna hat uns Einiges nicht gesagt, aber danke, dass du uns darauf hinweist. Claaßen speicherte diese Infos unter »besondere Informationen« ab. Da sollte er noch mal nachhaken.

»Hatte Oliver eigentlich eine Freundin?« Vicky widerstand der Versuchung, zu erklären, was sie mit dieser Frage bezweckte, die Anna Bauer doch schon beantwortet hatte. Schließlich war sie erwachsen und der good cop und durfte das, ohne sich rechtfertigen zu müssen.

»Nein«, meinte Leonard nach einer Weile, »nicht, dass ich wüsste.«

Sein Gesicht schien unbewegt, seine Hände lagen auf seinen Oberschenkeln. Nur sein kleiner Finger zuckte kurz.

Vickys Handy klingelte. Claaßen bedeutete ihr, das Gespräch anzunehmen.

»Und auf der neuen Schule, wie lief es da?«, fragte er, als sie draußen war.

»Gut. Wir haben uns alles verkniffen, was irgendwie die Aufmerksamkeit auf uns gelenkt hätte.« Bitterkeit klang in Leonards Worten mit. »Wir sind sogar Streitschlichter geworden.«

»Vom Saulus zum Paulus«, fasste Claaßen trocken zusammen. »Auch eine Möglichkeit.« Vickys Stimme drang vom Flur herein, es klang, als gäbe es etwas Wichtiges. Claaßen stand auf. »Ja, dann erst mal danke. Halten Sie sich zu unserer Verfügung, ja?«

»Was bedeutet das konkret?«, fragte Leonard.

»Dass Sie in den nächsten Tagen nicht nach Südamerika oder ein anderes Land abhauen sollen, das keinen Auslieferungsvertrag mit Deutschland hat«, knurrte Claaßen. »Nach dem momentanen Stand der Dinge sind Sie der Letzte, der Oliver Bauer lebend gesehen hat. Das wird erfahrungsgemäß noch Fragen aufwerfen. Reicht das als Erklärung?«

»Klar.«

»Dann auf Wiedersehen.«

Dem verdutzten Vater winkte er durch die offene Küchentür zu und zog Vicky mit sich hinaus. Als sie wieder draußen neben dem Polizeiwagen standen, meinte er: »Da war was faul. Echte Trauer sieht anders aus. Und ich gehe jede Wette ein, dass Oliver Bauer eine Freundin hatte. Sie haben doch sicher auch Leonards kleinen Finger gesehen, oder?«

»Habe ich«, pflichtete Vicky bei. »Ich wurde übrigens gerade von der Zentrale angefordert wegen dem Unfall in Blumenkamp. Die haben niemand anderen.«

»Tja, dann müssen Sie wohl da hin«, murmelte Claaßen. Gedanklich war er schon wieder bei der nächsten Station. »Und ich fahre zu diesem Sockerberg, dem Chefredakteur. Können Sie mich in—«

Diesmal klingelte sein Handy. Genervt nahm er das Gespräch an und schaltete den Lautsprecher ein. »Was ist los?«

»Hier ist Wohleitner von der KTU. Ich hab den Laptop von Oliver Bauer geknackt und ein paar interessante Fotos gefunden.«

»Schön für dich, aber ich bin bis nachmittags unterwegs.«

»Aber da sind ein paar echt wichtige Sachen drauf.«

»Keine Zeit«, rief Claaßen und drückte das Gespräch weg. »Die von der Spurensicherung denken auch, dass man sofort springt, nur weil sie mir ein paar Staubkörnchen hinwerfen!« Vickys hochgezogene Augenbrauen ignorierte er. »Los, setzen Sie mich am Rathaus ab. Ich laufe den Rest zur Redaktion.«

»Das ist für mich ein Umweg von fünfzehn Minuten und es hieß, ich soll unverzüglich und direkt hinkommen.«

»Soll ich etwa den Bus nehmen?«, regte Claaßen sich auf. »Dann bin ich Stunden unterwegs und der Sockerberg ist womöglich weg!«

»Die Redaktion ist beim Bahnhof«, fuhr Vicky stur fort, »da sind Sie mit dem Bus genauso schnell, als wenn ich—«

»Mir wurscht. Einsteigen, Sie fahren mich! Von mir aus auch nur bis zur Dienststelle, aber fahren Sie.«

Was blieb Vicky anderes übrig, als in den Wagen zu steigen und zu tun, was er sagte? Wenn es deshalb Ärger gab, konnte sie immer noch auf den gewöhnungsbedürftigen Claaßen verweisen. Vorschriftsmäßig meldete sie der Zentrale den Umweg und fuhr danach los. Auf dem Weg zur Hauptstraße nahm sie eine Bewegung zwischen den geparkten Autos wahr. Jemand legte etwas Kleines, Rundes auf ein Wagendach und bückte sich. Wahrscheinlich nutzte ein Anwohner die Zeit für eine längst fällige Bastelei am Auto.

Müsste ich auch mal wieder machen, dachte Vicky.

*

Schon als Vera vor vier Wochen wegen eines Termins beim Hausarzt anrief, hatte sie ein mieses Gefühl gehabt. Ja, sie war jung und stark genug für die Ausbildung zur Ballettpädagogin mit dem mehrstündigen, täglichen Tanztraining. Aber sie musste dafür das Haus am Hasenweg verlassen. Jedes Mal, wenn sie nach Düsseldorf oder zum Arzt fuhr, durchbrach sie die Routine, die sie mit Oma Elli mühsam aufgebaut hatte. *Sie*

wusste, dass es nicht anders ging. Nur interessierte das Omas Kopf nicht die Bohne.

Die Mittagszeit war bereits vorbei und sie kriegte die Kurve immer noch nicht, um aufzustehen, sich etwas zu kochen und weiterzumachen, als wäre nichts geschehen. Der Hunger wollte nicht kommen, weil sie sich heute körperlich noch nicht hatte anstrengen müssen. Dazu hätte sie nach Düsseldorf in die Schule fahren müssen. Was sie wegen Hellas Anruf nicht getan hatte.

Ob es anders gelaufen wäre, wenn sie den Arzttermin damals einfach verschoben hätte? Wenn sie da gewesen wäre, um Oma Elli vor der totalen Überforderung zu bewahren, als Oliver plötzlich auf dem Hof gestanden hatte? Die Audiodatei, die sie sich gerade zweimal angehört hatte, wurde in ihrem Kopf zu Bildern, dann zu einem Film:

Oliver stand vor dem Mehrfamilienhaus, in dem Vera zu Schulzeiten mit ihren Eltern gelebt hatte. Doch der Name Cornelius war von der Klingelleiste verschwunden. Eine Nachbarin, wahrscheinlich Frau Gödecke, sagte ihm, dass die Familie bereits vor zwei Jahren in den Hasenweg zur Oma gezogen war. Oliver erinnerte sich, dass sie dort im Innenhof oft mit der Klasse gefeiert hatten, und fuhr hin.
Als er ausstieg, gingen ihm die Augen über vor Schreck. Von dem gepflegten Innenhof zwischen dem ehemaligen Gutshaus und dem Kuhstall war nichts mehr übrig. Das Gras wucherte in Inseln aus dem festgestampften Boden, zwei Stapel Pflastersteine warteten unter einer zerrissenen Plane darauf, verlegt zu werden. Ein Teil der Regenrinne am Querbau hing frei in der Luft. Die Fenster zum Hof waren blind vor Staub, auf dem Dach schienen ein paar Schindeln zu fehlen. Und in allen Ecken gammelten Müllsäcke vor sich hin. Der Geruch von verdorbenen Lebensmittel-

resten wehte mit dem Wind vorbei, der hier am Waldrand nie schlief.

Langsam schloss Oliver die Tür seiner Rostlaube, die er zärtlich »Jetta-Blitz« nannte, obwohl die Karre kaum noch hundert Stundenkilometer schaffte. Lief ein paar Schritte. Fragte sich laut: »Und hier lebt Vera Cornelius?« Er ging herum, schaute vorsichtig in ein paar Ecken, sprang zurück, als unter dem Haufen mit den Pflastersteinen etwas herausschoss. Nein, keine Ratte, eine harmlose Maus, die unter den Paletten Schutz gesucht hatte.

Er beschloss, nach den Bewohnern zu schauen und drückte den Klingelknopf neben der Haustür. Nichts passierte, denn die Klingel war schon seit dem Frühsommer hinüber. Also klopfte er.

Von innen näherten sich schlurfende Schritte, begleitet von lautem Stöhnen und Brummeln, sodass er fast damit rechnete, dass gleich ein Troll die Tür öffnete. Vorsichtshalber ging er einen Schritt zurück, denn das Stöhnen und Rumoren klang unmenschlich, die Schritte stampften einen eigenartigen Rhythmus.

Du bist hier am Waldrand, ging es ihm durch den Kopf, hier leben die Ungeheuer der Finsternis!

Die Haustür flog auf. Etwas Langes, Großes sauste auf Olivers Kopf zu und streifte seine Schulter. Er schrie und sprang zurück. Nicht weit genug. Der Baseballschläger traf ihn mehrfach an den Schultern. Mit ein paar Ausfallschritten konnte er endlich ausweichen und dem Ungeheuer den Schläger entwinden. »Hey! Hey!«, brüllte er, um das Ungeheuer einzuschüchtern.

Dann das Entsetzen: Das war Oma Elli, Veras Großmutter! Ihre Kleidung starrte vor Dreck, ihr Gesicht war mit einer dünnen grauen Schicht Schmutz überzogen. Die Haare standen ihr nach allen Seiten vom Kopf ab. Arme und Beine schlotterten, als stünde sie unter Starkstrom. Und ihre

Augen waren stumpf, als wäre sie eine Hülle ohne Geist. Kein Troll, ein Golem war aus ihr geworden.

»Hey. Ich bin's. Oliver.« Er hatte sich wieder im Griff und ließ den Schläger fallen, der hinter die Pflastersteine außerhalb ihrer Reichweite rollte.

»Ich weiß«, krächzte Oma Elli. Es brauchte nicht viel, um zu erkennen, dass sie an Schüttellähmung erkrankt war. »Was willst du hier?«

An dieser Stelle brach die Audiodatei ab und die nächste begann. Das folgende Gespräch hatte Oliver aufgezeichnet, ohne dass Oma Elli es mitbekommen hatte. Vera war noch nachträglich böse auf ihn, weil er damit auch sie jederzeit hätte bloßstellen können. Wenn nun jemand anders diese Dateien in die Finger bekommen hätte!

Vera musste die Datei mehrfach anhalten, so schwach fühlte sie sich beim Anhören. Das war nicht mehr die Stimme ihrer geliebten Oma, die für immer auf sie aufpassen wollte. Jetzt hörte Vera zum ersten Mal das Monster, zu dem Oma Elli geworden war, weil Vera es nicht verhindert hatte.

Olivers und Oma Ellis Schritte wanderten vom Lehm im Hof auf die Fliesen im Flur und weiter in die Küche. Hier hatte Vera vor einer Weile selbst gewebte Lumpenteppiche ausgelegt, damit die zersprungenen Bodenkacheln nicht sofort auffielen. Mit einem Krächzen forderte Oma Elli Oliver auf, sich hinzusetzen. Ein Stuhl knirschte, wahrscheinlich war es der an der Ecke neben der Sitzbank.

»Sieht aus, als müsste man hier mal was machen«, meinte Oliver rau. Er hatte noch nie ein Blatt vor den Mund genommen. Selbst auf dem Schulhof war Vera nicht vor seinen ironischen Bemerkungen sicher gewesen. Dass er in Wahrheit damals schon heimlich für sie geschwärmt hatte, war ihr erst vor zwei Wochen aufgegangen. Als es bereits zu spät war.

Wie in Trance startete Vera die Audio-Datei immer und immer wieder. Das Gespräch war konfus, manchmal überlaut, manchmal verrauscht, dann wieder unverständlich. Oma Elli hatte an dem Mittwoch, als Vera zum Arzt gefahren war, einen schlechten Tag gehabt, fast alle ihre Sätze waren vernuschelt. Sie musste sich sehr geschämt haben, so wie Vera jetzt, obwohl das Gespräch im Grunde nur noch eine elektronische Erinnerung war. Und Vera hatte es nicht verhindert, dass Oma so verkommen war. Dabei hatte sie hoch und heilig versprochen, aufzupassen.

»Alt und dreckig, alle alt und verlaust!«, brüllte Elli plötzlich. Auch beim sechzehnten Anhören zuckte Vera zusammen. Warum konnte sie nicht endlich akzeptieren, dass ihre Oma nicht mehr existierte?
»Hey, hey, hey!«, schrie Oliver, es gab Tumult, Türangeln ächzten – die Küche – eine Klinke quietschte kurz und scharf beim Hinunterdrücken – die Haustür. Motorengebrumm, eine Autotür schlug zu.
Schritte.
Keuchen und Omas Satz: »Ich mache euch fertig! Alle, wie ihr da steht!«
Veras eigene Stimme erklang. »Hallo, was machst du denn hier?« Unwirklich wirkte ihr plötzliches Erscheinen.
»Ich wollte dich wiedersehen«, murmelte Oliver.

Eine Eintrittskarte für die Weihnachtsaufführung ihrer Tanzschule hatte sie ihm noch geschenkt. Er wollte auf jeden Fall kommen. Veras Arm war zentnerschwer, ihre Gedanken eine verdorrte Steppe. Und dann das:

> Es ist jetzt kurz nach elf Uhr am Abend. Ich liege in meinem Bett. Ein weiterer Fahrradfahrer wurde verfolgt, ist aber entkommen. Dass er betrunken unterwegs war, habe

ich nach ein paar gezielten Fragen im Chat herausbekommen. Ja, mein Lieber, so ist das, wenn man sich im Internet über widerfahrenes Unrecht beschwert. Einer hat immer noch ein paar dumme Fragen. So wie ich!

Er wurde vom Baumarkt durch Schepersfeld gejagt. Erst bei dem Hochhaus neben der Brücke in der Friedensstraße hat er den Autofahrer abhängen können.

An der Story bleibe ich auf jeden Fall dran.

Veras Handy klingelte in dem Augenblick, in dem die Aufnahme endete. Hella rief an. Für sie hatte Vera jetzt keinen Nerv. Mit zitternden Fingern drückte sie das Gespräch weg und blockierte Hellas Nummer. Sie brauchte Ruhe, um Olivers Tagebuch abzuhören. Damit sie wusste, ob es wirklich passiert war. Und gleichzeitig herausfand, warum Oma Elli verschwunden war.

*

Es war die Zeit der Fahrräder.

Schulkinder schossen in Zweierteams an den geparkten Autos vorbei. Die Finkenstraße wurde an dieser Stelle so eng, dass es genügte, die Wagentür zu öffnen, um sie aufzuhalten. Natürlich hätte ein Achter im Vorderreifen eine Menge Wirbel verursacht, und auch der eine oder andere neue Fahrradhelm wäre fällig gewesen. Aber es hätte wie immer die Falschen getroffen: die Kinder, die in ihrem Leben noch gar keine Zeit gehabt hatten, etwas von Grund auf falsch zu machen. Folglich hieß es, auf den richtigen Fahrradfahrer zu warten. Der nicht kommen würde. Obwohl er einst die große Liebe war.

Nein. Nicht mehr daran denken.

Ein anderes Gesicht ersetzte das von Herbert, welches einen Moment so real anmutete, dass die von der harten Arbeit geglätteten Fingerspitzen es berühren konnten. Die lange Nase schien die gleiche zu sein, selbst die dunklen, fast schwarzen Haare fielen in die Stirn. Der Pony war länger, die Augen heller, die Gestalt muskulöser, weil die Nahrung insgesamt gehaltvoller geworden war, sodass der, der Herberts Platz an der Windschutzscheibe einnahm, besser hatte gedeihen können. Er sollte Herberts Versprechen einlösen und ihre Enkelin freien. Das war gut, denn lange konnte sie das Andere in sich nicht mehr im Zaum halten.

Seit den ersten Anzeichen der Schwäche wusste sie, dass es noch etwas anderes gab, das mit ihr nicht mehr stimmte. Die Bilder von Herbert, die sie am helllichten Tag überfielen und ihre Gedanken verwüsteten, gehörten nicht zur normalen Schüttellähmung. Das hatte sie bei ihren Recherchen herausgefunden. Ja, es gab noch etwas Teuflischeres, hatte ihr das Internet verraten. Etwas, das auch die Erinnerungen rüttelte und schüttelte, bis nichts mehr davon übrig war. Als ob der Kontrollverlust über den eigenen Körper nicht schon schlimm genug gewesen wäre!

Als sie sich wieder etwas gefasst hatte, las sie sich noch die »sonstigen Krankheiten des Nervensystems« auf der Infoseite der Weltgesundheitsorganisation durch. Aber es war egal, ob es wie bei ihr um die Lewy-Körper-Demenz oder eine andere ging, keine davon endete sonderlich elegant.

»Alt und dreckig, alle alt und verlaust.« Mehr konnte ihr Mund nicht mehr sagen. Dabei steckte der Kopf voller Dinge, die raus mussten. Zum Beispiel, dass auch Hilde zurückgekehrt war. Letztens hatte sie vor der Tür gestanden, obwohl sie schon seit siebzig Jahren hinten in der Baumschonung lag. Das war eine Warnung vor der Hölle, die sie erwartete.

»Oma Elli will nicht sterben«, flüsterte sie. »Oma Elli darf nicht sterben. Alt und verlaust.«

Die Zeit reichte vielleicht nicht mehr, jemanden für das Kind zu finden, das ganz allein auf dem Hof lebte. Deshalb musste Herberts Reinkarnation um jeden Preis hierbleiben. Er war der Prinz, der freiwillig in die Dunkelheit kam. Ein Ungeheuer wie Oma Elli hätte ihn nur vertrieben, denn die jungen Prinzen kämpften nicht mehr. Stattdessen sahen sie »das Menschliche« in einem Ungeheuer, wie sie es war, und ließen sich klaglos und stolz zerfleischen.

Der nächste Schwarm der kleinen Radfahrer rauschte vorbei. Fahrräder. Fahrräder … Hände drehten den Zündschlüssel, legten den Gang ein. Der Wagen fuhr los.

*

Als Vicky auf dem Parkplatz der Dienststelle anhielt, um Claaßen abzusetzen, hatte er mindestens sieben Anrufe ignoriert. Sie wollte ihn gerade darauf hinweisen, dass er vielleicht doch mal rangehen sollte, bevor eine wichtige Info verloren ging, als er sein Handy aus der Jackentasche zog und das nun eingehende Gespräch annahm. »Was gibt's denn?« Natürlich blieb er sitzen, statt auszusteigen, und Vicky konnte nicht weiterfahren. Dabei hätte sie sich längst auf den Weg nach Blumenkamp machen müssen.

»Ich hab jetzt keine Zeit«, blaffte Claaßen ins Handy. »Ja, wie, ich soll meine—« Er warf einen Blick zu Vicky hinüber. »Warum eigentlich nicht? — Vicky, parken und mitkommen!«

»Aber ich muss doch nach Blumenkamp!«

»Müssen Sie nicht. Die Spurensicherung hat Fotos gefunden.« Claaßen stieg aus.

»Das wissen wir doch schon«, maulte Vicky. Ihr saß im wahrsten Sinne des Wortes der Unfall im Nacken. »Und Sie haben gesagt, dass wir nicht immer gleich springen können, nur weil die von der Spurensicherung pfeifen!«

»Und jetzt sage ich, Sie müssen sich die Fotos auf dem Laptop anschauen!«, schrie Claaßen durch die offene Tür. »Wird's bald?«

Ja, es wurde, aber mit einer gehörigen Portion Wut im Bauch, die sich allmählich zum Dauerzorn auswuchs.

An Vickys Schreibtisch wartete bereits Wohleitner von der Spurensicherung. Sein Lächeln kam nicht unbedingt von Herzen. »Wenn ihr das nächste Mal Druck macht und dann keine Zeit habt für die Ergebnisse, kommt euer Kram ganz unten auf die Liste. Haben wir uns verstanden?«

»Nö, haben wir nicht, was gibt's denn?« Eiskalt drehte Claaßen den Laptop zu sich herum, den Wohleitner aufgeklappt und eingeschaltet hatte. »Aha. Seltsames Motiv.«

»Wahrscheinlich bei hoher Geschwindigkeit aufgenommen«, meinte Wohleitner. Sein Groll war professioneller Blasiertheit gewichen. »Und zwar am 21. Oktober um 22.53 Uhr.«

Gedankenverloren nickte Claaßen. »Klar. Was will man in dem Alter um die Uhrzeit auch sonst fotografieren?« Er tippte ein wenig auf dem Mousepad herum, knallte dann den Laptop zu und schob ihn Vicky über den Tisch zu. »Da, holen Sie raus, was geht. Ich muss jetzt zum werten Herrn Sockerberg.« Und weg war er.

»Also dann, man sieht sich.« Mit diesen Worten rauschte auch Wohleitner ab.

»Hast du wenigstens das Passwort deaktiviert, Wohleitner?«, rief Vicky ihm nach, was den Spurensicherer nicht die Bohne kratzte. Er ging einfach weiter. Auf gut Glück klappte Vicky den Laptop auf und landete auf dem Desktop. Alles, was sie wissen mussten, um den Fall »Oliver Bauer« zu lösen, steckte in diesem Schätzchen. Allerdings wäre Vicky glücklicher gewesen, wenn Claaßen, der Idiot, nicht alle Ordnerfenster zugemacht hätte, in denen Wohleitner etwas entdeckt zu haben meinte.

»Vicky, warum bist du nicht in Blumenkamp, verdammt noch mal?«

Erschrocken schaute Vicky auf. Ihr Gruppenleiter stand mit hochrotem Kopf im Türstock des Großraumbüros. »Brauchst du heute eine Extraeinladung oder was wird das?«

»Der Claaßen hat mir einen Auftrag gegeb…«

»Der soll sich geschlossen halten, los jetzt!« Auffordernd klatschte der Gruppenleiter in die Hände, dass es nur so widerhallte. Vicky blieb nichts anderes übrig, als den Laptop in die unterste Schublade des Rollcontainers unter dem Schreibtisch zu legen und sie abzusperren. Den Schlüssel stopfte sie in ihre Hosentasche und rannte los. Wahrscheinlich war es falsch, sich nicht gegen den Gruppenleiter zu behaupten, um den Mordfall zu lösen, aber Vicky hatte keine Lust auf noch mehr Stress. Das sollten die Herren mal schön unter sich ausmachen. Falls es wegen der widersprüchlichen Anweisungen zu Fehlern kam, war es jedenfalls nicht ihre Schuld.

Ich bin schließlich eine ganz einfache Polizistin. Punkt. Und ich mache hier nur meinen Job.

*

»Also, Oliver Bauer war eher so eine Art Volontär.«

Schwungvoll öffnete Ragnar Sockerberg die Tür zu seinem Büro und ließ Claaßen, ganz der souveräne Gastgeber, den Vortritt. Wie erwartet betraten sie den größten Raum auf der Etage. Die Panoramafenster mit Blick über die Stadt sollten vor allem Leute wie Claaßen einschüchtern, die die wertvolle Zeit des Chefredakteurs mit unnützen Fragen beanspruchten.

Stadteinwärts fügten sich das Berliner Tor und dahinter die Kreuzstraße ins Panorama. Bei gutem Wetter reichte die Sichtachse bis zu Rhein hinunter. Ganz hinten ragte der Willibrordi-Dom wie ein Findling auf, der von ein paar Gletschern hier vergessen worden war. In der anderen Richtung hingen dicke Wolken über Obrighoven und allem, was dahinter kam. Schermbeck war zum Beispiel eine verwaschene Ahnung in Graublau weit hinter der A3.

»Das ist eine Aussicht, nicht wahr?« Sockerberg war der Typ, der sich mit Worten gern selbst auf die Schulter klopfte. »Das ist einer der Vorteile der zwölften Etage am Franz-Etzel-Platz. Ideale Lage mit Blick über die City. Was will man mehr als eine der führenden Tageszeitungen einer kleineren Großstadt zu steuern!«

Claaßen überlegte, ob er bei der Begrüßung versehentlich den Wunsch nach einer Sightseeingtour geäußert hat. »Fällt Wesel nicht eher in die Kategorie größere Kleinstadt?«

Mit zusammengekniffenen Augen mustert Sockerberg ihn. »Wenn wir es ganz korrekt nehmen: große Mittelstadt. Aber bitte, nach Ihnen.«

Damit meinte er die letzten Schritte zu dem Schlachtschiff aus Glas und Chrom, das gefühlt drei Viertel des Raums einnahm. Selbst Claaßen konnte diesen Schreibtisch nicht ignorieren. Die Insignien seiner Macht hatte der Chefredakteur geschickt darauf ausgerichtet. Ein geradezu episch breiter Plasmaflachbildschirm nahm locker eine Hälfte der polierten Glasplatte ein. Die andere Hälfte wurde von einer Mauer aus Zettelkasten, Stiftablage, darauf ein echter Montblanc-Füller, Stifteköcher voller Druckbleistifte, ebenfalls von Montblanc, sowie einem Lesepultaufsatz mit aufgeschlagenem Kalender dominiert. Alles war aus einem Holz gefertigt, das Claaßen in Ermangelung anderer Begriffe als rotbraun bezeichnete. Bis zu dieser Mauer aus Bürobedarf kam der Besucher, keinen Schritt weiter. Von hier aus durfte er den Chefredakteur in seiner ganzen Herrlichkeit bewundern.

Besucherstühle gab es nicht. Folglich lud Sockerberg Claaßen auch nicht dazu ein, Platz zu nehmen. Gespannt darauf, wie das Spiel sich entwickelte, blieb Claaßen stehen. Etwas irritierend fand er jedoch, dass der noch teurer aussehende Leder-Chefsessel in der Ecke am Fenster stand.

Mit ein paar dynamischen Schritten und wehenden Tweed-Jackett-Schößen umrundete Sockerberg seinen Thronersatz und drückte unter der Tischplatte herum. Mit leisem Summen fuhr sie hoch, bis Sockerberg die Herrenpose einnehmen konnte: einen Ellbogen lässig auf die Platte gestützt, ein entwaffnendes Lächeln im Gesicht. »Kommen Sie ruhig näher!«

Claaßen hätte lieber gekotzt. Sockerbergs Ego reichte locker für Köln oder Düsseldorf! Claaßen hätte sich auch gern lässig aufgestützt, aber er war einen Kopf kleiner als Mister Wichtig und die Tischplatte schwebte fast auf Höhe seiner Achseln. Er fand, dass Sockerberg genug Zeit für die Selbstdarstellung gehabt hatte. Stumm ging er um den Tisch herum auf Sockerbergs Seite, fand mit zielsicherem Griff den richtigen Knopf, fuhr die Tischplatte wieder hinunter, zog den Chefsessel heran und nötigte Sockerberg, sich hinzusetzen. Dann ging er zurück auf die andere Seite, die Hände unter der Windjacke lässig in die Hosentaschen gesteckt, und stellte sich so gerade wie möglich hin. Breitbeinig. Mit hochgezogenen Augenbrauen.

»Jetzt mal Klartext, Sockerberg: Wie war Oliver Bauer?«

Die unterlegene Position war Sockerberg unangenehm. Ein paar Male stützte er sich mit den Armen auf die Armlehnen, wurde aber nicht größer. Aufzustehen traute er sich auch nicht. »Sehr, sehr eloquent für sein Alter«, meinte er. »Aber präpotent. Also aufsässig, arrogant. Ein Besserwisser.«

Claaßen ignorierte die Belehrung. »Sie hatten also Ihre Themen mit ihm, um es mal euphemistisch auszudrücken. Zum Beispiel, dass er mehr sein wollte als ein Volontär?«

»Nicht direkt.« Sockerberg gab es auf, größer wirken zu wollen. Lieber lehnte er sich mit seinem ganzen Gewicht in seinem Sessel zurück, um dessen unglaubliche Funktionalität zu demonstrieren. »Er hätte tatsächlich mehr sein können, aber sein Ego stand ihm im Weg.«

Die Beschreibung passte eins zu eins auf Sockerberg. Fast hätte Claaßen gelacht. »Ich habe eigentlich keine Zeit für solche Plattitüden. Oliver Bauer lebt nicht mehr, ich will wissen, warum, und Sie könnten mir dabei helfen. Also? Hatten Sie

Streit? War er an etwas dran, das nicht ganz legal oder gefährlich war?«

Die Mundwinkel des Chefredakteurs zuckten. »Das hier ist Wesel, nicht New York. An was soll der Herr Jung-Journalist denn bitte dran gewesen sein, das ihn das Leben gekostet hat?« Ein paar Male ließ Sockerberg den Drehsessel hin- und herpendeln. Eine Abwehrreaktion, dachte Claaßen. Sockerberg haderte mit sich, ob er Infos herausgeben konnte, ohne sich selbst in die Bredouille zu bringen.

»Also gut, Oliver hat den Mund eigentlich schon immer sehr voll genommen. Vor einer oder zwei Wochen kam er mit einer ganz wilden Geschichte um die Ecke. Angeblich macht ein Autofahrer Jagd auf Fahrradfahrer. In den sozialen Netzwerken wird er als Fahrradkiller gehandelt. Meine Meinung ist ja, dass die Weseler fahren, wie sie fahren, und gut.«

Fahrradkiller? Klang eher nach übertriebener Verschlagwortung des Chefredakteurs. Ein Killer war mit Sicherheit nicht unterwegs, wohl aber ein Rowdy, der vom Unfallort flüchtete. Wie zum Beispiel heute. »Aha?«, machte Claaßen, als hielte er diese Info für genauso unwichtig wie Sockerberg. Die Fotos auf dem Laptop!

»Ja, bekloppt nicht? Worauf die Jugend so kommt! Ich habe das Thema natürlich abgelehnt, weil wir hier wie gesagt nicht in den USA sind. Ein paar Tage später kam er wieder zu mir. Angeblich hatte er einen Beinahe-Unfall verhindert. Er hielt das für *die* Story.«

Das »Aha?« verkniff Claaßen sich dieses Mal. Er wollte Sockerberg mit seiner Ungeduld nicht dazu anstacheln, seine Show unnötig auszuwalzen.

Ein spöttisches Lächeln glitt über Sockerbergs Gesicht. »Die geschädigte Person hätte er persönlich mit einer Gehirnerschütterung ins Krankenhaus gebracht.«

Krankenhaus, speicherte Claaßen ab. Nachfragen! »Hat er Ihnen auch verraten, wer das gewesen ist?«

»Nein. Aber an der Sache ist sowieso nichts dran.« Spiel, Satz und Sieg für Sockerberg! Er genoss es, eiskalt Wissen vorzutäuschen und am Ende doch nichts zu liefern. Glaubte er.

Claaßen fand, dass es Zeit war, andere Saiten aufzuziehen. Wenn Sockerberg nicht reden wollte, war nun der Trumpf der Trümpfe an der Reihe. Denn der Kommissar kannte seine Pappenheimer: »Tun wir mal so, als wüssten wir beide, dass es verboten ist, den Polizeifunk abzuhören.«

»Ich würde nie …«

»Natürlich nicht!«, fuhr er den Chefredakteur an. »Kein Journalist würde sich jemals auf verbotenen Funkfrequenzen herumtreiben, um die Bevölkerung über die perfiden Machenschaften des Staatsapparates auf dem Laufenden zu halten. Auch nicht, wenn angeblich ein Fahrradkiller die Straßen unsicher macht! Dafür interessiert sich ja auch keiner Ihrer Leser.«

Beleidigt verschränkte Sockerberg die Arme vor der Brust. »Das ist eine ungehörige Behauptung zur Untergrabung der Pressefreiheit!«

»Ihr Zeitungsfritzen seid alle gleich,« erwiderte Claaßen ruhig.

Sockerberg schmollte und schwieg.

Demonstrativ schaute Claaßen auf seine Armbanduhr.

Sockerberg gab auf. »Ja, ich räume ein, dass es Journalisten geben soll, die so etwas machen. Recherche gehört nun mal zu unserem Job, Herr Kommissar.«

Claaßen grinste. »Klingt doch schon ganz okay. Und weiter?«

Sockerberg überlegte einen Augenblick und gab sich schließlich einen Ruck. »Ich habe mir angewöhnt, bei Volontären zweimal hinzuschauen, damit man keine Ente landet. Das ist auch nicht gut für das Image der Zeitung.«

»Verständlich.«

»Deshalb wurde ein anderes Medium herangezogen, um Olivers Themenvorschlag zu überprüfen.«

»Das haben Sie natürlich persönlich in die Hand genommen, richtig?«, folgerte Claaßen.

Sockerberg seufzte resigniert. »Das Volontariat ist halt Chef-Sache.«

»Das heißt, Sie wollten Oliver das Thema nachträglich genehmigen?«

»Ja. Bei Gelegenheit.« Röte zog über Sockerbergs Wangen.

Ist das ein Grund zum Rotwerden?, fragte Claaßen sich. »Sie hätten entschieden, wann die Gelegenheit da ist, oder?«

»Ja«, bestätigte Sockerberg ungeduldig. »Ich bin schließlich der Chef hier!«

Warum nur habe ich das Gefühl, fuhr Claaßen in Gedanken fort, dass sich diese Gelegenheit für Oliver Bauer niemals ergeben hätte, wohl aber für einen anderen Journalisten oder den Chefredakteur höchstpersönlich?

»Es waren übrigens zwei Unfälle«, meinte Sockerberg plötzlich, als hätte er gespürt, dass Claaßen ihm gleich eine unangenehme Frage stellen würde.

Verdammt! Sockerberg gab zu, dass er illegale Quellen benutzte, und dann war er auch noch besser informiert als Claaßen! Oder bluffte er etwa wieder? Vorsichtshalber tat Claaßen so, als wusste er das bereits, und hob den Kopf ein wenig. So fühlte er sich ein bisschen größer. »Könnte Oliver Bauer nach Ihrer Absage auf eigene Faust tätig geworden sein?«

Sockerberg nickte. »Möglich.«

»Gibt es jemanden, den er eingeweiht haben könnte?«

»Nein, Oliver Bauer war ein Einzelgänger.«

Ein Einzelgänger, na super. Und die Daten hatte er wahrscheinlich auf seinem Laptop abgespeichert, der in der Dienststelle von Vicky bearbeitet wurde. Sprich: Alle Fakten lagen vor. Claaßen musste sie nur noch sichten, ordnen und die richtigen Schlüsse daraus ziehen. Danach konnte er Sockerberg immer noch eins für das Abhören des polizeilichen Funkverkehrs reinwürgen. Auf jeden Fall hatte er es schon jetzt auf die Liste der Bad Bosses geschafft, die ihre Mitarbeiter abzockten, um selbst den Ruhm einzustreichen.

»Gut, das war's. Sie halten sich zu meiner Verfügung, ja?« Auf dem Absatz fuhr Claaßen herum und stapfte davon. Er musste mit Vicky sprechen. Außerdem wurde die Zeit knapp. Es war ihm ernst damit, den Fall heute aufzuklären, damit er morgen seine Ruhe hatte. Er wusste, dass er schnell sein konnte, und deshalb würde er es auch schaffen.

Kurz darauf hätte er am liebsten alle Heiligen verflucht, die sich für die Sache zuständig fühlten. Vicky nahm seinen Anruf weder in der Dienststelle noch auf ihrem Diensthandy an, weil man sie zum Einsatz in Blumenkamp genötigt hatte, wie er schließlich von der Telefonzentrale erfuhr. Das hieß, der Laptop lag herum, die Daten schimmelten vor sich hin, Oliver Bauers Mörder scharwenzelte *noch* länger unerkannt durch die Weltgeschichte. Zu allem Überfluss fing es auch noch an zu regnen. Claaßen hasste Regen.

Dafür klingelte wieder einmal sein Handy. »Was denn?!«

»Hier ist Dr. Kerstin Knoblich von der Rechtsmedizin. Wann kommen Sie denn mit den Angehörigen zur Identifizierung der Leiche vorbei?«

»Wie wäre es in einer Stunde?«, fragte Claaßen.

»In einer Stunde?«, wiederholte Dr. Knoblich pikiert. »Eigentlich habe ich immer ganz gern ein wenig mehr Vorlauf.«

»Warum rufen Sie mich denn dann an?« Claaßens Sinn für Höflichkeit hatte kurz Pause. »Na gut, dann in neunzig Minuten. Ich muss noch die Angehörigen benachrichtigen.«

»Heute Abend um fünf«, sagte Dr. Knoblich fest.

»Mir wäre um drei lieber«, meinte Claaßen stur.

»Na gut, aber nicht früher! Und seien Sie pünktlich, ich will heute früher Feierabend machen.« Klick, weg war sie.

Ein paar Mal musste Claaßen tief ein- und ausatmen, damit er nicht vor Ärger platzte und seine Gedanken sortieren konnte: Okay, gut. Also erst Anna Bauer anrufen. Währenddessen den Bus zurück zur Dienststelle nehmen. Dort Vicky rundmachen und den Laptop durchsuchen. Warum noch mal fand ich den Job des Kriminalkommissars so gemütlich? Ach, egal.

Claaßen wählte Anna Bauers Nummer und ging los.

*

Nach dem Mittagessen warf Udo einen prüfenden Blick zum Himmel. Der Regen hatte zwar aufgehört, aber dafür schoben sich erste dünne Nebelschleier aus den Auen herüber. Das war definitiv Gift für Udos Rheuma. Also zog er sich warm an, marschierte zum Parkplatz, startete seinen geliebten japanischen Kleinwagen und rollte allein los. Denn Elena ließ sich nicht ausreden, dass noch wichtiger Besuch auf dem Weg zu ihnen war, und blieb nun doch zu Hause.

Manche meinten, Elena hätte Udo unter dem Pantoffel. Andere sagten, er tat, was er und Elena für richtig hielten. Fest stand, dass Udo schon immer ein Kümmerer gewesen war. Die Welt um die Grav-Insel herum hatte er nie ganz ausgeblendet, so wie es mancher Insulaner tat. Der Polizist Fred war zum Beispiel so ein Ausblender, weil er mit der Welt momentan nicht gut zurechtkam, oder auch Christoph Breitscheid. Na gut, der hat in seinen wenigen Lebensjahren wirklich genug erlebt, was man sich nicht ständig vor Augen halten muss. Der braucht die Gemeinschaft und die Entspannung des Camping-Platzes, um nicht irgendwann genauso durchzudrehen wie seine Schwester Monika.

Im Waldstück am Hasenweg sausten zwei Eichhörnchen aus dem Waldstück über die Straße und verschwanden in einem der Gärten. Udo trat auf die Bremse und fuhr mit weniger als zwanzig Stundenkilometern weiter. Hier wohnte man, wenn man es sich leisten konnte, in großzügig angelegten Familienvillen. Aber so eine Riesenhütte mit Garten konnte man doch gar nicht richtig erfassen. Das machte das Leben auf der Grav-Insel für Udo so erstrebenswert. Er wachte morgens auf und sah mit einem Blick, was ihm gehörte.

Der Kleinwagenmotor schnurrte wie ein Uhrwerk, als freute er sich darüber, wieder unterwegs zu sein. Ein wenig von dieser Leichtigkeit färbte auf Udo ab. Die brauchte er auch dringend. Er fuhr bis zum letzten Anwesen. Vorsichtshalber stellte er den Wagen am gegenüberliegenden Straßenrand ab. Einerseits wusste er nicht, auf welchem Fuß er Oma Elli erwischte und sie regte sich darüber auf, wenn er im Hof parkte. Andererseits war der Innenhof in einem so erbärmlichen Zustand, dass er um die Stoßdämpfer und die Reifen fürchtete.

»Hallo?«, rief er, als er im Hof stand. Vom Wald zog Nebel herüber, das war nun wirklich nichts für seine Knochen.

»Elli! Vera! Jemand zu Hause?«

Möglich, dass sich im ersten Stock eine Gardine bewegt hatte. Wahrscheinlicher war jedoch, dass Udo es sich einbildete. Entschlossen ging er zur Haustür, rüttelte am Knauf und klopfte. Die Klingel ging schon seit einer Ewigkeit nicht mehr. »Hallo! Ich bin's, Udo von der Grav-Insel!«

So hatte ihn Vera genannt, bis sie zu ihrer Oma Elli gezogen war. Seitdem war er nur noch »der Alte«, wenn sie überhaupt mit ihm sprach. Seltsam, was das Erwachsenwerden aus einem Menschen machen konnte, hatte er anfangs gedacht. Schließlich ging ihm auf, dass Vera ihre Eltern vermisste, die vor bald zwei Jahren nach Neuseeland ausgewandert waren. Oder war es doch erst ein Jahr her?

Wer konnte sich das schon so genau merken, dachte Udo, ruckte am Türknauf und, knirsch, polterte auf der anderen Seite etwas zu Boden. Verdutzt betrachtete er den Knauf in seiner

Hand. Oh je. Da musste wohl mal dringend Schönheitspflege am Haus gemacht werden. Vorsichtig legte er ihn in die Ecke und drückte gegen das Türblatt. Der Riegel hatte sich nicht bewegt, die Tür war immer noch zu.

»Ist hier jemand?«

Das Küchenfenster zum Hof schwang nach innen. Stumm starrte Vera ihn an. Hatte sie schon die ganze Zeit da gestanden? Zwischen Schreck und Erleichterung schwankend, verhaspelte sich Udo ein paar Male, bis er den Satz herausbekam: »Ich wollte nach dem Rechten sehen. Ist alles in Ordnung bei euch?«

»Wieso?«

»Weil ich deine Oma in den letzten Tagen öfter im Auto gesehen habe. Ich dachte, sie fährt nicht mehr.«

»Tut sie aber. War's das?«

Wo ist das kleine Mädchen, das sich von mir Eis und Schokolade hat schenken lassen?, fragte sich Udo bekümmert. Und wie sie aussah! Verquollene Augen, offene, wirre Haare, die Strickjacke nicht richtig zugeknöpft. Wann hatte sie aufgehört, auf sich zu achten? Sie war doch früher immer so modebewusst und sorgfältig gewesen!

Langsam griff er in die Tasche seiner Winterjacke und zog etwas Flaches heraus. »Elena lässt dich grüßen. Sie hat mir das hier mitgegeben.« Er hielt zwei Tütchen Cappuccinopulver hoch.

Vera seufzte ergeben. »Ich mach dir die Tür auf.«

»Das Türschloss scheint gerade kaputt gegangen zu sein.«

»Dann komm hinters Haus auf die Terrasse!«

Der Holzrahmen der Terrassentür hatte sich im Laufe der Jahre verzogen. Vera musste auch hier drücken und ziehen, um sie zu öffnen und Udo in die Küche zu lassen. Er hätte auch den Weg durchs Wohnzimmer nehmen können. Nein, das ging ihn nichts an! Hektisch räumte sie zwei gebrauchte Teller in die Spüle. Die alten Zeitungen und die ungeöffneten Briefe schob sie so lang herum, bis auf der Eckbank ein Plätzchen für Udo frei war. Sie selbst setzte sich auf einen Stuhl, den sie aus der Abstellkammer holte. Es war nicht genug Platz in der Küche, um das Papier, die Kartons und die anderen leeren Verpackungen, die sich auf den Stühlen stapelten, auch noch beiseite zu räumen.

Immerhin schien Vera noch darauf zu achten, immer sauberes Geschirr im Haus zu haben. Udo nahm zwei Tassen aus den abgeschabten Schränken und stellte sie auf den Tisch. Das war aber auch schon alles, was hier noch in Ordnung zu sein schien. Wenn er sich eine Handvoll Ton aus dem Hof holte, konnte er mit dem Kalk aus dem Wasserkocher 1-a-Zement anrühren.

Stumm hockte Vera auf ihrem Stuhl. Vielleicht schaute sie ihm zu, vielleicht hatte sie schlichtweg abgeschaltet und ließ alles über sich ergehen. Zum Beispiel auch die heiße Tasse Cappuccino, die er ihr vorsichtig hinstellte. Mechanisch griff sie nach der aufgerissenen Zuckertüte auf dem Tisch, der sauber aussah, aber klebte wie mit Kleister bestrichen, goss einen Schwung in die Tasse und rührte um. Udo hätte sich schütteln können. Das war doch viel zu süß! Aber Vera verzog nicht mal das schmal gewordene Gesicht, als sie trank.

»Oma Elli ist seit gestern weg«, sagte sie leise und hob endlich den Kopf. »Letztes Mal sah es hier besser aus, oder?«

Udo druckste herum. Die Nachricht ging ihm durch Mark und Bein. »Warum hast du uns denn nicht Bescheid gesagt?«

Stirnrunzelnd mustert sie ihn. »Warum?«

»Aber Kind, wir helfen dir doch beim Suchen! Und was den Hof und das Haus betrifft ...« Er machte eine Geste, die den kläglichen Zustand des Gebäudes umfasste. »Wir sind doch seit ich weiß nicht wie vielen Jahren befreundet!«

»*Oma* ist mit euch befreundet«, korrigierte Vera ihn.

»Aber meine Schokolade hast du immer gern gegessen«, knurrte Udo.

»Da war ich auch noch ein Kind!« Dem kurzen Aufbegehren folgte Niedergeschlagenheit. »Du hast gesagt, du hättest Oma gesehen.«

Ihre Frage traf Udo wie ein Schlag. Umständlich räusperte er sich. »Sie ist gestern mehrmals an unserem Haus vorbeigefahren.« Verstört sah er sich selbst wieder am Fenster stehen, als wäre es normal, dass eine verwirrte alte Frau auf der falschen Straßenseite durchs Stadtviertel fuhr. Er hätte die Polizei verständigen müssen. Er wusste doch, wie es um Elli stand! Aber er hatte trotzdem nichts getan. Bloß nicht zu viel einmischen, das Leben war sowieso schon kompliziert genug. Elli war eben wunderlich geworden. Und Vera war jung und gesund und kam nach außen wunderbar mit allem zurecht. Dabei wusste Udo, dass er schon viel früher hätte eingreifen müssen. Er war doch der Kümmerer von der Grav-Insel!

Andererseits wussten auch die Leute hier im Hasenweg, dass Elli bei jeder Gelegenheit ausriss und Haus und Hof sich selbst überließ. Nicht mal die direkte Nachbarschaft schaute richtig hin! Was war das hier eigentlich für ein ignoranter Haufen?

»Du solltest eine Vermisstenanzeige aufgeben. Ich kann dich zur Polizei fahren«, schlug er vor. Sein schlechtes Gewissen beruhigte er damit jedoch nicht.

Etwas Stechendes trat in Veras Augen, als wollte sie sagen: Ach. Jetzt auf einmal fällt dir auf, was hier los ist. Freund der Familie, ja? Ist es wohl plötzlich doch so dringend?! Steif richtete sie sich auf. »Lass mal. Sie wird schon zurückkommen.«

Aber das reichte Udo nicht. »Ich könnte die Orte abfahren, wo sie sonst immer unterwegs ist. Ich sammele sie ein und bringe sie zurück.«

»Als ob sie auf dich wartet«, murmelte Vera abfällig. »Ich schaff das schon.«

»Aber du bist hier ganz allein! Komm doch zu uns auf die Grav-Insel, bis Elli wieder da ist. Was willst du denn allein in dieser Bruchbude?«

»Ich schaff das schon!«, schrie Vera. »Hau endlich ab!«

»Nein! Ich lasse dich und Elli nicht mit dem Morbus allein!«, brüllte Udo zurück.

»Mit wem?«, fragte Vera erstaunt.

»Mit dem Morbus«, sagte Udo wütend. »Der Parkinson-Morbus!«

»Du meinst Morbus Parkinson.« Vera schüttelte mitleidig den Kopf. »Ja, danke, aber nicht nötig. Nimm bitte den Weg über die Terrasse, wenn du gehst.«

Endlich hatte auch Udo genug. Er stand auf und verschwand.

Vera hörte die Terrassentür quietschen und musste plötzlich grinsen. Dem hatte sie es gezeigt. Und irgendwann würde sie ihm auch heimzahlen, dass er sie im Stich gelassen hatte!

Übergangslos tropfen Tränen in ihren Cappuccino.

Oma. Wo bist du?

*

Weg mit dem Schläger! Ich bin's! Oliver!

Leonard schaltete den MP3-Player ab. Das hatte er befürchtet. Die Frau, um die Oliver sich gekümmert hatte, war geistig bereits jenseits von Gut und Böse. Mann, Oliver! Das hättest du mir doch sagen müssen, bevor ich eine völlig unpassende Diagnose abgebe.

Er öffnete die Augen und lag wieder lang ausgestreckt auf seinem Bett. Durch die Leitungen der Heizung rieselte Wasser wie ein eiskalter Bach. Eiskalt wie Leonards Schuldgefühle.

Mensch, Oliver. Ehrlich.

Langsam setzte er sich auf. Er hatte geahnt, dass Oliver mit der Sache niemandem einen Gefallen tat. Wenn es wirklich so schwierig gewesen war, die Alte zum Arzt zu bringen, warum hatte er dann nicht die Polizei verständigt? Das war doch ein ganz klarer Fall von Verwahrlosung. Dann wäre er jetzt vielleicht noch am Leben.

Manchmal fand Leonard sein Medizinstudium zum Kotzen. Er wusste längst nicht alles, aber schon zu viel, um zu begreifen, wo er den entscheidenden Fehler gemacht hatte. Helfen um jeden Preis bedeutete, dass man auch jeden Preis zahlen musste, wenn es hart auf hart kam. Es genügte völlig, nur am Rande involviert zu sein. Noch hatte Leonard nicht alle Dateien gehört, die Oliver ihm als Back-up kopiert hatte. Aber er ahnte, dass er spätestens in der allerletzten Audio-Datei etwas zu hören bekam, das ihm nicht gefallen würde.

Mit größter Wahrscheinlichkeit, fügte er ein wenig traurig hinzu, denn das kann die Tatsachen auch nicht mehr verändern.

Oliver blieb tot.

Aber Oliver hatte ja unbedingt den Helden spielen müssen! Dabei hätte die Frau die Medikamente ganz legal bekommen. Beim Hausarzt. Ein Anruf, der Weißkittel wäre zum Hausbesuch vorbeigerauscht, hätte sie sich angeschaut und ins Krankenhaus eingewiesen. Sie wäre dort medikamentös eingestellt worden und dann in ein Heim gekommen. Mit Sicherheit. Aber Oliver hatte das Heldentum schon in der Schule viel interessanter gefunden. Da hatte er sich für Leonard jedes Mal in die Bresche geworfen, wenn der Biolehrer eine Spitze gegen ihn losgelassen hatte. Weil Oliver die Traute hatte. Weil er es im Gegensatz zu Leonard, dem introvertierten Streber, konnte. Oliver konnte sowieso immer alles besser, zumindest war er selbst so überzeugt davon gewesen, bis Leonard es auch war. Und ihm bei allem, wozu Oliver sich traute, zujubelte.

Deshalb hatte es Leonard auch so beeindruckt, dass Oliver eine Quelle aufgetan hatte, über die er verbotene Medikamente bezog. Großzügig hatte er das Wissen mit Leonard geteilt, der es wiederum für seinen Status als Student der Humanmedizin zu nutzen wusste. In seinem Bettkasten wartete noch ein Karton kleiner Helfer auf die Auslieferung. Nichts Schlimmes, nur Wachmacher, die man nicht ohne Weiteres ins Land brachte. Außer man hieß Oliver Bauer.

Das hätte Leonard der Polizei eigentlich sagen müssen. Denn die Wahrscheinlichkeit, dass Oliver beim letzten Mal an die falschen Leute geraten war, erschien erschreckend real. Genauso wie die Möglichkeit, dass Leonard sich damit selbst um Kopf und Kragen geredet hätte.

*

In Christchurch war es gerade kurz nach zwei Uhr nachts. Dort waren alle Schrecken des Reformationstags schon vorüber. Mutter und Vater Cornelius schliefen bereits sicher in der Dunkelheit des 1. Novembers.

Vera hätte das auch tun können, wenn sie den Schritt auf die Südhalbkugel gewagt hätte. Schon als sie in der zehnten Klasse gewesen war, hatten die Eltern begonnen, alles für die Auswanderung nach Neuseeland vorzubereiten. Um die ganzen Formalien hatte Vera sich nicht gekümmert, weil sie ihren Schulabschluss so gut wie möglich hatte hinkriegen wollen, am liebsten mit Auszeichnung. Kaum war der Entschluss gefasst, verzichtete sie auf alles, was ihr bis dahin Spaß gemacht hatte. Sie ging an den Wochenenden nicht mehr aus, traf sich nur noch zum Lernen mit ihren Freunden und hatte erst recht keine Zeit für Jungs. Sogar ihre geliebten Ballettstunden waren plötzlich unwichtig geworden. Sie lernte und lernte und übersah bis zur letzten Minute Olivers vorsichtige Annäherungsversuche, die er immer wieder aufs Neue startete. Dabei gab er sich wirklich Mühe.

Am Ende hatte sie das beste Abiturzeugnis ihres Jahrgangs. Die Welt stand ihr offen.

Aber das mit dem Auswandern zog sich hin. Ein Grundstück musste her für die Schafzucht, die ihre Eltern mit dem Geld, das sie ursprünglich für die Rente eingezahlt hatten, aufziehen wollten. Das Geld konnte ihnen jederzeit überwiesen werden, aber es war kein Grundstück aufzutreiben. Es war entweder zu teuer, zu schwierig zu erschließen, ungeeignet für die Tierzucht oder einfach nicht das, was die Familie sich vorgestellt hatte. Vera wollte nicht untätig auf gepackten Koffern sitzen und eigentlich nur ein freiwilliges soziales Jahr einschieben. Am Ende bewarb sie sich aus Jux um einen Ausbildungsplatz als Kinderkrankenschwester und wurde prompt genommen. Schließlich fand man in diesem Beruf überall auf der Welt Arbeit und hatte damit eine gute Basis für ein Medizinstudium!

Nachdenklich fuhr Vera mit den Fingern über die abgewetzten Kappen ihrer Spitzenschuhe. Die Sohlen waren längst durchgebrochen. Aber sie hatte voraussichtlich erst im nächsten Monat genug Geld, um sich neue zu kaufen. Viele ihrer Trikots waren ausgeleiert und verwaschen, eine Strumpfhose ohne Löcher gab es in ihrem Schrank nicht. Erst für die Prüfung am Ende des Schuljahrs konnte sie sich eine ganz neue gönnen. Eigentlich war sie das perfekte Abbild des Mädchens mit den Schwefelhölzern, nur dass sie keine Streichhölzer verkaufte, sondern in einer Imbissbude arbeitete.

Von ihrem Zimmerfenster hatte sie einen guten Blick hinüber zum Wald. Der Hasenweg lag am südlichen Rand des Diersfordter Waldes. Er wirkte nicht besonders gruselig oder romantisch auf sie. Es standen halt ein paar Bäume zusammen, nicht mehr und nicht weniger. Oma Ellis Garten mussten sie wegen der Kaninchen mit einem tief eingegrabenen Metallzaun schützen. Früher, als der Garten noch kein mit Unkraut überwuchertes Quadrat Erde gewesen war. Jetzt war der Zaun eine windschiefe und vor allem unnütze Installation auf einem heruntergekommenen Grundstück.

Es war gut, dass ich das Krankenhaus verlassen habe, dachte Vera. Es hatte sie erschöpft, jeden Tag quengelige, aufgeregte, kranke, vor allem aber anstrengende Kinder zu betreuen. Viele waren zu traurig, um auf ihre Aufmunterungsversuche zu reagieren. Etliche dachten sich aus purer Langeweile Gemeinheiten gegen Vera aus. Manche starben einfach in der Nacht wie der kleine Junge, der wegen einer starken Augenentzündung eingewiesen worden war, damit man ihm das Antibiotikum intravenös verabreichte. Er hatte wohl kein Interesse mehr am Leben und verließ diese Welt klammheimlich im Schlaf. Morgens gegen sechs hallten Schreie durch den Flur. Seine Mutter, die die Nacht bei ihm hatte verbringen dürfen, stürzte ins Stationszimmer und war nicht mehr zu beruhigen gewesen. Aber konnte man jemanden in so einer Situation überhaupt beruhigen? Jemand, der die ganze Zeit aufgepasst und das Schreckliche doch nicht hatte verhindern können?

Es war in der zweiten Woche der Ausbildung passiert. Vera hatte nie nachgefragt, warum der Junge letztlich gestorben war. Offiziell war die Rede von einer bedauerlichen Unverträglichkeit, die sich erst nachträglich herausstellte. Der Buschfunk wusste von einer Überdosierung eines Medikaments, aber weder für das eine noch das andere gab es Beweise. Der Vorfall geriet in Vergessenheit.

Um sich abzulenken, hatte Vera ihre Ballettsachen herausgekramt und sich wieder in ihrem alten Kurs angemeldet. Die Bewegungen hatten gutgetan. Und sie hatte es genossen, wenigstens etwas zu haben, das so einfach wie früher war.

Ein halbes Jahr später, genauer am sechsten Januar, hieß es plötzlich: Wir haben ein Grundstück in Oxford, Neuseeland, westlich von Christchurch. Die Gelegenheit, neu anzufangen, ließ Vera dennoch verstreichen. Der kleine Junge hatte sie mit dem Gefühl zurückgelassen, etwas wiedergutmachen zu müssen. Auf jeden Fall wollte sie ihren Eltern nach der bestandenen Abschlussprüfung zur Kinderkrankenschwester folgen. An einem sonnigen Februartag stieg die SAS-Maschine mit ihren

Eltern in den wolkenlosen, blitzblauen Düsseldorfer Himmel, wurde immer kleiner und verschwand schließlich ganz.

Das Leben mit Oma Elli gestaltete sich von Anfang an schwierig. Erst waren es Kleinigkeiten, dann kam es zwischen den beiden zu einem schwelenden Kleinkrieg. Vera schwieg, denn es war die Mutter ihrer Mutter, die nur das Beste für sie wollte. Nach ein paar Wochen fiel Vera auf, dass sie entweder arbeitete oder in der Ballettschule war, schlief oder ihre Sachen wusch oder in ihrem Zimmer unter dem Dach hockte, nur um nicht mit Oma Elli in einem Raum zu sein. Nichts davon ließ sie bei den Eltern durchblicken, um nicht undankbar zu erscheinen.

Im folgenden Juni war ein Vortrag für das Unterseminar der Kinderkrankenschwestern angesetzt worden. Vera konnte sich heute nur noch an das Gefühl erinnern, das sie überkam, als sie viel zu früh vor dem Lehrsaal des Krankenhauses eintraf, in dem noch der Vortrag über Demenzerkrankungen im Alter lief. Die Tür stand wegen der defekten Klimaanlage offen und sie schlüpfte hinein, um die Zeit bis zu ihrem Seminar sinnvoll zu verbringen. Einige der anwesenden Krankenschwestern warfen ihr amüsierte Blicke zu, dann hörten sie wieder mehr oder weniger aufmerksam zu. Selbst wenn Vera wollte, hätte sie nicht mehr wiedergeben können, was dort berichtet worden war. Sie wusste lediglich, dass sie plötzlich ihre Oma vor Augen hatte. So intensiv, dass sie glaubte, sie säße neben ihr auf dem letzten freien Stuhl. Vera schwor Stein und Bein, dass sie sie hätte anfassen können, wenn sie gewollt hätte. Erst das Klopfen auf die Tischplatten, mit dem sich die Pflegerinnen und Pfleger beim Vortragenden bedankten, holte sie wieder zurück in die Gegenwart.

Doch statt sitzen zu bleiben und auf den Beginn ihres Seminars zu warten, stand sie wie die anderen auf und ging hinaus auf den kleinen Parkplatz vor dem Hauptgebäude. Starrte eine

Weile in den Himmel, ohne einen Gedanken zu fassen. Ihr Kopf schien vollkommen leer, als ihr die Erkenntnis kam.

Gegen Abend, lange, nachdem das Seminar zu Ende war, kam sie erst zu Hause an, in der Tasche eine Kopie ihrer Kündigung, die sie an diesem Tag eingereicht hatte. Eine Woche später begann sie nach außerordentlich bestandener Aufnahmeprüfung ihre Ausbildung zur Tanzpädagogin in Düsseldorf. Anscheinend hatte die Geschichte von den ausgewanderten Eltern den Schulleiter so gerührt, dass er sie gegen die Gepflogenheiten bereits zum Ende des Schuljahres aufnahm. Den Job in der Imbissbude am Bahnhof fand Vera über einen Freund. Weder ihrer Oma noch ihren Eltern sagte sie etwas davon. Sie hätten ihr Handeln genauso wenig verstanden wie Vera selbst.

Von Unterricht zu Unterricht fühlte sie sich wieder besser. Das Schuldgefühl dem kleinen Jungen gegenüber schwand allmählich, bis sie es eines Tages mit einem Grand Jeté ganz hinter sich lassen konnte. Sie war überzeugt davon, dass sie ab jetzt ihr Leben so gestalten konnte, wie sie es wollte. Von dem Geld, das sie von ihrer ersten Ausbildung gespart hatte, kaufte sie sich in den Sommerferien ein Hin- und Rückflugticket nach Neuseeland. Vier Wochen durfte sie sich wieder frei fühlen, trainierte heimlich in ihrem Zimmer in dem winzigen Haus, das ihren Eltern nun gehörte, und vertraute darauf, dass sie vielleicht schon beim nächsten Mal einen weiteren Abschluss in der Tasche hätte.

Bei ihrer Rückkehr in den Hof am Hasenweg hätte sie ihre Oma fast nicht wiedererkannt. Zerzaust, verwirrt, schmutzig hockte sie in der unaufgeräumten Küche. Lebensmittel schimmelten im offenen Kühlschrank. Wie es aussah, hatte Elli seit zwei Wochen nicht mehr richtig gegessen. Vera tat, was sie am besten konnte: schweigen und den Schaden beheben. Sie badete Elli, schnitt ihr die Haare, päppelte sie mit ihrem Wissen aus der Ausbildung wieder hoch, wusch und schrubbte und brachte im Haus in Ordnung, was sie in den zwei Wochen bis zum Beginn des nächsten Schuljahres in Ordnung bringen konnte. Aber Oma Ellis Gehirn war bereits zu stark zerstört. Und deshalb brach Ende August die Hölle für Vera los.

Ich muss Mama und Papa anrufen, sagte Vera sich wieder und wieder und wippte auf ihrem Bett vor und zurück. Ich muss ihnen sagen, was passiert ist. Sie müssen kommen und mir helfen. Sie müssen einfach!

Auf ihrem zerwühlten Kopfkissen lag ihr Handy in Griffweite. Doch das Wippen hatte Vera ergriffen und ließ sie nicht mehr los. Sie wippte und wippte, bis sie erschöpft nach hinten fiel und in Tränen ausbrach.

*

Freitag, 21. Oktober, 19.43 Uhr. Ich hatte ein fieses Gespräch mit meinem »Lieblingsmenschen«. Am liebsten hätte er mich aus dem Fenster geworfen! Aber da er wusste, dass ich ihn in der Hand habe, kümmert er sich jetzt um die Medikamente. Vielleicht gebe ich zufällig mal seinen Namen weiter.

Samstag, 22. Oktober, 1.23 Uhr. Ich kann nicht schlafen. Ich stehe total unter Strom. Die Sache mit dem Fahrradjäger lässt mich nicht los, daran ist der Sockerberg schuld. Ich könnte ihm die Fresse polieren, weil er mich nie was von meinen Ideen umsetzen lässt! Die Welt da draußen ist mehr als das, was in deinen Kopf passt, du Spast!
Ich habe jedenfalls den halben Tag recherchiert und noch mehr Posts von Treibjagden in und um Wesel gefunden. Anfangs dachte ich, da hätte sich einer was Wildes ausgedacht und einfach ins Netz gestellt und die anderen sind Trittbrettfahrer. Aber dann gab's einen Post von einem Typen bei Facebook, der ist mit den ganzen andern, die angeblich gejagt worden sind, weder befreundet noch sonst wie verbunden. Okay, kann sein, dass die sich über andere

Plattformen kennen, aber das habe ich nicht überprüft. Der Typ schrieb jedenfalls, dass ein Wagen ein Fahrrad durch die Friedensstraße verfolgt hat. Das Fahrrad hatte kein Licht, deshalb hatte er anfangs gar nicht gecheckt, warum der Wagen Schlangenlinien fuhr. Dann wurde dem Typ klar, dass der Wagen den Fahrradfahrer gezielt auf die Hörner nehmen wollte!

Wenn man die Infos von allen Jagden zusammennimmt, fällt auf, dass es grundsätzlich nach 22 Uhr passiert und die Fahrradfahrer in fast allen Fällen ohne Licht unterwegs sind. Oder es sind Sporträder wie das BMX-Teil von einem, der versucht hat, auf cooles Opfer zu machen, das im letzten Moment entwischt ist. Fast alle wollten nach einem Besuch in einer Bar oder von Freunden nach Hause fahren. Darum gehe ich davon aus, dass die auch alle was getrunken haben und beim Radfahren entsprechend herumschlingerten. Fast alle ließen durchblicken, dass sie es nicht so genau mit den Verkehrsregeln genommen haben, also mal verkehrt in die Straße reingefahren sind. Oder auf dem Fußweg oder auf der linken Fahrbahnseite rumgecruist sind, weil es lustiger war und so weiter.

Kann es sein, dass der Jäger sich zum Gesetzeshüter ernannt hat und die Verkehrssünder deshalb zur Strecke bringen will?

Zum Wagen selbst habe ich nicht viel gefunden. Es soll ein dunkelblauer Passat sein, soweit die Farbe im Dunkeln richtig erkannt wurde. Der Fahrer fährt selbst hin und wieder wie ein Besoffener oder verschaltet sich, sodass das Getriebe kracht. Das schreibt sogar einer: »Er hat das Getriebe mehrfach krachen lassen.«

Fazit: Das ist meine Story! Ich muss den Typ unbedingt finden, bevor die Polizei es tut. Es sollte reichen, wenn ich mich heute Abend kurz nach zehn aufs Fahrrad schwinge und ein bisschen ohne Licht herumfahre. Mal schauen, ob der Jäger auf mich aufmerksam wird.

Gleicher Tag, 22.12 Uhr. Weil Anna schon vor zwei Stunden ins Bett gegangen ist, hat sie wahrscheinlich nicht mitbekommen, dass ich noch mal raus bin. Aber das kann ihr sowieso egal sein, ich werde nächstes Jahr schließlich schon 21.

Ich stehe vorm Haus und werde gleich erst mal zur Burgerbude an der Schermbecker fahren. Dort glühen mit Sicherheit ein paar Idioten für die Disco vor. Sollte mich wundern, wenn der Jäger hier nicht auftaucht.

22.35 Uhr. Parkplatz vorm Mecces. Kalt heute. Viel junges Gemüse unterwegs. Es wird zwar gesoffen, aber keine Spur von einem dunkelblauen Passat, nicht mal von einem in einer anderen Farbe. Die Mädchen hier sind alle viel zu jung, die gehören nach Hause ins Bett. Den Kerlen würde ich am liebsten eine reinhauen, weil die mit ihrem nigelnagelneuen Führerscheinen so einen Mist machen. Hier bräuchte man die Polizei zum Durchwischen! Ich probier's mal beim Hühnerkönig im Buttendicksfeld.

22.40 Uhr. Auch hier fließt der Alkohol in Strömen. Ihr seid doch alle so bescheuert! Wenn der Jäger auftaucht, seid ihr Matsch! Vielleicht kann ich ihn weglocken, bevor er sich ein Opfer aussucht.
Klingt irre, oder? Ich weiß nicht, warum ich mich immer wieder vor andere stellen muss. Anna meinte mal, das hängt mit der Scheidung zusammen oder ich hab ein Erziehungstrauma wegen Uwe. Könnte sein, dass sie recht hat, so oft, wie ich mich gegen Uwe verteidigen musste, wenn er wieder rumgebrüllt hat wie ein Irrer. Wobei: Hass trifft es eher! Als Ziehvater hat Uwe jedenfalls auf der ganzen Linie bei mir versagt.
Okay, heute läuft wohl nichts mehr. Wäre auch pures Glück gewesen, wenn ich den Jäger gleich bei meinem ersten Einsatz finde. Kalt ist es auch. Ich fahre lieber nach

Hause. Vielleicht ist morgen mehr los. Zur Sicherheit lasse ich die Audio-App weiterlaufen.

22.49 Uhr. Ein Opfer hat der Jäger beim Hagebau an der Robert-Bosch-Straße aufgegabelt. Ich stehe gerade vor dem Haupteingang, aber hier ist alles dunkel und auch sonst kein Fahrzeug unterwegs.

22.52 Uhr. Ich biege jetzt auf die Brüner Landstraße Richtung Innenstadt ab.

22.59 Uhr. Ich sollte auffälliger fahren, um ihn auf mich aufmerksam zu machen. Ja, ich gebe zu, ich habe erst auf dem beleuchteten Fahrradweg auf der Isselstraße das Licht ausgemacht und ein paar Schlangenlinien angedeutet. Das reicht, um mir den Schweiß aus allen Löchern zu treiben. Ich habe nie behauptet, dass ich wirklich so cool bin, wie ich immer tue!

23.04 Uhr. Hinter mir kracht ein Autogetriebe. Ich biege rasant vom Kaiserring in den Heubergpark ab. Mal schauen, ob das der Jäger ist.

23.05 Uhr. Alte Roßmühlenstraße, er ist es, er hat auf mich gewartet! Ich schlage einen Haken in die ...
(durchdrehende Autoreifen auf Asphalt)
Baustraße Richtung Rathaus!
(Aufheulender Motor, Getriebekrachen, Klirren.)
Das war ein Außenspiegel, zum Glück nicht meiner! (Keuchen) Hey! Schneller kannst du nicht?
(Brummen schwillt an. Keuchen wird zu laut, um sauber aufgezeichnet zu werden. Es rauscht und kracht.)
Kreuzung Flesgentor! Gegenverk...
(Von Dopplereffekt verzerrtes Hupen rast vorbei.)
Das war knapp!

Er holt auf! Motorhaube von links! Gleiche Höhe!
Ich versuche, sein Gesicht zu erkennen!
(Erschrockener Aufschrei, Fahrradbremsen zischen und quietschen, Klirren und Krachen bleibt aber aus)
Die Ritterstraße!
(Rauschen, Knistern, Krachen, wieder scharfes Bremsen, Schutzbleche klappern.)
(hektisch, undeutlich) Bin in den Hofmeisterweg zur Martinistraße eingebogen, hier kann er nicht durch, das ist ein Fußgängerweg!
(Keuchen.)
(Keuchen.)
(Keuchen.)

Es ist 23.09 Uhr. Ich krieg endlich wieder Luft. Ich stecke bis zum Hals in einem Gebüsch auf dem Schulhof der Gesamtschule und warte auf den Passat. Wenn er noch an mir dran ist, dann müsste er gleich hier vorbeikommen.
Ich höre wa...

23.51 Uhr. Bin wieder zu Hause.
Ich hab Fotos. Mit dem Autokennzeichen. Schwer zu lesen. Aber ich hab was.
Der Typ kam aus der anderen Richtung. Weil die Martinistraße eine Einbahnstraße ist. Mit dem Affenzahn hätte er mich zu Brei gefahren.
Zur Sicherheit habe ich den Rückweg über die Niederrheinhalle genommen. In Fusternberg hab ich kurz die Krise gekriegt, weil plötzlich wieder ein Passat hinter mir war. War aber ein anderer. Gott sei Dank.
Am Aaper Weg wurde es noch mal so richtig kalt, dagegen sind die Lippeauen im November wie 'ne Therme! Genau richtig für 'ne Lungenentzündung. Ich müsste duschen. Bin aber zu kaputt. Morgen wert ich die Da...

»Mach auf!«

Vera zuckte aus dem Halbschlaf hoch. Was war das?

»Vera!«, brüllte eine Stimme, die Vera jetzt gar nicht ertrug. »Lass mich rein! Verdammt noch mal!«

Es war Hella. Dem Klang nach stand sie unten auf der halb fertigen Terrasse. »Ich weiß, dass du da bist!« Ihre Stimme überschlug sich fast.

Zitternd hielt Vera die Audio-Datei an und stand auf.

*

In Blumenkamp wurden alle Zeugen befragt, die Unfallspuren fotografiert und gesichert. Alles deutete darauf hin, dass der Autofahrer den Radler vorsätzlich angefahren hatte. Den Verunfallten erwartete ein längerer Aufenthalt im Krankenhaus mit anschließender Reha, damit sein offener Schienbeinbruch ordentlich heilte. Viertel bis halbes Jahr, schätzte Vicky, so hatte sie es einmal bei einem ähnlichen Unfall aufgeschnappt.

»So einer gehört doch eingesperrt!«, schimpfte die Zeugin, die gerade befragt worden war. Stumm pflichtete Vicky ihr bei und steckte ihr Schreibzeug in die Jackentasche zu ihrem Handy, das prompt klingelte. Es war Frank. Meine Güte. Konnte er nicht wie jeder andere normale Polizist im Schichtdienst um diese Zeit schlafen?

Seufzend nahm Vicky das Gespräch an. »Mach's kurz, ich bin im Einsatz.«

»Geht es auch ein bisschen freundlicher?« Frank klang müde und gereizt, eine denkbar schlechte Kombination für ein reibungsloses Gespräch.

»Ich habe Stress«, antwortete Vicky verärgert. »Also?«

»Es geht um den Zeugen Udo Gödecke, der mit seiner Frau die Leiche von Oliver Bauer gefunden hat. Er verhält sich ungewöhnlich.«

Warum muss ausgerechnet ich zum Claaßen auch noch einen unterbelichteten Kollegen bekommen?, fragte Vicky sich verzweifelt. »Erstens wusste ich gar nicht, dass du auch auf der Grav-Insel wohnst. Und zweitens: Wieso spionierst du ihm nach?«

»Ich wohne doch gar nicht hier«, verteidigte sich Frank. »Ich besuche jemanden. Einen Bekannten.«

Eine Pause entstand.

»Sag, was los ist und lass mich hier weitermachen!«, forderte Vicky ihn genervt auf.

Ihre Abneigung gegen ihn kam mehr als deutlich bei Frank an. »Er hat vor einer halben Stunde seinen Camper verlassen. Mit dem Auto. Obwohl er passionierter Fahrradfahrer ist.«

»Ja, und?«, fragte Vicky und machte ihrem Kollegen Kästner ein Zeichen, dass sie gleich fertig war.

»Morgen fährt seine Frau Elena für ein paar Monate zu ihrer Familie. Normalerweise lässt er sie am Tag vorher nicht einfach so allein. Und da er wie gesagt die Leiche mit ihr zusammen gefunden hat, habe ich das Gefühl, dass er mehr mit dem Fall zu tun haben könnte, als er uns gesagt hat.« Im Hörer klapperte Geschirr. Anscheinend aß Frank gerade.

Ein zweiter Krankenwagen fuhr heran. Vickys Kollege Kästner winkte ihn auf den Bürgersteig und warf ihr einen mahnenden Blick zu, endlich fertig zu werden.

»Ja, von mir aus«, sagte Vicky zerfahren. »Weißt du was, ruf Claaßen an und diskutier das mit ihm. Ich muss mich hier um den Unfall kümmern, wenn es recht ist.«

Weitere Passanten strömten plötzlich heran und drängten zum Krankenwagen. Vicky setzte sich in Bewegung, um dazwischenzugehen. »Ich muss jetzt wirklich weitermachen!«

»Was für ein Unfall?«

»Personenschaden mit Fahrerflucht«, rief sie. »Bis später!«

»Mit einem dunklen Passat, ziemlich runtergekommen?«

Vickys Daumen schwebte schon über dem roten Button. Mit einem Ruck blieb sie stehen und presste das Handy wieder ans Ohr. »Was sagst du da?«

»So einer stand heute auf dem Parkplatz vor dem Präsidium. Ich wollte mir den Fahrer schnappen, aber er ist weggefahren und fast mit einem anderen Wagen zusammengestoßen. Das war nach meiner Schicht.«

»Und warum erzählst du das erst jetzt?«, fragte Vicky fassungslos. »Der Verunfallte hat einen offenen Beinbruch und kann vielleicht nie wieder richtig laufen! Mensch, Dresel, was soll das?«

Wieder klapperte Geschirr im Hintergrund, diesmal klang es etwas kleinlauter.

»Vicky! Komm endlich!«, rief Kästner. »Ein Unfall an der Flürener Landstraße, wir müssen weiter!«

»Ruf sofort Claaßen an««, brüllte Vicky.

»Und du schau bitte bei Udo Gödecke und seiner Frau Elena vorbei!«, rief Frank. »Ich habe die beiden schon befragt, aber die hätten mir nicht mal ihre Namen gesagt, wenn sie nicht gemusst hätten!«

Wütend schnaubte sie ins Telefon. »Hör mal, ich bin im Dienst. Und heute gab es schon zwei schlimme Unfälle im Stadtgebiet. Mach du das! Ich habe in einer Stunde Schichtende, wenn nichts dazwischenkommt.«

»Und ich habe bis nächste Woche frei!«, antwortete Frank lauter als nötig. »Sei doch mal kollegial!«

»Ach, leck mich doch«, knurrte sie und beendete das Gespräch.

*

»Ich habe dir doch gesagt, das geht schief«, sagte Hella trocken. »Ein Typ, den man schon in der Schule blöd findet, ist später noch blöder.«

»Und ich habe dir gesagt, dass dich das nichts angeht!«, zischte Vera. »Willst du noch einen Kaffee?«

»Nein«, antwortete Hella mit Nachdruck. »Danke. Die Milch war übrigens sauer.«

»Und die Tasse war auch nicht mehr die neueste«, äffte Vera sie nach. »Warum bist du hergekommen? Um mich fertigzumachen?«

Nein, das war Hella nicht. »Ich wollte dir meine Unterstützung anbieten, weil ich mir vorstellen kann, wie sehr dich Olivers Tod mitnimmt. Wie immer er gestorben ist, da draußen läuft ein Verrückter herum, der muss gefunden werden.«

Vera wollte wirklich glauben, dass Hella es ernst meinte. Sie hatten schließlich schon so viel miteinander erlebt! Doch da war dieser miese Gnom in ihrem Kopf, der sich seit dem mysteriösen Tod des kleinen Jungen immer wieder zu Wort meldete: Bist du sicher, dass Hella sich nicht gegen dich gewendet hat?, flüsterte er. Erinnere dich an Svenja, die von Hella verpetzt wurde. Hast du jemals daran gedacht, dass Hella zur Polizei gehen könnte?

Nur mühsam überhörte Vera die böse Stimme. »Du könntest mir helfen, diese Bruchbude aufzuräumen«, sagte sie leise.

»Gerne. Ich kann mir morgen den ganzen Tag Zeit nehmen.«

»Warum erst morgen?«, fragte der Gnom mit Veras Stimme.

Verunsichert von Veras Schroffheit, biss Hella sich auf die Lippen. »Du brauchst nicht zu denken, dass ich faul bin. Ich bin noch nicht wieder ganz auf der Höhe.«

Eine verirrte Fliege summte um die Küchenlampe, als wüsste sie als Botin des Verfalls um ihre Bedeutung. Ganz langsam schüttelte Vera den Kopf. »Wegen dem kleinen Schubser oder was?«

»Das war kein Schubser, das war ein Zusammenstoß!«, fuhr Hella sie an. »Du brauchst nicht zu denken, dass du die Einzige auf der Welt bist, die Probleme hat!«

»Und du brauchst nicht zu denken, dass du dich hier nach Lust und Laune aufspielen kannst. Geh! Am besten gleich.«

»Von wegen.« Demonstrativ verschränkt Hella die Arme vor der Brust und lehnte sich zurück. Die Küchenbank knirschte gefährlich. »Wenn ich dich allein lasse, tust du dir am Ende noch was an, und ich bin dann dran schuld oder so. Wo ist eigentlich deine Oma?«

Ein paar Sekunden war es sehr still in der Küche.

Hella atmete vorsichtig durch den Mund. Sie hatte die zweifelhafte Gelegenheit, sich gegen die verschiedenen Gerüche abzuschirmen, die den Möbeln und dem Mülleimer entströmten.

Als ob es dich wirklich interessiert, wo Oma ist, dachte Vera. Du spielst doch bloß wieder mit mir, damit du dich mir überlegen fühlst.

»Oma ist unterwegs. Was geht dich das überhaupt an?«

»Das geht mich inzwischen eine ganze Menge an!«

Feindselige Blicke gingen hin und her, bevor sie endlich voneinander abließen. Hella starrte in ihre leere Kaffeetasse, Vera auf den klebrigen Küchentisch.

»Willst du eigentlich noch Anzeige erstatten?« Vera musste diese Frage aussprechen.

»Vielleicht.« Hella runzelte die Stirn und signalisierte damit: Natürlich ziehe ich eine Anzeige in Erwägung. Wieso fragst du überhaupt?

Der Stuhl knackte leise, als Vera sich aufrichtete, um größer zu wirken. Sie maßen sich wie Konkurrentinnen, als wäre der Begriff »Freundschaft« für sie niemals relevant gewesen. Das war er im Grunde auch nie. Sie hatten lediglich in der gleichen Jahrgangsstufe wie vergessene Puzzleteile zusammengefunden und waren nicht mehr voneinander losgekommen. Die überstehenden Ecken, die das nahtlose Ineinanderfügen ihrer Rundungen stets behinderten, hatten sich mit der Zeit verkantet.

Mit einem unwilligen Laut schüttelte Hella die Starre ab, die sie ergriffen hatte. »Es war kein Schubser«, wiederholte sie. »Ich hätte ernsthaft verletzt werden können.« Sie wusste, dass Vera auch den Samstag vor Augen hatte, als Hella bei ihr in der Imbissbude aufkreuzte. An anderen Tagen wäre Hella einfach vorbeigefahren, aber sie hatte Oliver durch die großen Fenster am Tresen stehen sehen. Bei Vera. Hella hatte bis dahin vergessen, dass er überhaupt existierte und war regelrecht erschrocken. War ihr bei Vera etwas Wichtiges entgangen? Also stellte sie ihr Fahrrad vor der Imbissbude ab und ging hinein. Das Wiedersehen mit Oliver war für Hella unbefriedigend gewesen. Er wollte lieber allein mit Vera reden, aber Hella blieb stur neben ihm stehen, bis er sich verabschiedete.

»Ich muss dann auch weiter«, hatte Hella geflötet und folgte ihm, um ihn daran zu erinnern, dass auch sie seine Aufmerksamkeit verdient hatte. Zu einem Gespräch kam es dennoch nicht.

Ein blauer, klappriger Passat schoss plötzlich auf den Fahrradständer vor der Imbissbude zu, genau in dem Moment, als Hella ihr Schloss aufsperrte. Hätte Oliver nicht so schnell reagiert und sie zurückgerissen, hätte Hella nun nicht hier sitzen können. So war sie mit einer leichten Gehirnerschütterung davongekommen, mit der sie sich ein paar Stunden später selbst aus dem Krankenhaus entlassen hatte.

Und Vera hatte alles von der Imbissbude aus beobachtet.

»Eine Anzeige oder eine Einweisung in ein Heim wären das Beste«, sagte Hella ernst. »Auf jeden Fall musst du endlich mal Hilfe holen.« Traurig schaute sie sich in der Küche um, die vor langer Zeit richtig gemütlich gewesen war. »Aber jetzt zu uns beiden. Kann ich sonst noch was für dich tun?«

»Ja, verschwinde endlich!« Plötzlich stand Vera da wie eine sprungbereite Löwin. »Wenn du fertig bist mit Nachdenken, dann kannst du wiederkommen. Und jetzt verpiss dich!«

Starr vor Staunen konnte Hella sich erst nicht rühren. Hatte Vera das wirklich gesagt? »Kein Problem. Ich melde mich.«

Betont gleichmütig erhob sie sich und verließ die Küche durch die angelehnte Terrassentür. Mit einem schnellen Blick zurück vergewisserte sie sich, dass ihr kein Schatten folgte, um ihr von hinten eins überzuziehen. Wenn Vera sich partout nicht helfen lassen wollte, konnte man nichts machen.

*

Es fiel Anna schwer, sich von Olivers Bett zu lösen und in den Flur zu gehen. Sie hatte versucht, das Klingeln des Festnetztelefons zu ignorieren, um wenigstens ein paar Stunden allein mit sich und ihrer Trauer zu sein. Aber das Telefon war hartnäckig.

Der Hörer schien Zentner zu wiegen. »Bauer?«

»Uwe hier.«

»Lass mich in Ruhe.« Der Telefonhörer rumpelte auf die Gabel zurück. Sie konnte noch nicht mit ihrem Ex-Mann sprechen. Vielleicht später. Laufen konnte sie nicht mehr, sie schlurfte, um von der Stelle zu kommen. Bevor sie sich wieder auf Olivers Bett fallen lassen konnte, klingelte ihr Handy. Auch das musste Uwe sein. Schwer sank sie in die Bettwäsche, die den etwas säuerlichen Geruch ihres Sohnes festhielt, und nahm das Gespräch an. Es half ja nichts.

»Was willst du?«

»Unser Sohn ist tot.« Das war Uwes Begrüßung. »Unser Sohn!«

»Er war nicht dein Sohn.«

»Mein Ziehsohn«, murmelte Uwe abwesend. »Weiß man schon mehr?«

Anna zuckte mehrmals mit den Schultern, bevor ihr auffiel, dass sie leider trotzdem den Mund aufmachen musste. »Nein.«

»Hast du eine Vermutung, was passiert sein könnte?«

»Nein«, hauchte Anna. Das nächste Tränenmeer kündigte sich an.

»Aber mit dir hatte er doch wenigstens noch geredet, oder nicht?« Uwes unangenehme Eigenschaft, niemals locker zu lassen, bis er die Antwort bekam, die ihn befriedigte, erzeugte in Anna eine winzige Erschütterung. So war er, seit sie ihn kennengelernt hatte. Uwe fragte und fragte.

Und fragte.

Die Erschütterung wuchs sich zum Erdbeben aus. Anna wollte explodieren und Uwe anbrüllen, dass er endlich aufhören sollte, ihr Löcher in den Bauch zu fragen. Weil sie keinen blassen Schimmer hatte, an welcher Stelle Olivers Leben so abgeglitten war, dass er ermordet wurde. Uwe sollte den Mund halten, weil sie ihren Sohn anscheinend nicht richtig gekannt hatte und niemals mehr die Gelegenheit bekam, ihn richtig kennenzulernen!

»Anna? Bist du noch da?«

»Hast du was mit seinem Tod zu tun?«, fragte sie.

Schweigen. »Ich verstehe die Frage nicht.«

»Doch, Uwe. Du verstehst mich. Oliver hat mir immer alles gesagt.«

Ein empörter Aufschrei entkam Uwe. »Aber du hast doch behauptet, du hättest nichts von der Exmatrikulation gewusst!«

»Ich meine nicht die Exmatrikulation.«

Annas Antwort war so scharf, dass es ein paar Sekunden dauerte, bis Uwe den Mut hatte, ihr zu antworten. »Ich weiß nicht, wovon du sprichst.«

»Doch, Uwe, du weißt es.«

»Aber ich weiß wirklich nicht, was—«

»Ich bin nicht so blöd, wie du mich immer hinstellst!«

Eine Gestalt erschien hinter der Scheibe der Zimmertür. Das geriffelte Glas verzerrte Ralfs Silhouette. Er würde gleich hereinkommen, um ihr beizustehen, sein letzter Versuch, eine neue Beziehung mit ihr anzustoßen, bevor ihre Gefühle füreinander endgültig erkalteten. Aber Anna wollte nur noch ihre

Ruhe haben. So, wie sie nie mehr eine bessere Mutter sein konnte, würde sie auch nie wieder eine loyale Ehegattin sein, geschweige denn eine Lebenspartnerin.

»Es ist überhaupt nicht nötig, so rumzubrüllen!«, fuhr Uwe sie an. »Ich habe doch wohl ein Recht drauf, zu erfahren, was Oliver für einen Scheiß über mich erzählt hat!«

»Das war kein Scheiß, du hast ihn …« Anna brach ab. Es hatte keinen Sinn, jetzt noch schmutzige Wäsche zu waschen. Davon wurde Oliver nicht wieder lebendig.

Vorsichtig wurde die Zimmertür aufgeschoben. Ralf steckte den Kopf herein. »Alles okay?«

Anna stützte sich auf den Unterarm. »Was ist?«

Zur Erklärung hob Ralf sein Handy. »Die Polizei ist dran. Der Termin in Wedau ist um drei. Sollen sie uns abholen oder fahren wir selbst?«

Rasch hielt sie das Handymikrofon zu. Uwe musste nicht alles wissen. »Wir fahren selbst«, flüsterte sie und winkte Ralf weg. Als sie wieder allein war, nahm sie die Hand vom Mikro und hoffte, dass Uwe wirklich nichts gehört hatte. »Ich muss auflegen. Ruf mich nicht an. Wegen der Beerdigung melde ich mich bei dir.«

Doch Uwe ließ sich nicht einfach abwürgen. »Was ist mit Wedau?«

Oliver war nicht Uwes Sohn. Um keinen Preis der Welt wollte Anna ihn deshalb bei der Identifizierung dabei haben. »Nichts.« Ohne weiter auf Uwes unverständliches Gemurmel zu hören, drückte sie das Gespräch weg und ließ sich wieder aufs Bett rollen.

Sie konnte nicht mehr.

*

Im Sonnenlicht verwandelte sich der tanzende Staub in Glühwürmchen. Als wollte die Sonne Vera einen ganzen Rutsch Hoffnungsfunken zukommen lassen. Der Plan, im Wohnzimmer wenigstens ein paar Trümmer zur Seite zu schieben, hatte sich damit auch erledigt, denn es gab keine Hoffnung mehr für Vera. Im Grunde konnte sie sich in die Reste des Buffets legen und die Augen zumachen. Früher oder später kam der ewige Schlaf schon zu ihr, und dann wurde sie zu dem, was das Buffet schon seit 1872 war: tote, holzige Materie.

Fröstelnd zog sie die Strichjacke fester um die schmalen Schultern. Auf Zehenspitzen stieg sie über die gesplitterte Platte des Esstisches. Feuchtes Papier rutschte unter ihrem Fuß weg, sie fing sich und stolperte in den Großvatersessel. Sprungfedern bohrten sich durch den zerrissenen Bezug. Gerade noch rechtzeitig konnte sie verhindern, sich draufzusetzen und sich damit zu stechen. Was, wenn das Märchen Dornröschen von jeher falsch erzählt wurde, dachte sie und schaffte es über die Trümmer bis zum Fenster. Die Scheibe hatte einen Sprung. Noch hielten die Scherben im Rahmen, aber die feuchte Herbstluft hatte den Raum und die Möbel bereits durchdrungen. Der Nieselregen vom Vormittag hatte eine Lache auf dem Fensterbrett zurückgelassen.

Was, wenn Dornröschen sich nicht an einer Spindel, sondern an der metallenen Sprungfeder eines Sessels oder eines Bettes gestochen hatte und infolge einer Sepsis entschlafen war? Konnte doch sein, oder? Und wenn sie, Vera, Dornröschen war mit dem rosa Tutu und den Spitzenschuhen und den ganzen naiven Träumen von einem glücklichen Leben, welche Rolle nahmen dann die anderen weiblichen Figuren in diesem elenden Stück ein? Hella kam als gute Fee und böse Königin infrage, genauso wie Oma Elli, weil sie sich einfach nicht entscheiden konnten. Sie wollten Dornröschen um jeden Preis vor dem Prinzen abschirmen. Das hatte ihn das Leben gekostet.

Die Sprünge im Fenster begannen einen merkwürdigen Tanz und zogen Vera zurück zu dem Moment, in dem Oliver mit dem Fahrrad im Hof anhielt. Sie hatte ihn zum Mittagessen eingeladen und er war beinahe überpünktlich gewesen. Den Jetta musste er zu Hause stehen lassen, erklärte er, weil er nicht mehr anspringen wollte. Neben den sorgfältig aufgeschichteten Pflastersteinen, wo bis vor ein paar Minuten noch der blaue Passat stand, stellte Oliver seine Tretmühle ab.

»Das Essen ist fertig«, hörte Vera sich in zwei Zeitebenen gleichzeitig sagen. Und dann küsste sie Oliver. Die Erinnerung ließ ihre Wangen wieder glühen. Der Kuss war dazu gedacht gewesen, das zersprungene Wohnzimmerfenster vor Oliver zu verbergen. Wie erwartet gelang es. Eng umschlungen gingen sie ins Haus, das er nicht sehen sollte, mit der Einrichtung, die mit dem Auszug von Veras Eltern ihre Funktion verloren hatte. Alles war vollgestellt, angeschlagen, zerkratzt, staubig. Vera fehlte die Kraft, die zunehmend verwirrte Großmutter in der Gegenwart zu halten und in der gleichen Gegenwart auch zu putzen, zu kochen und zu arbeiten. Das Leben verlangte zu viel von Vera. Und trotzdem dachte sie, dass sie es schaffen musste, ihre Mutter hatte es doch auch geschafft. Vielleicht konnte sie Oliver sogar erklären, warum sie versagt hatte.

Aber sie konnte nicht mehr.

Und so zog sie ihn an der wüsten Küche und der abgesperrten Wohnzimmertür vorbei zur Treppe. Stufe um Stufe lockte sie ihn mit immer neuen Küssen weiter, ließ seine Hände wandern, ermutigte ihn sogar, tiefer zu gehen. Viel tiefer. Damit er auch wirklich nichts von alledem sah.

Ihr frisch bezogenes Bett war der gedeckte Tisch, auf dem sie ihm ihren erschöpften Körper statt des versprochenen Mittagessens anbot. Er nahm sie. Am liebsten hätte sie sich die Augen ausgeweint. Aber selbst dazu war sie zu erschöpft gewesen. Totgeküsst hatte er sie. Konnte sie ihn da überhaupt noch lieben?

Oliver war tot, soviel stand fest. Sie musste darüber nachdenken, wann er für sie gestorben war, schon in der Stunde, in der er mit ihr das Bett geteilt hatte? Und wo war sie im Augenblick seines Todes gewesen? Wo war sie jetzt? Damals oder in der Zukunft?

Die Sonne holte Vera zurück in das verwüstete Wohnzimmer. Im Hier und Jetzt gab es nur noch Trümmer.

*

Obwohl eine erstaunlich freundliche Herbstsonne vom Himmel strahlte, war Claaßens miese Laune kaum noch zu unterbieten. Sockerberg war für ihn das erfolgloseste humanoide Experiment, das es jemals auf der Erde gegeben hatte! Mit dem würde er freiwillig nicht noch mal reden, schon gar nicht in seinem Angeberbüro mit der ach so tollen Aussicht über Wesel und dem ganzen anderen Mist. Wenn man wenigstens mit dieser »Aussicht« Verbrecher überführen oder Straftaten hätte verhindern können, dann, ja! Dann wäre das was gewesen!

Komm mal runter, bremste Claaßen sich. Der Chefredakteur war ein Gernegroß, der es an eine exponierte Stelle geschafft hatte. Solang seine Mitarbeiter die Arbeit für ihn machten und verhinderten, dass er Hand anlegte, war alles paletti.

Gleich darauf hätte er am liebsten in die Kante von Vickys verwaistem Schreibtisch gebissen. »Wo ist denn Vicky?«, fragte er die Kollegin in Uniform, die gerade den PC ausschaltete.

»Beim Einsatz. Mehr weiß ich auch nicht. Schönen Feierabend.« Und weg war sie.

Beim Einsatz. Das bedeutete, dass Vicky von dem Zeug, das auf Oliver Bauers Laptop war, noch gar nichts ausgewertet haben konnte. Und wo war der Laptop? Jedenfalls nicht auf dem Schreibtisch.

»He! Ich brauch noch den Schlüssel für das Ding hier!«

Vorwurfsvoll zeigte Claaßen auf den Rollcontainer. Sein Ruf erzeugte bei der Kollegin in Uniform, die gerade in den Keller verschwand, um sich umzuziehen, jedoch keine Reaktion. Sie ging einfach weiter. Feierabend war schließlich Feierabend.

Also musste auch Vicky, heute in der gleichen Schicht eingeteilt, Feierabend haben und demnächst vom Einsatz zurückkommen, um den Rollcontainer aufzuschließen. Hoffentlich!

Als die Zeitspanne, die Claaßen mit der Einheit »Demnächst« versah, ergebnislos verstrichen war, schritt er selbst zur Tat. Wozu hatte er denn gelernt, wie man Schlösser knackte? Und diese Plörre von Rollcontainerschloss war nun wirklich kein Hindernis für ihn. Mit seiner Beute verschanzte er sich in seinem Büro, aber auch hier fand er lediglich heraus, dass Oliver alle Arten von Daten gesammelt hatte. Digitalfotos waren wohl nicht so sein Ding, denn davon fand Claaßen nur zehn spärlich bestückte Ordner mit Namen wie »Urlaub 2012« oder »Tageblatt«. Darin tummelten sich langweilige Aufnahmen von Gebäuden oder grinsenden Leuten, die alle einen recht verspannten Eindruck machen. Aber es gab keinen Hinweis auf den ominösen Fahrradkiller, an dem Sockerberg sich aufgehängt hatte, und auch nichts, was ähnlich klang. Mist, verdammter.

Unzufrieden stellte Claaßen sich ans Fenster. Der Blick aus seinem Büro war nicht annähernd so imposant wie die Aussicht aus Sockerbergs Panoramafenster. Claaßen glaubte immer weniger, dass Oliver Bauer so ein langweiliges Leben geführt hatte, wie ihm die Daten auf dem Laptop vorgaukelten. Wenn jemand tot in einer Weide lag, mussten im Hintergrund einfach größere Dinge gelaufen sein! Also noch mal von vorn.

Ein weiteres Mal ging Claaßen die Ordner mit Texten und Bildern und die Browser History durch, fand aber wieder nichts, das auf einen echten Fahrradkiller hindeutete. Dann musste Claaßen wohl oder übel bei der Spurensicherung anrufen. Ob man ihm dort überhaupt noch Auskunft gab? Er griff zum Telefon.

»Dietmar hier. Wohli, ich habe eine Frage zu Oliver Bauer.«

»Für dich immer noch Herr Wohleitner, Claaßen.«

»Auch gut. Wohleitner, was genau meintest du mit …« Entgeistert starrte er die Digitalanzeige im Telefondisplay an. »Mist, ich habe einen Termin, ich rufe nachher zurück. Ciao.« Er legte auf, ohne auf Wohleitners Protest, dass er sich mal entscheiden solle, was er wolle, zu achten, klemmte sich den Laptop unter den Arm und verließ sein Büro. Hätte er sich noch ein paar Augenblicke mehr Zeit für das Telefonat genommen, hätte Claaßen von dem versteckten Ordner mit dem unscheinbaren Namen »gravi« erfahren, auf den Wohleitner in der Festplattenpartition gestoßen war. Darin befand sich der Ordner »biciklacasisto«, der wiederum in die Ordner »sondosiero« und «teksto« unterteilt war. Ein kurzer Check im Online-Translator hatte ergeben, dass Oliver Bauer bei der Benennung seiner Ordner auf Esperanto zurückgegriffen hatte. Die Dateien selbst hatte er auf Deutsch eingesprochen, und so erfuhr Wohleitner beim Anhören der ersten Audiodatei, dass Oliver anscheinend jemandem auf den Fersen war, der sich nachts in Wesels Straßen als Jäger betätigte.

Mit dem Gedanken »Komische Hobbys haben die Leute«, musste Wohleitner jedoch seine Recherchen beenden, weil noch genug anderes Zeug auf seinem Tisch lag. Und soweit kam es noch, dass er Claaßens Arbeit machte, der sich dann auch noch null dafür interessierte!

Und so sollte es noch ein paar Stunden dauern, bis feststand, dass Oliver Bauers Leben in den letzten zwei Wochen tatsächlich keine Spur langweilig gewesen war.

*

»Stimmt es, dass es heute bereits einen ähnlichen Unfall gegeben hat?« Stefan Zumbrinck, der Fahrer des Minivans, war immer noch blass wie eine Wand. Er musste sich jedes Wort regelrecht herauspressen.

Der kritische Blick des Sanitäters entging Vicky nicht. »Stimmt. Deshalb ist Ihre zeitnahe Aussage auch so wichtig, damit wir weitere Unfälle verhindern können.«

Stefan Zumbrinck schluckte und schluckte, um den Hals freizubekommen. »Sorry, kann ich noch was zu trinken haben?«

Es wirkte fast ein bisschen heimelig, wie er bei offener Tür auf der Rückbank des Polizeiwagens saß und vom Sanitäter einen Becher mit heißem Tee bekam. Als wäre er nur der Zuschauer einer unglücklichen Karambolage, schlürfte er ein paar Schlucke.

»Also, das war so«, meinte er endlich. »Der Passat kam mir auf meiner Seite auf der Reeser Landstraße aus Flüren entgegen. Ich bin in den Flürener Weg ausgewichen, weil rechts ja die Alleebäume stehen.«

»Hm«, nickte Vicky und kritzelte eifrig mit. Sie hätte auch gern eine Decke wie Zumbrinck gehabt, denn die Abendschatten wurden schon wieder lang und die Temperaturen sanken.

»Es hat kurz gerumpelt. Den einen Baum da an der Ecke habe ich nur gestreift. Der rechte Außenspiegel ist wohl hinüber.« Zumbrinck zeigte zur Einmündung, wo der Flürener Weg auf die Reeser Landstraße traf. Sind das Eichen?, fragte Vicky sich. Die Bäume an der Ecke brachten zwar Grün in das Steingrau der Stadt, aber in Unfallsituationen waren sie schlicht und ergreifend lebensgefährlich. Das galt auch für die Alleebäume auf der anderen Straßenseite. Wenn Vicky gedurft hätte, wäre sie hier mit der Motorsäge vorbeikommen.

»Dort kam mir dann der Wagen von der Frau entgegen.« Zumbrinck stockte. »Wie geht's der Frau und dem Kind eigentlich?«

Vicky hielt inne und schaute sich nach dem zweiten Polizeiwagen um. Daneben stand Kästner und befragte die Fahrerin des Wagens, die ihren Sohn fest im Arm hielt. Vicky schätzte, dass er noch in den Kindergarten ging. »Sieht gut aus.«

Ihre knappe Antwort befremdete Zumbrinck. »Meinen Sie?« Entschuldigend hob Vicky die Schultern. »Ich werde nachher mal rübergehen und fragen. Vorher würde ich Ihre Befragung ganz gern abschließen.«

Zumbrinck nahm vorsichtshalber noch einen Schluck Tee. »Entschuldigen Sie bitte. Ich habe nicht so oft Unfälle wie diesen.«

»Das hoffe ich doch«, murmelte Vicky. Seit fünf Minuten hatte sie übrigens Feierabend. Ungefähr genauso sah es mit ihrer Geduld aus.

»Also, ich bin dem Twingo ausgewichen. Mein Van hat sich durch den Schwung quasi in den Flürener Weg reingedreht.« Er gestikulierte mit der freien Hand, um die Schleuderbewegung anzudeuten. »Und dann ist mein Van umgekippt. Und der Passat ist vorbeigerauscht.« Er runzelte die Stirn und schüttelte den Kopf.

»Alles okay?«, fragte der Sanitäter.

»Weiß nicht.« Langsam stellte Zumbrinck den Becher mit dem Tee auf dem Boden ab, richtete sich wieder auf und zog die Decke fester um sich. »Ich weiche aus. Es rumpelt. Der Baum kommt auf mich zu, dann klirrt es und der Spiegel ist weg.« Ernst schaut er Vicky an. »Aber wieso hat es vorher gerumpelt? Da war doch nichts.«

Vicky hätte nun nachhaken müssen, was Zumbrinck damit meinte, doch der Sanitäter warf ihr einen warnenden Blick zu. »Also sind Sie gegen die Fahrtrichtung in den Flürener Weg gefahren?«, fragte sie stattdessen.

»Geschleudert«, korrigierte Zumbrinck unsicher. »Ich hatte keine Kontrolle mehr über den Wagen.«

»Aha.« Das klang ganz harmlos. Als wären alle mit dem Schreck davongekommen. Vicky und der Sanitäter wussten es besser. »In welche Richtung ist der Passat gefahren?«

»Da lang.« Zumbrincks Arm schoss hinüber zum abgeernteten Feld am Heideweg. »Der ist eiskalt zwischen den Bäumen durch und ein Stück übers Feld.«

»Da, wo meine Kollegen stehen?«, versicherte sich Vicky.

»Genau.« Die Erschöpfung zog Energie aus Zumbrincks Stimme. Er wollte das alles nicht erzählen. Vicky wusste nicht, ob er ihr leidtun sollte. »Und dann?«

»Dann hat er Gas gegeben und ist Richtung Emmericher Straße weitergerast mit mindestens achtzig Sachen. Glaube ich.« Zumbrinck schüttelte sich. »Der hätte uns alle umbringen können.«

»So ein Rowdy«, stimmte der Sanitäter zu. »Noch Tee?«

»Ne, danke«, lehnte Zumbrinck ab.

»Haben Sie denn den Fahrer erkennen können?«, fragte Vicky rasch, bevor der Sanitäter noch Schnittchen oder Kuchen anbot. »Oder das Autokennzeichen?« Aber viel mehr, als dass es sich um einen »schrottigen Passat« handelte, an dessen Steuer ein alter Mann mit wirren grauen Haaren gesessen hatte, bekam Vicky nicht aus Zumbrinck heraus. »Es ging alles so schnell«, entschuldigte er sich mehrfach. »Wenn ich mich wenigstens an das Nummernschild erinnern könnte! — Was ist mit ihr?« Wieder schaute er zu der Frau mit dem kleinen Jungen im Arm hinüber. »Meinen Sie, ich kann mal mit ihr reden? Ihr Kollege ist anscheinend auch schon fertig.«

»Aber ich muss Sie noch—«

Ein Knall unterbrach Vicky. Abseits, in der Einmündung zum Heideweg, wurden die hinteren Türen eines Rettungswagens zugeschlagen. Hier ging es etwas ruhiger zu, weil ringsherum alles abgesperrt worden war. Ein Einsatzwagen der Polizei rangierte herum. In Schleichfahrt schob sich der Rettungswagen Richtung Emmericher Straße davon. Das, was sich in diesem Moment auf Zumbrincks Gesicht manifestierte, ließ

Böses erahnen. Automatisch steckte Vicky ihr Schreibzeug weg und machte sich bereit.

Das Martinshorn plärrte los. Erschrocken sprang Zumbrinck auf und rannte dem Rettungswagen nach, der nach ein paar Metern beschleunigte.

»Hey!«, brüllte Zumbrinck. »Hey! Ich hab doch ... Ich hab doch ... Macht die Disco aus! Da liegt doch keiner drin!«

Ein weiterer Polizist warf sich ihm entgegen. Zumbrinck brüllte und trat um sich. Mit ein paar weiten Sätzen war Vicky bei ihm, überschrie ihn, ihre Stimme überschlug sich. Die herbeieilenden Sanitäter fingen sich Schläge von dem Mann ein, der ohne Vorwarnung ausgerastet war.

»Da liegt keiner drin! Ich hab doch gebremst! Gebremst!«

Kästner kam dazu, bekam die herumflatternde Decke zu fassen. Zu fünft überwältigten sie den um sich schlagenden Zumbrinck, indem sie ihn einwickelten und mit dem Gesicht auf den Boden drückten.

»Ich hab doch gebremst! Ich kann überhaupt niemanden umgefahren haben! Macht die Disco aus!«

Der Rettungsarzt verabreichte ihm kurzerhand eine Spritze in den Unterschenkel. Zumbrinck wurde ruhig.

Resignation überkam Vicky wie eine dunkle Wolke. Sie mochte solche Zwischenfälle nicht, weil sie sie nur unnötig aufregten. Langsam wandte sie sich ab und ging ein paar Schritte zurück zu Kästner. »Meinst du, der markiert?« Mit dem Kopf deutete sie auf Zumbrinck, der von den Sanitätern auf eine Trage gehievt und zu dem Rettungswagen geschoben wurde, aus dem er geflüchtet war.

Kästner zuckte mit den Schultern. »Möglich, dass er die junge Frau wirklich nicht gesehen hat. Das ging wohl alles ein bisschen schnell.«

»Oder er blendet es aus«, überlegte Vicky. »Ist ja auch ein Hammer, jemanden unfreiwillig auf die Hörner zu nehmen.«

Das bewahrte Zumbrinck nicht vor einer Anzeige der Staatsanwaltschaft. Erst, wenn der genaue Unfallhergang geklärt war und feststand, dass Zumbrinck nichts für den Zusammenstoß mit der jungen Frau konnte, durfte er sich für unschuldig halten.

Der Rettungswagen mit Zumbrinck fuhr vorbei.

»Ich weiß nie, wer mir mehr leidtun soll«, meinte Kästner plötzlich, »der Verursacher oder der Verunfallte.« Und mit einem Seitenblick auf Vicky fügte er hinzu: »Ich weiß, dass das nicht besonders professionell ist. Aber es ist menschlich.«

»Ich hab doch gar nichts gesagt«, murmelte Vicky. Das erinnerte sie an ihr eigenes Verhalten heute Morgen, als sie mit Claaßen bei Uwe Pointinger gewesen war. »Lass uns lieber den Passatfahrer suchen. Der scheint mir für den ganzen Mist verantwortlich zu sein. Wer kriegt übrigens die Protokolle von den Zeugenbefragungen?«

Die Daten sollten bei Kommissarin Assmann zusammenlaufen, mehr musste Vicky nicht wissen. Mehr Infos hätten ihr zu diesem Zeitpunkt auch nichts genützt, denn nur Kommissar Claaßen konnte etwas mit dem Namen der Verunfallten, Hella Eickmann, anfangen. Vorausgesetzt, er erinnerte sich an das kleine Namensschildchen, das die Auszubildende von Oliver Bauers Zahnarzt Dr. Holtkamp heute Morgen an der Brusttasche getragen hatte.

*

»Herr Bauer, ich bräuchte Sie mal einen Moment.« Claaßen konnte auch höflich sein, wenn die Situation es erforderte. Zum Beispiel nach der Identifizierung eines Leichnams war Höflichkeit unbedingt angebracht, wenn man die Tränen der Angehörigen nicht ertrug.

Ralf Bauer rührte sich nicht.

»Draußen«, meinte Claaßen. »Nicht im Obduktionssaal.«

Aufmunternd nickte Anna ihrem zweiten Ex-Mann zu und ging sogar voran, damit er den Weg fand. Sie brauchten gefühlt Stunden, um aus dem Klinikkeller wieder an die Oberfläche zu finden. Auf dem Parkplatz der Rechtsmedizin zündete Ralf sich eine Zigarette an und inhalierte tief. Keine Träne hatte er bei der Identifizierung vergossen. Claaßen fand das in Ordnung. Jeder sollte so trauern, wie es ihm guttat.

»Ich gehe schon zum Wagen.« Auch Anna war die ganze Zeit beängstigend ruhig geblieben, als hätte sie bereits alle emotionalen Verbindungen zu ihrem Sohn gekappt. Claaßen hatte die Gefahr, die sich dahinter verbergen konnte, bereits kennengelernt. In einem Fall von Tod nach Kindesmisshandlung war eine Frau nach ein paar Tagen regelrecht implodiert. Die Wut setzte nach der ersten depressiven Phase mit solcher Wucht ein, dass die Mutter zwischen Suizid und Amoklauf pendelte. Sie suchte ihren Ex-Mann, den Vater des Kindes, auf und prügelte ihn halb tot. Danach schnitt sie sich die Pulsadern auf und verblutete. Der Fall hatte für ordentlichen Wirbel in der Presse gesorgt.

Claaßen gab Anna Bauer zum Abschied die Hand und musterte sie scharf. Aber sie machte eigentlich nicht den Eindruck, dass sie demnächst die Kontrolle verlor.

»Dann melde ich mich wieder bei Ihnen, wenn der Körper Ihres Sohnes freigegeben wurde.« Claaßen redete nicht gern von Leichen.

Langsam ging Anna Bauer davon.

»Herr Bauer, es tut mir leid, dass wir nicht vorher die Gelegenheit hatten, über Ihren Sohn zu sprechen.«

Ralf lächelte traurig. »Eigentlich hatte ich auch nicht vor, jemals mit einem Kriminalkommissar über meinen Sohn zu reden. Aber man hat es nicht in der Hand, oder?« Er saugte an der Zigarette, bis sie zur Hälfte verglüht war.

Diese Feststellung war Claaßen unangenehm. »Haben Sie sich mit Oliver gut verstanden?«

»Wie man's nimmt. Bis er erfahren hat, dass ich sein Vater bin, war ich so was wie sein Kumpel, weil ich mit seinem Vater befreundet war. Danach wurde es seltsam.« Schulterzucken. »Das ging bei ihm in die Richtung, dass ich ihm seine Mutter weggenommen habe. Der Junge war zwar schon sechzehn, als das mit der Vaterschaft rauskam, aber so richtig gepackt hat er es nicht. Und dann noch der letzte Wachstumsschub.« Die Erinnerung ließ Ralf traurig auflachen. »Oliver war schon immer groß für sein Alter. Und dann hat er quasi über Nacht noch mal zehn Zentimeter zugelegt. Er konnte mir von heute auf morgen auf den Kopf spucken.«

»Ihre Nachbarin meint, dass Sie sich bei Olivers letztem Besuch gestritten hätten.«

»Ja, das war nach der Trennung fast immer der Fall. Leider.« Ohne hinzusehen, warf Ralf den Zigarettenfilter weg und nahm die Packung aus der Jackentasche. »Wollen Sie auch?«

»Ich gewöhne es mir gerade ab, aber tun Sie sich keinen Zwang an«, lehnte Claaßen ab. »Haben Sie eigentlich schon vor der, hm, offiziellen Verkündung gewusst, dass Oliver Ihr Sohn ist?«

Ralf musterte ihn von oben bis unten, steckte sich die nächste Zigarette an und schniefte. »Ich hab's geahnt. Es gab Ähnlichkeiten.«

»Haben Sie Ihre Frau schon damals darauf angesprochen?« Diese Frage stellte Claaßen nicht gern. Er würde zwar nie etwas anderes machen wollen, als Straftaten aufzuklären, aber die Probleme, die dahinter steckten, waren ihm ein Gräuel.

»Sie war da noch mit Uwe verheiratet.« Es sah fast aus, als schrumpfte Ralf. »Ich habe mir keine Hoffnungen gemacht, dass sich etwas daran ändert, wenn ich frage.«

»Muss hart sein.«

»Was glauben Sie denn? Anna ist die Liebe meines Lebens. Wenn ich ihr diese Frage früher gestellt und damit ihre Ehe mit Uwe gekillt hätte ... Das hätte ich mir schon nicht verzeihen können, dann erst sie.«

»Aber sie hat Ihnen doch verziehen. Sie hat Sie schließlich geheiratet«, gab Claaßen zu bedenken.

»Ja, hat sie.« Wütend warf Ralf die halb gerauchte Zigarette auf den Boden und trat sie aus. »Aber danach war's vorbei. Ich hatte sie, sie hatte mich, Ende. Wir haben uns zu lang aus der Distanz aneinander erfreut, statt gleich Nägel mit Köpfen zu machen.«

Fragend runzelte Claaßen die Stirn.

»Ich meine nicht, dass wir eine Affäre neben ihrer Ehe hätten haben sollen«, erklärte Ralf rasch. »Das kam für uns beide nicht infrage.«

»Was meinen Sie denn dann?«

»Ich meine, dass wir uns jahrelang was vorgemacht haben.« Demonstrativ zog er den Reißverschluss seiner Winterjacke bis unters Kinn. »Es kriselte schon ziemlich früh in ihrer Ehe mit Uwe. Und ich war immer der verständnisvolle Freund für beide Seiten. Anna fand die Vorstellung romantisch, dass ich sie mehr mochte, als gut war. Aber eine Trennung von Uwe kam für sie trotzdem nicht infrage, weil er finanzielle Sicherheit für sie bedeutete. Die wollte sie mit einem kleinen Kind nicht aufgeben. Und ich habe mich damit begnügt, von einem Leben mit Anna zu träumen.«

»Ah«, machte Claaßen.

»Als Oliver sechzehn war, kam es zu regelrechten Gewaltausbrüchen von Uwe gegen Oliver und schließlich auch gegen Anna.« Ralfs Augen blitzten. »Da hat sie ihm mal im Affekt an den Kopf geknallt, dass er nicht Olivers Vater ist, und hat mich angerufen und gefragt, ob sie und Oliver für eine Weile zu mir ziehen können.«

»Sie durfte?«, vermutete Claaßen.

»Ja, klar! Das war für mich, als ob mein größter Traum in Erfüllung geht.« Rasch wischte Ralf sich über die Augen. »Und unseren gemeinsamen Sohn hat sie auch gleich mitgebracht. Ich war fix und fertig vor Glück. Aber im Grunde haben wir das Ende damit nur rausgezögert.«

Selbst in der Sonne war es kalt. Fröstelnd steckte Claaßen seine Hände in die Hosentaschen, statt seine Windjacke zuzumachen. Schimanski hätte das nicht getan.

»Das verstehe ich nicht.«

»Na, ich hätte sie gleich in den ersten Jahren fragen sollen, ob Oliver mein Sohn ist«, erklärte Ralf ein wenig gereizt, »und sie hätte sich spätestens nach dem ersten Ausraster von Uwe trennen müssen. Dann hätten wir schon vor zwanzig Jahren herausgefunden, dass das mit uns auch nichts für die Ewigkeit ist.« Damit wandte Ralf sich ab und ging weg. Das Thema war für ihn erledigt.

Claaßen folgte ihm. Er kam aus dem Kopfschütteln nicht mehr heraus. Wie Menschen miteinander umgingen, statt sich die Wahrheit zu sagen! Ob Ralf sich manchmal an Anna rächen wollte, um ihr die vergeudete Zeit heimzuzahlen? Das konnte Claaßen sich nicht vorstellen. Er hielt Ralf Bauer für einen hoffnungslosen Romantiker.

»Äh, Halt, ich bin noch nicht fertig!« Claaßen holte Ralf an der Schranke zum Besucherparkplatz ein. »Leonard Sauer hat erzählt, dass er und Oliver in der Schule Probleme mit dem Biolehrer hatten und die beiden deshalb die Schule gewechselt haben.«

»Stimmt«, meinte Ralf kurz angebunden. »Und weiter?«

»Fiel es zufällig mit Annas Scheidung von Uwe Pointinger zusammen?«

»Ja, auch. War eine blöde Konstellation.« Unbewusst lief Ralf schneller.

Claaßen konnte locker mithalten. »Gab es noch andere Bereiche, in denen Oliver negativ aufgefallen ist?«

»Quatsch, nein. Oliver war immer pflegeleicht, auch später im Studium.«

»So, so«, murmelte Claaßen, scheinbar in Gedanken versunken.

Abrupt blieb Ralf stehen. »Glauben Sie mir nicht?«

»Wo Rauch ist, ist auch Feuer«, meinte Claaßen kryptisch.

Ralf schnaubte verärgert. »Toller Spruch.« Mit noch größeren Schritten setzte er den Weg zu seinem Auto fort. Kein Problem für Claaßen, der Witterung aufgenommen hatte. »Also gibt es etwas?«

Unvermutet wirbelte Ralf herum und starrte ihn böse an. »Das machen Sie mit Absicht, stimmt's?«

»Nein, ich mache nur meine Arbeit, damit der Mörder Ihres Sohnes zur Rechenschaft gezogen wird«, erwiderte Claaßen. »Das ist doch auch in Ihrem Interesse.«

»Mein Sohn hat nichts Ungesetzliches getan!« Ralfs Stimme hallte über den Parkplatz. »Er ist das Opfer, nicht der Täter!«

Und ich bin Dietmar Claaßen und nicht Horst Schimanski, dachte Claaßen, und ich erwarte von meinen Zeugen einfallsreichere Sätze als diesen dämlichen Drehbuchabklatsch.

Anscheinend konnte Ralf seine Gedanken lesen und schnaufte einmal kräftig durch. »Vielleicht gibt es doch was.«

Wer sagt's denn, dachte Claaßen ganz ohne Triumph, denn dunkle Geheimnisse waren auch für ihn nichts Schönes.

»Oliver hat mit dem Jobben angefangen, sobald er alt genug war.« Entgeistert schüttelt Ralf den Kopf, als ginge ihm erst nach so vielen Jahren auf, was damals passiert war. »Eines Nachmittags hatte er wieder Schicht in dem Laden in Fusternberg, wo er Regale eingeräumt hat. Er hatte seinen Schlüssel auf dem Küchentisch liegen lassen. Den wollte ich ihm schnell nachbringen. Aber Oliver war nicht im Laden. Klar, ich hätte bei seinem Chef nachfragen können, aber, na ja. Nicht, dass es deswegen Ärger gibt, Sie wissen schon.«

Ja, Claaßen wusste schon. Eltern dachten nur das Beste von ihren Kindern, auch wenn ihnen klar wurde, dass die Brut einen Riesenbock geschossen hatte. Und dann deckten gesetzestreue Väter und Mütter ihre Kinder gegen jede Vernunft. So wollte es anscheinend die Natur.

»Ich habe ihn auf dem Handy angerufen und er meinte, ich hätte mich im Tag geirrt und er wäre bei Leonard in Karstorp. Aber auch am übernächsten Tag, an dem ich ganz genau wusste, dass er eingeteilt war, war er nicht im Laden. Ich habe dann den Geschäftsführer angesprochen und herausgefunden, dass Oliver seinen Job schon vor Wochen aufgegeben hatte. Oliver habe ich natürlich noch am gleichen Tag zur Rede gestellt, weil er in der letzten Zeit nicht weniger Geld ausgegeben hatte als sonst. Er meinte, er hätte keine Lust mehr auf den Laden gehabt.« Ralf wandte sich ab. Zwei Querreihen weiter wartete Anna darauf, dass er endlich kam und sie losfahren konnten.

»Und wie hat er begründet, dass er trotzdem noch genug Geld hatte?« Claaßen befürchtete, dass es jetzt hässlich werden würde.

»Er hatte angeblich genug gespart. Das habe ich ihm geglaubt.« Ganz überzeugt von dieser Erklärung klang Ralf nicht. »Einen Monat später hat er ganz offiziell mit Leonard Sauer bei dem Projekt ›Schüler helfen Schülern‹ im Gymnasium Mathenachhilfe gegeben, aber das hat ihm nicht so viel Spaß gemacht, weil es auch nicht so viel einbrachte.«

Am liebsten hätte Claaßen es nun gut sein lassen, aber er war Polizist und kein Wohltäter. Mit Bauchschmerzen stellte er dem unglücklichen Vater die nächste Frage: »Könnte es trotzdem sein, dass Ihr Sohn nicht ganz legal an sein Geld gekommen ist? Zum Beispiel mit Hilfe von Leonard Sauer?«

In Ralfs Gesicht arbeitete es. Entweder redete er jetzt oder er wusste tatsächlich nichts. »Anna hat gesagt, Sie hätten sein Konto schon überprüft. Gab es da irgendwelche Unregelmäßigkeiten?«

Und dann gab es noch die dritte Möglichkeit, stellte Claaßen ernüchtert fest: Eltern wichen einfach mit Gegenfragen aus. »Die Unregelmäßigkeiten muss es nicht unbedingt auf seinem offiziellen Konto gegeben haben.«

Ralf wirkte mit einem Mal sehr müde. »Klar, könnte sein, dass er noch Konten hat, von denen wir nichts wissen, weil er die erst nach seinem achtzehnten Geburtstag eröffnet hat. Aber es ist doch Ihr Job, das herauszufinden. Ich habe kein Problem damit, dass mein Sohn etwas Illegales getan haben könnte. Jetzt, wo er tot ist, sowieso nicht mehr.« Nach diesem resignierten Schlusswort ließ er Claaßen stehen und ging zu Anna hinüber.

Ja, dachte Claaßen, das ist nach wie vor mein Job. Aber du könntest ihn mir leichter machen, du Gurkenheini. Einen Versuch gestand er sich noch zu, um Ralf vielleicht doch noch aus der Reserve zu locken: »Was für ein Typ ist Leonard Sauer eigentlich?«

Im Laufen drehte Ralf sich noch mal zu ihm um. »Er ist der Sohn reicher Eltern und in meinen Augen ein Arschloch!«

Das war's, mehr würde er Claaßen nicht verraten, aber Claaßen war mit diesem Satz auch schon zufrieden. Weil ihm nichts Besseres einfiel, rief er Wohleitner von der Spurensicherung an. »Habt ihr eigentlich in Oliver Bauers Zimmer ein Versteck gefunden?«

»Welcher Art?«, fragte Wohleitner gelangweilt zurück.

»Einen Hohlraum im Bett zum Beispiel, unter der Heizung oder etwas hinter dem Schrank. Was weiß denn ich! Ihr seid doch die Spezialisten für so was.«

Wohleitner brachte er damit nicht aus der Ruhe. »Und was hätten wir deiner Meinung nach da drin finden sollen?«

»Zum Beispiel einen ganzen Haufen Geld.«

»Nö, da war nichts.«

»Sicher?«

»Willst du an deinem nächsten Tatort lieber selbst die Spuren sichern?«

»Gott behüte!« Claaßen fuhr sich durch die Haare. Könnte er auch mal wieder waschen. »Und wie sieht's mit seinem Handy aus? Habt ihr das inzwischen gefunden?«

»Fehlanzeige«, meinte Wohleitner.

»Na, danke.«

»Gleichfalls.« Wohleitner legte auf.

Zwanzig Meter weiter passierte Anna Bauers Wagen die Parkplatzschranke und fuhr davon. »Ganz großes Kino«, murmelte Claaßen. Keiner wollte ihm helfen, also ermittelte er dort weiter, wo ihn seine Nase hinführte. Und die sagte ihm, dass er sich jetzt endlich mit Oliver Bauers Laptop und Leonard Sauer beschäftigen sollte.

*

Weil er das Geld für den Parkschein nicht hatte, musste Uwe in der nächsten Querstraße parken. Für den Mut, bei der Wedauer Rechtsmedizin auf Einlass zu bestehen, hatte es nicht gereicht. Jetzt stand er auf der anderen Straßenseite und sah erst Anna mit Ralf, danach den Kommissar wegfahren.

Gefragt nach seiner Lebensaufgabe, musste Uwe nicht lang überlegen: Er war ein Stellvertreter. Als Kind hatte er den abwesenden Vater vertreten, bis der nächste Vater kam. Danach hatte er das zweifelhafte Vergnügen gehabt, sich um seine Geschwister kümmern zu dürfen. Es hatte zwei weitere Jahre gedauert, bis seine Mutter an dem verfluchten Krebs starb, aber die verkappte Mutterrolle war nicht Uwes Ding. Danach holte ihn sein richtiger Vater zu sich, seine Stiefgeschwister blieben bei seinem Stiefvater. Und wenn die Luft zwischen seinen Geschwistern Ramona und Luis wieder so richtig dick wurde, war Uwe auch da und nahm mal Ramonas, mal Luis' Rolle ein. Nach der Ausbildung zum Schlosser wurde er rasch die rechte Hand seines Chefs, weil er so verdammt zuverlässig seine Arbeit machte. Das bedeutete ein geregeltes Einkommen. Anna gefiel das, sie heiratete ihn und – zack! – war Uwe weitere sechzehn Jahre stellvertretender Vater für Oliver, ohne es zu wissen.

Das Dumme war, dass er die ganze Zeit nichts gemerkt hatte, obwohl die Ähnlichkeiten zwischen Ralf und Oliver offensichtlich waren. Zum Beispiel hatten beide einen Leberfleck auf dem linken Unterarm. Die Augenfarbe war auffallend ähnlich, fast gleich. Mit den Jahren wurde Olivers Nase länger, bis sie auch in der Form Ralfs glich. Die ganze Zeit hatte Uwe versucht, darin Ähnlichkeiten mit Anna zu sehen, weil er sich beim besten Willen nicht hatte vorstellen können, nicht Olivers Vater zu sein. Der Junge war doch neun Monate nach seiner Heirat mit Anna zur Welt gekommen!

Gern hätte Uwe den Stellvertreter-Job abgegeben, denn er bewahrte ihn nicht vor der Trauer. Er hätte nicht gedacht, dass ihm Oliver so fehlen würde, vor allem, weil er nach der Scheidung gar nicht mehr mit ihm hatte reden können, ohne mit ihm zu streiten. Zum Schluss hatten sie sich nur noch angebrüllt. Immerhin hatte Anna Andeutungen gemacht, dass es zwischen Oliver und Ralf auch immer öfter gekracht hatte. Gern hätte Uwe sich darüber gefreut. Aber er war nicht der Mensch für Schadenfreude. — Langsam ging er zu seinem Wagen zurück. Der Sprit, der für die Fahrt zur Gerichtsmedizin draufgegangen war, würde ihm sicher bald fehlen, aber es ging hier schließlich um einen Menschen, der Uwe mal nahegestanden hatte.

Als er im Wagen saß, wich die Taubheit endlich von ihm. Er kurbelte das Dachfenster auf, das er sich gegönnt hatte, als er noch einen Job hatte, und schaute nach oben in die Krone eines entlaubten Baumes. Die kalte Luft ließ ihn zittern. Das Frösteln gab ihm das Gefühl, endlich seine Rolle als Stellvertreter abschütteln zu können, zumindest körperlich. Er wollte seinem eigenen Schmerz nachspüren und schloss die Augen. Stellte sich vor, dass Oliver jetzt da oben war, höher als der blaue Herbsthimmel, in der Unendlichkeit. Uwe gönnte seinem Ziehsohn einen guten Platz da draußen. Schließlich war Oliver so jung gewesen, dass er noch nicht viel hatte falsch machen können. Nicht so wie er, Uwe. Aber hatte er wirklich so viel falsch gemacht? Die Firma hatte sein Chef ruiniert, nicht Uwe, so hatte es das Gericht festgestellt. Seine Mutter, seine Geschwister und seine Väter waren auch nicht in der Lage gewesen, ihre Rollen auszufüllen. Sie alle hatten sich beizeiten auf die eine oder andere Weise aus dem Staub gemacht.

Uwe startete den Motor. Und Ralf hatte es doch genauso versaut, wenn nicht noch mehr. Da hatte Uwe ihm eine 1-a-Frau mit Sohn überlassen, damit er sich mit ihnen ein schönes Leben machte, und Ralf kriegte es trotzdem nicht hin.

Es lag nicht an Uwe. Das hatte es nie!

Die Erkenntnis ließ ihn endgültig aus der inneren Rolle des Stellvertreters ausbrechen. Die Trauer übermannte ihn so heftig, dass er meinte, verrückt zu werden. Die ungefilterten Gefühle, die nur er für sich ganz allein empfand, waren hart und gleichzeitig wahnsinnig gut. Zum letzten Mal hatte Uwe bei der Beerdigung seiner Mutter geheult, voller Verzweiflung und überglücklich darüber, dass er es nur für sich tat.

Er legte den ersten Gang ein und fuhr los.

*

Montag, 24. Oktober, kurz nach Mittag. So, das hier ist so was wie eine Live-Reportage vom Parkplatz hinter dem Bahnhof. Vorläufiges Fazit: Auch diese Woche wird wohl eher unterirdisch. Ich hab da so ein Gefühl.

Ich habe heute Morgen mehrmals versucht, Vera anzurufen, aber sie geht nicht ans Handy. Ich wollte ein bisschen mit ihr plaudern, bis sie bei ihrer Tanzschule in Düsseldorf ankommt. Sie geht um kurz vor sieben aus dem Haus und ist anderthalb Stunden mit dem Zug unterwegs. Da wäre es schön gewesen, ihre Stimme beim Aufstehen zu hören. Sie fehlt mir. Ist das dieses Verliebtsein? Oder fühle ich mich zu ihr hingezogen, weil wir gestern miteinander geschlafen haben? Ich fand's okay. Bei ihr bin ich mir nicht sicher. Sie war nicht ganz bei der Sache. Na ja, ich bin kein Experte, vielleicht sind Frauen beim Sex grundsätzlich ein bisschen abwesend.

Anna hat mich gegen halb zehn aus dem Bett geschmissen. Wenn ich schon nicht studiere, soll ich mir wenigstens einen Job mit einem regelmäßigen Einkommen suchen, meint sie, bis ich einen neuen Studienplatz habe. Der Tönnies sucht angeblich auch wieder Azubis, aber der verkauft Papierwaren in der Innenstadt. Und das ist im Einzelhandel, damit komme ich erst recht nicht aus Wesel raus. Ich hab mich doch nicht jahrelang durch die Schule gequält, damit ich mich für wenig Geld dumm von unzufriedenen Kunden anmachen lasse! Anna sieht das natürlich anders. Seit der Scheidung von Ralf ist das Geld ultraknapp, ich bin auch fast pleite. Die Zeiten sind vorbei, in denen ich sorglos den Kühlschrank leerfressen und heimlich wieder auffüllen konnte.

Ich habe ernsthaft überlegt, ob ich meinen Lieblingsmenschen wieder regelmäßig angraben soll. Wissen ist Macht, in dem Fall könnte ich Anna damit finanziell wirklich helfen. Ich weiß nur nicht, ob sie meine Hilfe verdient hat, denn wegen ihr ist Vieles schiefgelaufen. Ein ehrliches

Wort zum richtigen Zeitpunkt hätte mir sechzehn Jahre Prügelleibeigenschaft bei Uwe erspart. Tja, Anna. Sorry, not sorry.

Aber trotz der ganzen Scheiße, die in meinem Leben schon gelaufen ist, habe ich so was wie ein Gewissen entwickeln können. Ich wäre gern so skrupellos wie ein ganz spezieller Kumpel. Dann würde ich Anna wie meine sogenannten Väter einfach sitzen lassen. Kein schlechtes Gewissen. So bin ich aber nicht. Pech. Für sie, für mich. Und trotzdem brauchen wir das Geld. Ich hätte doch mehr sparen sollen. Mein letztes Gespartes ist übrigens für das Zeug für Veras Oma draufgegangen. Hoffentlich hilft es auch.

Ich bin mir nach zwei Jahren nicht mehr sicher, ob der Journalismus wirklich das Richtige für mich ist. Okay, ich habe endlich einen Artikel über den Fahrradjäger beim Sockerberg durchgeboxt. Aber es ist unheimlich mühsam, andre zu ihrem Glück zu prügeln, besonders so strunzdumme Typen wie den Chef-Redax. Außerdem hat der Sockerberg nur angebissen, weil ich zufällig beim Unfall dabei war und Hella von früher kenne. Genauso hat er es in seiner E-Mail geschrieben: »Ich habe über Ihren Artikel nachgedacht. Wenn Sie schon den Kontakt zum Unfallopfer hergestellt haben, dann will ich mal nicht so sein.« Fuck off, Schweinebacke.

So, was kann ich machen, bis ich Vera erreiche? Ich fahre nach Hause und schaue mir die Social-Media-Quellen noch mal an.

12.24 Uhr, gleicher Tag: Mein Jetta springt nicht mehr an! Ich habe keine Kohle für den Bus und laufe deshalb nach Hause. Was für eine beschissene Woche! Hoffentlich ist mein Fahrrad noch nicht total hinüber, sonst werde ich der erste Pulitzerpreisträger, der seine Recherchen komplett mit den Öffentlichen durchzieht!

*

»Alles okay?«

Leonard fuhr herum. Er hasste es, wenn sein Vater plötzlich hinter ihm auftauchte. »Klar«, meinte er und wandte sich wieder der vollautomatischen Kaffeemaschine zu. »Espresso?«

»Gern.« Zögernd trat Bert neben ihn. Er wusste, dass Leonard etwas auf dem Herzen hatte. Aber die Zeit war noch nicht reif, um darüber zu sprechen. »Ich könnte meinen Bekannten in Grönahill anrufen. Wenn du möchtest.«

Eine Hitzewelle überschwemmte Leonards Gesicht. »Warum das denn?«

Bert antwortete nicht sofort. Stumm wartete er neben seinem Sohn an der Arbeitsplatte aus Marmor, bis das Wasser aufgekocht war, das Mahlwerk gemahlen und die Wasserpumpe die schwarze Brühe in die winzigen Tassen gepumpt hatte. Heute brauchte er mehr Zucker als sonst.

»Vielleicht wäre es gut, einen Anwalt im Hintergrund zu wissen.« Bert nahm einen kleinen Schluck. »Hm, lecker.«

»Schmeckt auch nicht anders als sonst«, wehrte Leonard schroff ab. »Ich brauche deinen Kumpel nicht.«

»Sicher?«

»Ja, sicher! Warum bist du immer so misstrauisch?«

Bert schaute vielsagend in sein Tässchen.

Leonard schnaubte aufgebracht und stürzte den Espresso auf einmal hinunter. Das Scheppern der winzigen Tasse hallte noch in der Spüle nach, als er oben seine Zimmertür zuknallte.

*

Auf der Rückfahrt zur Dienststelle war Vicky heftig mit sich ins Gericht gegangen. Einerseits hatte sie längst Feierabend. Andererseits dachte sie an den Weiterbildungsantrag zum Kommissars-Studium. Sollte sie sich als Streberin hervortun und sich Oliver Bauers Laptop noch mal vornehmen? Oder hörte sie endlich auf, die wahnsinnig ehrgeizige Polizistin hervorzukehren? Es war doch auch als Schutzpolizistin ganz nett. Jedenfalls nach Dienstschluss.

Dass Wohleitner im Großraumbüro neben ihrem Tisch wartete, war kein gutes Zeichen. Darüber konnte auch die Kaffeetasse nicht hinwegtäuschen, die er zum Gruß hob.

»Ich könnte meinen Feierabend verschieben und die Spuren sichern«, begrüßte er sie. »Weil du es bist.«

»Was?« Da erst sah sie die offenen Schubladen ihres Rollcontainers. »Oh Mann. Ich glaube, ich weiß, wer das war.«

Wohleitner nickte wissend. »Claaßen.«

»Wer sonst! Und er hat den Laptop mitgenommen! Weil er mal wieder alles außer Geduld hat.« Kopfschüttelnd ging Vicky in die Hocke und begutachtete das Schloss. »Wenigstens hat er nichts kaputt gemacht. Was war denn so Wichtiges auf dem Laptop, dass er nicht abwarten konnte?«

»Bilder«, meinte Wohleitner einsilbig.

»Und was für Bilder?«

»Von Autos. Also eigentlich nur von einem. Blauer Passat, rostig ohne Ende, älterer Mann oder Frau am Steuer, Nummernschilder waren auch zu erkennen.« Vorsichtig nippte Wohleitner an seiner Tasse, ohne Vicky aus den Augen zu lassen. »Passt das zu den beiden Unfällen von heute?«

»Zufällig ja«, erwiderte Vicky gereizt. »Und wenn der ach so geile Kommissar Claaßen nicht so ein Hektiker wäre und auf mich gewartet hätte«, ihre Stimme wurde gefährlich laut, »dann könnten wir jetzt die Daten von den Unfällen mit den Bildern auf dem Laptop ergänzen und hätten zum Beispiel das komplette Nummernschild für die Fahndung! Aber stattdessen macht Claaßen einfach wieder sein eigenes Ding, weil ihm sein Urlaub morgen wichtiger ist!«

Die anschließende Totenstille tat sich wie eine Schlucht unter ihren Füßen auf. Neugierige Kollegen unterbrachen ihre

Telefonate und blickten von den Tastaturen auf. Vielleicht kam da noch was Interessantes nach?

»Ruf ihn an«, meinte Wohleitner.

Vicky hatte sich entschieden. »Damit ich heute noch länger Dienst schieben muss?« Kurzerhand meldete sie sich an ihrem Terminal an. »Ich schreibe den beiden eine E-Mail. Assmann ist für die Unfälle zuständig, Claaßen für den Toten in der Weide. Sollen sich die beiden einig werden. Ich habe Feierabend.«

»Wenn du meinst«, brummte Wohleitner. »Dann gute Erholung.«

Vicky hörte ihm schon gar nicht mehr zu.

*

Man zog immer alle Blicke auf sich, wenn die äußere Form von der Norm abwich. Man musste damit leben können, sonst wurde man verrückt. Elli konnte das nicht. Deshalb war sie auch schon verrückt geworden. Aus der Richtung drohten also keine weiteren Schwierigkeiten.

Wenn Vera den Passat sah, regte sie sich bestimmt wieder auf. Ja, es waren ein paar Kratzer im Lack. Ja, die Motorhaube war eingedrückt. Aber das ließ sich reparieren. Das konnte Heinz-Peter doch machen, wenn er die Pflastersteine für die Terrasse verlegte. Falls Elli sich dazu überwinden konnte, ihn auf den Hof zu lassen.

Stumm sah Elli zu, wie die Zahlen auf der Zapfsäule immer größer wurden. Nach einer Minute — oder einer Stunde? — froren sie bei einem Betrag ein, den Elli eigentlich nicht bezahlen wollte. Sie hatte sowieso kein Bargeld dabei. Langsam nahm sie ihr Portemonnaie aus ihrer Handtasche, die im Fußraum des Passats mitgefahren war, zog ihre Kreditkarte heraus und überlegte, ob sie damit bezahlen sollte. Ach, nein, dafür brauchte sie die PIN, und zwar die richtige. Die 1956 akzeptierte das Kartenlesegerät nicht.

»Kann ich Ihnen helfen?«

Der junge Mann mit dem Vollbart sah aus wie ein kluger Russe. Seine Stimme klang freundlich, seine Augen drückten Zweifel aus. Er sah trotz seiner Intelligenz nur Ellis Hülle.

»Alt und verlaust«, brummte sie und hielt ihm die Karte hin.

»Ich begleite Sie«, meinte er, ohne die Karte anzusehen, und deutete mit seinem riesigen Bart zum Tankstellen-Shop.

Das wollte Elli nicht. »Hm«, machte sie wie eine alte Bärin. Und wieder: »Hmmm.«

Schwerfällig wendete sie sich ab und ging mit Trippelschritten um die Zapfsäule herum. Sie musste sich in letzter Zeit häufig ausruhen, weil alles so anstrengend geworden war. Geradeaus zu laufen war eine der größten Herausforderungen. Die Muskeln waren so steif und müde und brannten, dass sie schwankte oder sogar hinfiel, wenn sie sich nicht richtig konzentrierte. Einen Fuß — vor den anderen. Einen Fuß — vor den anderen. Einen Fuß … »Alt und dreckig«, flüsterte sie, immer wieder: »Alt und dreckig.« Sie schaffte es bis in den Verkaufsraum. Dann brauchte sie eine Pause. Am besten bis zum nächsten Leben.

Der Shop-Angestellte war nicht da. Sie trippelte zur Theke, legte die Karte in das Kleingeldschälchen und trippelte wieder hinaus. Zu ihrem Passat mit der eingedrückten Motorhaube. Dort wartete immer noch der kluge Russe mit dem Vollbart.

»Ich habe den Tankdeckel nicht gefunden«, sagte er.

Elli hob den Kopf. Was wollte er ihr damit sagen? Ach ja. Er hatte den Tankstutzen schon wieder eingehängt. Eigentlich nett. Jetzt wollte er den Tank zumachen. Sollte er es ruhig mal versuchen, ohne Tankdeckel.

Mit ihren knotigen, kalten Fingern kramte Elli in der Handtasche herum. Sie hatte immer einen Lappen dabei, falls ihr etwas herunterfiel und sie es aufwischen musste. Das war in den letzten Wochen häufiger der Fall. Zum Beispiel war ihr der Stock für das Schlagballspiel ein paar Male ins Wohnzimmerbuffet gekracht. Sie hielt inne und musterte den Russen. Ja, es war ein Versehen. Sie hatte das Buffet zwar nie besonders gemocht, aber ein Erbstück hielt man in Ehren. Ihr Körper hatte das anders gesehen und es, nun, beseitigt.

»Da!« Triumphierend hielt sie dem Russen den speckigen Putzlappen hin. Als er ihn mit gebührendem Ekel betrachtet hatte, stopft Elli ihn in das Tankloch. »Passt.«

»Das geht doch nicht«, meinte der Russe entsetzt.

Von wegen. Was wusste der schon, was alles ging! Er konnte Elli nicht daran hindern, sich wieder hinter das Steuer zu setzen. Es war ihr Passat und sie wollte jetzt weiterfahren. Sie hatte heute noch was vor.

Erst auf dem großen Parkplatz an der Rudolf-Diesel-Straße fiel ihr wieder ein, warum sie sich von dem jungen Russen mit dem Bart nicht hatte helfen lassen. Es war alles Herberts Schuld. Er war mit einem Bart und jeder Menge schlechter Manieren aus dem Lager zurückgekommen. Heiraten wollte er sie auch nicht mehr, weil ihm Hilde plötzlich lieber war. Das war 1956 gewesen. Aber das konnte Elli nicht auf sich sitzen lassen. Schließlich hatte sie sich für ihn aufgehoben, weil sie schon mit zwölf gewusst hatte, dass er für sie bestimmt war. Da konnten die Eltern noch so warnen und die Freundinnen noch so spotten! Herbert gehörte ihr. Von Geburt an! Keine andere sollte ihn haben, erst recht nicht Hilde. Aber das hatte sie ja zu verhindern gewusst.

Elli schloss die Augen. Es war kalt im Wagen.

*

Samstag, 29. Oktober, nachmittags. Heute Morgen hat mein Lieblingsmensch angerufen, dass die Lieferung da ist. Tadaaa! Gut für Veras Oma und gut für mich, aber schlecht für ihn. Warum?

Dieser Lieblingsmensch will mir mein Schweigen nicht mehr vergolden. Er meint, er hat das Theater lang genug mitgemacht und er lässt mich jetzt bei Anna und Ralf auffliegen. Was mit ihm passiert, ist ihm angeblich egal. Er meint, noch tiefer könnte er gar nicht mehr sinken. Okay, dachte ich mir, er will pokern? Da gehe ich doch mit! Ich habe ihm gesteckt, dass ich mein komplettes Tagebuch, also alle meine Audiodateien inklusive dieser, bei verschiedenen Leuten in Wesel hinterlegt habe. Damit meine ich ganz konkret: nicht nur in Annas Wohnung und nicht nur an einer weiteren Stelle, auf die er durch Nachdenken selbst gekommen ist. Was soll ich sagen? Er hat seine Spende für ein schöneres Leben meinerseits erhöht. Ich finde, das ist ein guter Ausgleich für sechzehn Jahre Prügel. Mein Lieblingsmensch fand das entsprechend beschissen. Aber das ist nicht mein Problem! Und am Montag bekomme ich mein Geld.

Ich hab das Päckchen gleich nach dem Brunch bei ihm abgeholt und mich mit Leonard getroffen, auf dessen Gästeklo ich gerade hocke. Am Flürener Markt haben wir uns Pommes eingeworfen, aber nicht an der Tankstelle. Vera hat heute frei, was soll ich dann dort?

Wir wollten zu ihm und sind außen herum über die Altrheinstraße gefahren, weil wir Zeit hatten und das Wetter schön ist. Kaum waren wir an der Kreuzung zur Waldstraße, klebt uns plötzlich ein blauer Schrott-Passat am Hinterreifen. Mein alter Bekannter! Abbiegen ging nicht, weil der uns sonst über den Haufen gefahren hätte, obwohl wir mitten im Wohngebiet waren. Wir sind hintenrum über die Feldwege gerast wie die Blöden, aber wir konnten ihn abhängen.

Aber was heißt da ihn. Das war Elli, Veras Oma. Die wollte uns regelrecht zur Strecke bringen! Das hat natürlich einen Impact auf die Recherche über den Fahrradjäger, aber darum werde ich mich später kümmern.

Noch mal zurück zu meinem Lieblingsmenschen: Er arbeitet nicht allein. Ich habe es einer ganz bestimmten Person zu verdanken, dass ich überhaupt erst auf ihn aufmerksam geworden bin. Diese Person wird gleich eine Kopie meiner Audiodateien und die ihr zustehende Provision für diesen Deal bekommen. Eine weitere Kopie befindet sich auf meinem Laptop im Ordner GRAVI. Eine dritte werde ich bei dem schönsten Mädchen zwischenlagern, das ich kenne.

Leonard, falls du so wahnsinnig warst und dir bis hierher alles angehört hast: Ich warne dich, lass die Finger von Vera! Ich kann dich genauso hochgehen lassen wie meinen Ersatzvater. Ich sehe das als fairen Ausgleich dafür, dass du mich damals in die Sache mit dem Biolehrer reingezogen hast, du feige Sau. Du hättest dich nämlich ganz gut selbst raushauen können! Es geht mir nicht drum, dass ich ein ganzes Schuljahr Angst hatte, morgens aus dem Haus zu gehen oder dass wir die Schule wechseln mussten. Meine Mutter hat seitdem kein Vertrauen mehr zu mir, verstehst du? Seit sechs verdammten Jahren. Als wäre ich nicht mehr ihr Sohn, nur weil mir die Nerven durchgegangen sind und wir das Auto von dem Idioten angezündet haben. Weißt du, wie das ist, wenn man dazu auch gleich zwei Väter verliert? Nein, das kannst du dir nicht vorstellen! Das willst du auch gar nicht. Das ist nämlich extrem bitter. Warum ich erst jetzt damit rausrücke? Man soll Rache nehmen, wenn sich die Gelegenheit dazu bietet. Deshalb. Wir verstehen uns!

Ach ja. Ich habe Anna das Kennzeichen vom Passat für alle Fälle durchgegeben. Hoffentlich hat sie es auch aufgeschrieben.

*

Gedankenverloren hängte Udo seine Winterjacke in den Schrank. Elena hatte eine weitere Kanne Kaffee aufgesetzt und ihre Vorbereitungen für die Abreise unterbrochen. Dafür liebte er sie in diesem Moment mehr, als er es ohnehin schon tat.

»Und?«, fragte sie.

»Nichts«, sagte er. »Vera hat mich rausgeschmissen und Elli habe ich auch nicht gefunden.«

»War sie auch nicht im Eiscafé am Markt? Oder am Sackert?« Elena sprach das r härter aus als sonst, ein Zeichen, dass sie gerade nicht besonders entspannt war. Das harte r hatte sie sich eigentlich längst abgewöhnt.

»Nein.«

»Das ist nicht gut.« Gedankenverloren wanderte Elenas Hand zu dem kleinen Beutel auf der Fensterbank.

»Deine Karten helfen uns auch nicht weiter«, meinte Udo.

Sie zog die Hand zurück. »Da hast du recht. Ach, warum haben wir nicht schon früher etwas unternommen?«

»Wieso wir? Elli ist doch nicht unsere Oma.«

Auf der Küchenzeile gurgelte die Kaffeemaschine. Dampf schlug sich an dem kleinen Fenster nieder.

»Aber wir kennen sie doch schon so lang«, widersprach Elena, »da hätten wir doch was tun müssen. Ach! Sie ist eine alte Frau, die Hilfe braucht, ob sie nun mit uns verwandt ist oder nicht. Und ob sie auf der Grav-Insel wohnt oder woanders.«

Die letzte Bemerkung gefiel Udo überhaupt nicht. Ihren unberechtigten Vorwurf, dass für ihn die Welt an der Stadtteilgrenze endete, hatte er verstanden.

»Renate Cornelius hätte was machen müssen, bevor sie mit ihrem Mann nach Neuseeland abgehauen ist.« Er sagte tatsächlich »abgehauen«. So sah er das nämlich. »Sie kann nicht einfach ihre Sachen packen und die Tochter mit der Oma allein auf dem Hof hocken lassen. Sie wusste doch, dass Elli nicht mehr die Fitteste ist.« Er stand auf, um den Tisch zu decken. Auf die Topfenpalatschinken, die im Ofen vor sich hinbrutzelten, freute er sich schon den ganzen Tag. Die machte Elena nur für ihn.

»Ich weiß, dass Renate Cornelius ihre Mutter in der Tagespflege angemeldet hat«, widersprach Elena. »Sie sollte dreimal pro Woche abgeholt werden.«

»Woher willst du das so genau wissen?«, fragte Udo in den Küchenschrank über der Spüle.

»Renate hat es mir erzählt«, behauptete Elena, »eine Woche, bevor sie mit ihrem Mann abgereist ist. Sie hätte ihre Mutter und ihre Tochter niemals hilflos zurückgelassen! Da war alles ganz genau vorbereitet, damit Vera in Ruhe ihre Ausbildung machen kann.«

Davon wusste Udo gar nichts. »Und warum ist Elli dann nicht in der Tagespflege?«

»Weil sie sich geweigert hat, in den Minibus zu steigen, der sie ins Seniorenzentrum bringen sollte. Und dann hat man sie eben nicht mehr abgeholt.« Bedächtig wiegte Elena den Kopf. »Tja. Und so geht das nun schon drei Monate. Mindestens.« Auffordernd blitzte sie Udo an. »Du musst was machen. Ruf die Polizei an, sie muss der armen Vera helfen.«

»Dafür ist nicht die Polizei zuständig, sondern der Arzt«, meinte Udo ärgerlich. »Der muss veranlassen, dass Elli da rausgeholt wird.«

»Der Arzt tut aber nichts, oder? Also musst du—«

»Warum eigentlich immer ich?« Statt den letzten gemeinsamen Tag zu genießen, stritten sie wegen einer Bekannten herum. Musste das wirklich sein?

Bittend schaute Elena Udo an. »Ruf den Arzt an. Er wird Elli Cornelius helfen. Tu es für mich, ja?«

Er seufzte. Wenn er Elena widersprach, hatte dieser Tag keine Chance mehr auf ein halbwegs romantisches Ende. »Und was soll ich sagen?«, murrte er.

Elena dachte einen Moment nach. »Sag, dass du dir Sorgen um die Familie Cornelius im Hasenweg machst. Der Hof ist verkommen, die Enkelin allein und die Großmutter krank. Ist Elli inzwischen wieder aufgetaucht?«

»Nein. Hab ich doch gesagt.«

»Dann geben wir eine Vermisstenanzeige auf.«

»Ach, Elena! Liebling.«

»Wenn Vera es nicht tut, dann müssen wir es machen«, beschloss Elena. »Wer weiß, wie es Elli geht. Vielleicht liegt sie völlig entkräftet in der Kälte und kann sich nicht mehr selbst helfen. Das hat sie doch nicht verdient!«

»Aber sie war doch schon öfter weg und ist wieder aufgetaucht«, meinte Udo in einem letzten großen Anflug von Verzweiflung.

»Umso schlimmer«, fand Elena. »Du kannst auch Kommissar Claaßen anrufen. Der war nett zu uns.«

Die Untertassen klirrten auf den Tisch. Udo hielt mitten in der Bewegung inne. »Warum das?«

Hilflos schüttelte Elena den Kopf. »Er bearbeitet doch den Fall mit …« Sie konnte den Satz nicht zu Ende sprechen.

Ganz nah trat Udo an Elena heran und legte die Arme um sie. »Hör mir mal zu, Schätzeken.« Aufgrund der für ihn ernsten Ansprache wagte Elena es nicht, ihn zu unterbrechen. »Wenn wir Claaßen informieren, dann ist das nicht gut für Vera.« Wir haben drüber gesprochen, sagten seine Augen, dass wir der Polizei keinen Hinweis geben. »Wir machen Vera nicht das Leben kaputt«, flüsterte er, als hätten die Wände Ohren. »Wenn sie Vera auch wegsperren, dann … Okay?«

»Okay«, antwortete Elena genauso leise. »Aber ich mache mir trotzdem Sorgen um Elli.«

Am liebsten hätte Udo Elena ganz festgehalten und gewartet, bis alles vorbei war. »Ich doch auch, mein Schatz.«

*

»Also, das Kennzeichen auf den Fotos konnte ich noch nicht rekonstruieren, weil die Schilder ganz schön verdreckt sind. Aber ich bin dran.« In Wohleitners Stimme schwang unverhohlene Genugtuung mit, dass er Claaßen ein wenig zappeln lassen konnte. Rache musste einfach sein, nachdem er von dem

Herrn Kommissar mehrfach abgewürgt worden war und der sogar seine einzige Mitarbeiterin im Stich ließ!

Mehr als erschlagen lehnte Claaßen sich im Autositz zurück. Zur Stärkung gönnte er sich einen Schluck Malzkaffee aus der Thermoskanne, selbst gekocht in der Dienststellenküche mit viel Milch und Eigenliebe. Ging auch nicht anders, wenn man niemanden hatte, der es einem abnahm.

Zu Wohleitners Gefrotzel kam, das Claaßen sich von Anfang an mehr Zeit für Oliver Bauers Laptop hätte nehmen müssen. Da war der Junge an dem Fahrradjäger dran gewesen und keiner hatte es ernst genommen, allen voran die Polizei! Bei dem Gedanken, dass man den Irren mit dem Passat längst hätte festsetzen können, wurde Claaßen ganz flau im Magen. Am besten überlegte er sich schon mal eine gute Begründung, warum er bei dem Fall so schlampig vorgegangen war, bevor sein Chef ihn fragte. »Und warum sagst du mir das erst jetzt?«

»Weil du mir nie zuhörst.« Wohleitner ließ sich den Satz hörbar auf der Zunge zergehen. »In der Weide wurden übrigens noch so Nippesdinger gefunden, Schälchen und Mörser und ein paar Knochen. Die könnten von Opferritualen in den letzten Jahren stammen.«

Jetzt treiben sich da auch noch die Esoteriker rum oder was? Wie sollte Claaßen denn bitte schön allein auch noch in diese Richtung ermitteln? »Menschenknochen?«, fragte er.

»Tierknochen.« Wohleitners Grinsen war nicht zu überhören.

Na, wenigstens etwas. »Und wie viele Audiodateien waren das noch mal, die du auf dem Laptop gefunden hast?«

»Dutzende, wenn nicht Hunderte.«

»Wie lang im Schnitt?«

»Fünf bis zehn Minuten pro Datei. Da bist du bis Weihnachten in zwei Jahren beschäftigt, wenn du das alles durchhören willst.«

»So eine Scheiße.«

»Welch wahres Wort, mein Freund.« Es knisterte im Lautsprecher, als ob Wohleitner etwas aufreizend langsam zerknüllte. Dann atmete er lang und genüsslich aus.

»Du rauchst schon wieder. Hoffentlich nicht in deinem Labor«, bemerkte Claaßen trocken.

»Ich rauche ausschließlich in meinem Labor«, erwiderte Wohleitner. »Das weißt du doch.«

»Du Rebell«, brummte Claaßen in seine Thermoskanne. »Ich müsste wissen, ob in den Dateien was Fallrelevantes vorkommt. Kannst du mir einen groben Überblick über den Inhalt der letzten vier Wochen zusammenstellen? Bis morgen?«

Wohleitner explodierte fast vor Lachen. »Wovon träumst du nachts? Die hörst du dir mal schön selber an, Herr Kommissar!«

»Ich hab auch noch was Anderes zu tun!« Die Heizung lief schon auf höchster Stufe und trotzdem fror Claaßen. Das musste die Müdigkeit sein, die er nie ganz abschütteln konnte.

»Für 'n Bier oder zwei würde ich mir das echt überlegen«, bot Wohleitner an. »Oder du holst diese Vicky aus dem Feierabend. Die fand es übrigens gar nicht nett, dass du ihren Rollcontainer ausgeräumt hat.«

»Das mit dem Laptop war reine Notwehr. Wenn ich mehr Mitarbeiter bekäme, könnte ich auch anders vorgehen«, rechtfertigte Claaßen sich. »Und weißt du, wie mies Mitarbeiter drauf sind, wenn ich sie aus dem Feierabend hole? Das gibt nur Ärger!«

Wohleitners tiefer Zug an der Zigarette schien nicht enden zu wollen. »Tja, dann hab ich das Bier wohl für mich allein.«

»Also gut. Am Kornmarkt?«, schlägt Claaßen vor. »Morgen Abend?«

»Deal.«

Claaßen beendete das Gespräch. Beim nächsten Schluck aus der Thermoskanne rann ihm ein bisschen Kaffee neben den

Mund und kleckerte auf seine Windjacke. Prima! So machte man gleich den richtigen Eindruck, wenn man bei den Sauers in der Waldstraße vorsprach!

*

Bei den Sauers brannte in allen Fenstern zur Straße Licht, als Claaßen endlich ausstieg. Wie heimelig Wesels Südwesten wirkte, wenn die Sonne gerade unterging. So sicher und über jeden Zweifel erhaben!

Bullshit, dachte Claaßen. Nur weil die hier alle in den größeren Häusern wohnten, waren sie noch lange keine besseren Menschen. Wenn er daran dachte, was er an Drogen aus dem Duisburger Villenviertel herausgeholt hatte! Geld und Verbrechen zogen sich magisch an, soviel stand für ihn nach bald fünfundzwanzig Jahren im Polizeidienst fest. Entsprechend kühl gab er sich, als sich die Tür des Sauerschen Hauses öffnete.

»Sie schon wieder.« Bert Sauer wirkte nicht gerade erfreut. »Ist mein Sohn jetzt doch verdächtig?«

»Wenn Sie mich so fragen: Ja, Ihre Frage macht ihn tatsächlich verdächtig.« Ohne eine Aufforderung abzuwarten, schob Claaßen sich ins Haus. »Wo ist Ihr Sohn denn?«

Man konnte Bert am Gesicht ablesen, dass er Claaßen am liebsten wieder hinausgeworfen hätte. »Ich hole ihn.«

»Bin schon da.« Oben an der Treppe stand Leonard wie jemand, der damit gerechnet hatte, noch einmal befragt zu werden. Langsam kam er die Treppe herunter, ohne Claaßen aus den Augen zu lassen. Hätte es einen Wettbewerb im gegenseitigen Niederstarren gegeben, wäre aus dieser ersten Runde schon mal kein klarer Sieger hervorgegangen.

»Können wir beide uns in Ruhe—«

»Mein Sohn hatte nichts zu verbergen, er kann gern offen hier vor mir über alles reden!«, grätschte Bert Claaßen wie am Vormittag ins Wort.

Claaßen verlegte das Taxieren kurzerhand auf den Vater. »Ihr Sohn ist alt genug, um das selbst zu entscheiden, Herr Sauer. Außerdem wäre es wirklich besser, wenn ich allein mit Ihrem Sohn spreche.«

»Dazu besteht überhaupt kein Anlass!« Den schrillen Unterton in Berts Stimme nahm Claaßen als Hinweis, dass das Vertrauen in seinen Sohn bröckelte. Sonst hätte er kein Problem damit gehabt, sie allein zu lassen, oder?

»Papa, ich kann das wirklich allein«, meinte Leonard. Er war auf der untersten Stufe stehen geblieben, seine Finger spielten an der Seitennaht seiner Jeans herum. Gelassenheit sah anders aus. »Ich rufe dich, wenn es nötig ist, ja?«

»Ja«, presste Bert hervor. Sein Missfallen drückte er im Zuknallen der Wohnzimmertür aus.

Claaßen war das wurscht, er hatte die Türen nicht bezahlt. »Jetzt mal Klartext. Eines von den Dingern, die ihr gedreht habt, hat Oliver das Leben gekostet. Am besten sagst du mir, was es war, dann können wir alle ruhiger schlafen.«

Das übliche Spielchen begann, Leonard mimte den empörten Unwissenden: »Ich bin erwachsen, damit das klar ist, so können Sie mit mir nicht reden! Und Ihre Frage kann ich überhaupt nicht einordnen.«

Ein Vorspulknopf wäre jetzt gut, dachte Claaßen, dann könnten wir uns das Herumgeeier sparen und gleich zur Wahrheit kommen. Und ich könnte in den Urlaub gehen. »Oliver hat als Schüler eine Weile in einem Lebensmittelladen gejobbt und den Job gekündigt, ohne seinen Eltern Bescheid zu geben.«

Leonard zuckte mit den Schultern. »Ist doch nicht verboten.«

»Kluges Bürschchen. Er hatte aber trotzdem genug Geld für alles, was man in dem Alter so braucht, bevor er sich was Neues gesucht hat. Du weißt was darüber, stimmt's?«

Statt Claaßen für seinen lockeren Ton erneut zurechtzuweisen, biss Leonard sich auf die Lippen und schwieg.

Jetzt wurde er bockig, der gute Junge. Noch vor ein paar Jahren hätte Claaßen die Rechte geballt und Leonard einen kurzen Denkanstoß gegeben, zum Beispiel in den Magen. Um das »Bauchgefühl« anzuregen, damit im Kopf eine wichtige und vor allem richtige Entscheidung getroffen wurde, nämlich den Mund aufzumachen. Aber das war schon damals nicht in Ordnung gewesen. Also bediente Claaßen sich der zweitwichtigsten Waffe eines Polizisten: des gesprochenen Wortes. »Ich interpretiere dein Schweigen so, dass du dich nicht selbst belasten willst. Das ist natürlich dein gutes Recht. Eigenschutz geht vor. Steht so im Gesetz. Würde ich genauso machen.«

Leonard schien auf der untersten Treppenstufe erstarrt zu sein. Dann blinzelte er ein paar Male, legte seine Hand auf das Geländer, als hätte er seine Situation damit stabilisieren können. »Oliver hat immer viel gespart«, antwortete er schließlich lahm. »Taschengeld und das, was er in den Jobs verdient hat. Da hat er in der Zeit, wo er nicht gejobbt hat, vorsichtig seine Reserven angeknabbert.«

»Die uns bekannten Konten sagen aber was anderes«, lächelte Claaßen. »Sein Vater Ralf meint, Oliver hätte zu keiner Zeit weniger Geld ausgegeben, auch nicht in den Zeiten, in denen er keinen Job hatte.«

»Das vermuten Sie aber nur, oder? Sie haben keine Beweise.« Ein Grinsen glitt über Leonards Gesicht. Claaßen konnte es ihm nicht verübeln, dass er sich freute, schlauer als der Kommissar zu sein. Echte Beweise fehlten Claaßen nämlich noch. »Dann war's das wohl«, meinte Leonard, der offensichtlich sehr zufrieden mit sich war. »Schönen Abend noch, Herr Kommissar.« Er legte zwei Finger zum Abschied an die Schläfe und stieg langsam wieder in den ersten Stock hinauf. Claaßen hätte ihn zurückrufen können. Aber er hatte keine Lust mehr, mit diesem Bengel zu reden.

»Herr Kommissar?« Bert stand wie aus dem Boden gewachsen im Flur. Der hat doch gelauscht, überlegte Claaßen.

»Ich wollte mich für mein Auftreten gerade entschuldigen«, fuhr Bert etwas leiser fort. »Momentan habe ich Stress in der Arbeit, und jetzt noch das mit Oliver. Sie verstehen sicher, dass da die Nerven blank liegen.«

»Natürlich.«

»Gut. Wenn ich Sie dann hinausbitten dürfte? Ich habe heute noch Etliches für morgen vorzubereiten.« Seine Hand lag schon auf der Türklinke.

Wohl oder übel gab Claaßen sich geschlagen. Na gut, dann räumte er eben das Feld, wenn die Sauers nicht mit ihm reden wollten! Es sei denn …

»Moment.« Einen Versuch hatte er noch! »Ich zeige Ihnen was.« Er öffnete die Fotogalerie auf seinem Handy und suchte ein Bild heraus. »Schauen Sie bitte mal.« Im vergrößerten Bildausschnitt waren Olivers und Leonards Schuhe zu sehen. »Ich habe mal recherchiert. Sonderedition, limitierte Auflage mit allem Schnickschnack. Die sehen nicht gerade billig aus.«

»Stimmt, ich erinnere mich.« Zwei Fältchen bildeten sich zwischen Berts Augenbrauen. »Dafür hat Leo lang gespart.«

»Wie lang?«

Nachdenklich rieb Bert sich das Kinn. »Fast ein halbes Schuljahr. Als Schüler verdient man nicht so viel.«

»Was hat Leonard damals gemacht?«

Bert dachte nach. »Er hat Nachhilfe in Biologie gegeben.«

»Hat Leonard dafür genauso viel Geld bekommen wie Oliver für die Nachhilfe in Mathematik?« Claaßen ließ die Frage harmlos klingen.

»Ja, ich denke schon. Den Rest haben wir Leonard schließlich dazugegeben, weil die Sonderedition fast schon vergriffen war. Als Belohnung, weil er so fleißig gearbeitet hat. Sonst wäre er leer ausgegangen.«

Beiläufig vergrößerte Claaßen das Foto noch ein bisschen. »Und Oliver?«

Schulterzucken. »Keine Ahnung. Seine Eltern haben damals jedenfalls kein Geld dafür gehabt.«

»Dann muss Oliver schon vorher etwas angespart haben«, meinte Claaßen nachdenklich.

»Oliver?« Bert schnaubte abfällig. »Wovon denn?«

Langsam steckte Claaßen das Handy ein. »Ralf Bauer sagt, er hat eine Weile in einem Lebensmittelladen gearbeitet.«

»Aber dort wurde er mit Lebensmittelgutscheinen bezahlt.«

Das war ja interessant. »Aha?«

Bert rückte keinen Millimeter von der Haustür weg. Trotzdem hatte Claaßen das Gefühl, er wäre innerlich zurückgewichen. »Ja«, meinte Bert verärgert. »Am besten fragen Sie seine Mutter, was er da genau bekommen hat.«

Seltsam, wie klein sie werden, wenn sie sich selbst verraten, dachte Claaßen. Kein Funken Freude begleitete diesen Gedanken. »Dann werde ich das wohl tun. Auf Wiedersehen.«

Claaßen warf Bert einen prüfenden Blick zu, bevor er ging. Noch im Auto fragte er sich, warum Bert angefangen hatte zu schwitzen. Sie hatten doch nichts Schlimmes besprochen, oder? Das hier war jedenfalls nicht sein letzter Besuch im Hause Sauer gewesen.

*

Und dann stand Uwe wieder in seinem unordentlichen Wohnzimmer. Die Nachbarin hatte ein Paket für ihn angenommen und ihn gelöchert, warum er regelmäßig Lieferungen von einer ausländischen Apotheke bekam. Mit Sicherheit tratschte morgen das ganze Haus darüber.

Ungewaschene Wäsche verteilte sich auf den zwei Stühlen, die ihm nach der Scheidung geblieben waren. Der einzige Lichtblick war ein Firmenschreiben aus Neuss, in dem er zu einem Vorstellungsgespräch eingeladen wurde. Seinen einzigen Anzug hatte er vor Monaten in die Altkleidersammlung gegeben. Einen neuen konnte er sich nicht leisten.

Uwe musste sich ablenken und ging in die winzige Küche. Lieber sollte es im Wasserkocher brodeln als in ihm! Er füllte einen halben Liter Wasser in die Kanne, steckte den Stecker in die Wand, hörte verbissen dem Blubbern und Zischen zu, bis der Schalter an der Kanne in die Nullstellung zurücksprang. Von seiner Großmutter hatte er einen Wasserkessel mit Pfeife. Den stellte er auch auf den Herd, schaltete die vordere Herdplatte ein und hatte plötzlich den Herdknebel in der Hand. Die Platte wurde heiß. Nur mit Mühe konnte er den Knebel auf den Stift zurückstecken und drehte die Platte wieder ab.

Uwe hätte in die Luft gehen können. Wie früher. Er hielt es nicht mehr aus. Aber es war nichts mehr da, das es zu zerschlagen lohnte. Es brächte sowieso keine Befriedigung. Denn Oliver war tot.

Das bisschen Geld, das Uwe gestern von der Bank geholt hatte, steckte wie ein mahnendes Lesezeichen in seinem abgegriffenen Portemonnaie. Heute hätte er Oliver das Geld gegeben.

Aber Oliver war tot.

Egal, was los war, Oliver hatte immer das Gegenteil von dem gewollt, was Uwe vorschlug, verlangte oder mit Strafen hatte durchsetzen wollen. Immer. Und ausgerechnet beim Tablettenhandel hatte Oliver seinem Ziehvater nachgeeifert. Dabei hätte sich Uwe gerade in dem Punkt liebend gern von Oliver enttäuschen lassen!

Aber Uwe brauchte nicht mehr mit Oliver darüber zu diskutieren, denn Oliver war tot.

Uwe konnte Oliver das Geld nicht mehr geben, er war tot.

Tot!

Oliver. Nicht Uwe.

Oder?

*

Mit zwei Stichen hatte Vera die Satinbänder wieder festgenäht, schlüpfte in die Schuhe, schnürte die Bänder um ihre schmalen Knöchel. Probehalber stellte sie sich auf die Spitzen und kippte über die großen Zehen nach vorn, bis der Spann sich weich und angenehm bog. Es kam ihr vor, als hätte sie diese Übungen das letzte Mal vor einer halben Ewigkeit gemacht. Als hätte sie geschlafen. Und nun war sie in ihrem Zimmerchen unter dem Dach aus einem bösen Traum erwacht.

Auf dem fleckigen Teppich musste sie kräftig Schwung für die Pirouetten holen, er bremste sie. Aber sie durfte nicht nachlassen, sie musste tanzen, hatte ihre Lehrerin sie per SMS wissen lassen.

Schade, dass du heute nicht da bist. Bitte üb deinen Part bis Mittwoch zur ersten gemeinsamen Probe der Märchenfiguren.

Das Kollegium hatte über eine moderne Version von Schwanensee nachgedacht, den Gedanken jedoch verworfen. Man würde unnötig mit den Kompanien der russischen Akademien konkurrieren, die um Weihnachten herum überall gastierten. Nicht, dass Vera und ihre Mitschülerinnen den Vergleich hätten scheuen müssen! »Aber es geht um die Pädagogik und nicht um diese kalte Ästhetik«, hatte der Ausbildungsleiter beschlossen. Er wollte künftige Tanzpädagogen, keine Maschinen präsentieren. Deshalb wurden modernisierte Szenen aus dem Dornröschenballett aufgeführt.

Vera war ein braves Mädchen. Sie tat immer, was man von ihr verlangte. Eigentlich. Aber nun wollte sie zum ersten Mal entwischen. Die drei Schritte, die sie auf der Bühne machen durfte, würde niemand außer ihrer Ausbilderin sehen. Denn zwischen den Märchenfiguren verschwand Vera genauso wie sonst auch. Das war so ungerecht!

Prüfend tastete Vera über ihre Hüftknochen. Das schwarze Trikot zeichnete eine scharf geschwungene Silhouette in den Spiegel. Du bist schmaler als vor einem Monat, flüsterten besorgte Stimmen. Sie waren Vera unheimlich. Rasch wendete sie sich wieder den Schritten zu, die sie davontragen sollten. Weg von ihrem Bett, in dem sie so lang hatte ausharren müssen. Hin zu dem großen Spiegel an ihrem Kleiderschrank. Erstaunlich, wie stark sie sich in den letzten Stunden verändert hatte, zu ihrem Vorteil, wie sie meinte. Vielleicht hatte sie nun sogar Chancen, von der zweiten Besetzung für den Tanz des Rotkäppchens mit dem Wolf zur ersten aufzusteigen. Vielleicht, wenn sie auf den Zehen tanzte, statt sich die nackten Füße aufzureiben.

Mit einem Ruck erhob sie sich auf die Spitzen. Nun stand sie wahrlich über allem. Ragte fast über ihr Spiegelbild hinaus bis in den Himmel. War sie damit nicht zu groß für das Rotkäppchen? Sprach das nicht für die Hauptrolle des wiedererwachten Dornröschens? Wo war ihr weißes Tanzkleid mit dem herrlichen Chiffonrock, die Uniform der Unschuld? Vera zog es aus einem Haufen Kleider, die sie nie wieder anziehen wollte. Der Stoff nahm ihr diese Lagerung nicht übel, es gab keine Knitterfalten, nur den unterschwelligen Geruch moosiger Feuchtigkeit. Sie hätte es sowieso bald gewaschen und vergrub das schwarze Trikot an seiner Stelle zwischen den anderen Kleidern. Das war ihr Tribut dafür, dass sie die alte Haut abstreifen durfte.

Da stand es nun im Spiegel, das weiße, unschuldige, unberührte Dornröschen. Und wartete auf den Prinzen.

Der nicht mehr kommen konnte.

Wer hatte ihn getötet? War es Carabosse, die böse Fee, die ihn um jeden Preis vom Haus hatte fernhalten wollen? War es die Fliederfee, die mal als Verlobte, mal als Amme erschien?

Oder war es in einem unbedachten Moment Dornröschen selbst gewesen?

Wie in Trance schwebte Vera zum Fenster. Da unten im Hof genügte ein einziger Augenblick. Jede dieser Figuren stand plötzlich auf der Bühne aus gestampftem Lehmboden, als es gleich neben den Pflastersteinen passierte. Dort, wo der Boden ein bisschen unordentlich wirkte. Dort war der Vorhang gefallen und hatte ein Leben beendet. Das des Prinzen, den anscheinend jede weibliche Figur hatte haben wollen, den aber keine von ihnen hatte berühren können, so früh war er wieder hinausgewunken worden. Oder hatte eine von ihnen den Prinzen geschubst? Und wenn ja, war es vielleicht besser so?

In Spitzenschuhen und Chiffonrock tappte Vera die Treppe hinunter, hinaus in den Hof. Seine Seele war hier noch irgendwo, glaubte sie. Mit aller Macht wollte sie ihn rufen, damit er zu ihr zurückkam. Doch sie fror nur mit ihren nackten Schultern in der fahlen Herbstsonne.

*

Statt zu seiner Wohnung in der Dinslakener Koksstraße fuhr Claaßen zum Tatort in Bislich-Vahnum. Allzu viel lief hier nach Einbruch der Dunkelheit nicht mehr. Ein einsames Flatterband sperrte das Areal um die Kopfweide großflächig ab. Als ob sich die Kühe der umliegenden Höfe davon abhalten ließen, wenn der Bauer das Gatter mal wieder nicht ordentlich geschlossen hatte.

Mit langen, langsamen Schritten näherte Claaßen sich der Weide in der abendlichen Dunkelheit. Was für ein Postkartenmotiv mit den letzten dramatischen roten Streifen, dunkelblauen Wolken und der verlöschenden Sonne! Ob sich mit so was Geld verdienen ließ?

Claaßen bückte sich unter dem Flatterband durch, nutzte die Schneise, um bis zur Weide zu kommen, und mit etwas Abstand blieb er stehen. Wohleitner hatte was von Nippesfunden im Baumstamm gesagt und wahrscheinlich alles längst in sein Labor geschafft. Aber Claaßen wollte auf Nummer sicher gehen und ein paar zusätzliche Eindrücke sammeln, vielleicht sogar ein paar entscheidende Hinweise finden. Die Hoffnung, den Fall vor seinem Urlaubstag zu lösen, hatte er noch nicht ganz begraben. Vicky Steinhauer hätte es »seine ganz eigene Schwäche jeder morbiden Faszination gegenüber« genannt. Das lag bei einem Kommissar der Mordkommission auch nahe. — Nein, das stimmte nicht. Vicky hätte zu Recht gesagt, dass er gaffen kam, damit er morgen auf jeden Fall frei hatte! Genauso hätte sie es gesagt, weil sie ihm alles andere als grün war, was auf Gegenseitigkeit beruhte. Trotzdem hätte Claaßen im Zweifelsfall eher ihre Bewerbung für das Kommissars-Studium befürwortet als Franks, der ihm wie eine Schlaftablette vorkam.

Mit den Schuhspitzen wühlte er die feuchte Erde auf, wo es ihm sinnvoll erschien. Ein paar Regenwürmer kamen an die Oberfläche, sonst fand er nichts. Angeblich trieben sich doch immer ein paar Märchenwesen an mystischen Orten wie diesem herum, oder? Jedenfalls wäre ein Kobold jetzt gut gewesen, der alles beobachtet hatte und Claaßen verriet, wer der Täter war und wo er ihn finden konnte. Was hieß da ein Täter, es mussten laut Bericht zwei gewesen sein. Man hatte vier frische Schuhprofile gefunden, von denen zwei dem Ehepaar Gödecke zugeordnet werden konnten. Leider. Weil die beiden für den Todeszeitpunkt ein Alibi hatten. Die anderen, eher schmalen Schuhprofile waren ein paar Stunden früher entstanden und hatten sich fast einen Zentimeter tief in den nassen Boden gedrückt. Die Träger hatten etwas Schweres, vermutlich Oliver Bauer, zu zweit geschleppt, weil es einer allein nicht geschafft hätte. Diese Annahme und die schmalen Abdrücke ließen Claaßen auf zwei weibliche Täter schließen.

Zwei Frauen, ein toter Mann. Das konnte doch nur Rache gewesen sein. Der Gedanke erschien Claaßen absurd einfach.

Panik konnte aus Menschen zwar kopflose Idioten machen, aber ganz so offensichtlich drapierte man eine Leiche nun auch wieder nicht in der Landschaft, wenn man die Tat vertuschen wollte. Oder sollte der Mord gar nicht vertuscht werden? Ach!

Claaßen hatte keine Lust mehr. Ohne die Transkription von Oliver Bauers Audiodateien kam er nicht weiter. Außerdem quoll ihm bald der Kopf über vor lauter Allerheiligen. Er würde wahrscheinlich umdisponieren und den Urlaubstag sausen lassen müssen, was der, wegen dem er sich den ganzen Stress machte, mit tödlicher Sicherheit auch dieses Jahr nicht mitbekam. Claaßen wusste, dass er sich selbst unter Druck setzte. Weil er glaubte, damit etwas wiedergutmachen zu können. Und wenn nicht jetzt, dann wenigstens in dem Moment, in dem er selbst in die Ewigkeit einging.

Du Dramaqueen, schalt er sich. Schau dich lieber noch eine Weile hier um, statt dir pseudophilosophische Gedanken abzupressen. Und dann schwing die Hufe, damit du endlich nach Hause kommst. Du wolltest Bauers Laptop noch unter die Lupe nehmen. — Die Wahrscheinlichkeit, dass zumindest einer der beiden Täter in einer Datei erwähnt wurde, war groß. Und was, wenn Oliver Bauers Handy endlich geortet worden war?

Wohleitner ging nicht ans Telefon, weil er entweder keine Lust hatte oder schon im Feierabend war. Dann schrieb Claaßen eben eine SMS:

Konnte Oliver Bauers Handy schon geortet werden?

Nö, antwortete Wohleitner keine Minute später.

Mensch. Es klappte aber auch gar nichts bei diesem Fall. Unzufrieden ging Claaßen ein letztes Mal um die Weide herum, fand leider auch keine rituell deponierten Knochenreste oder etwas anderes, das dem Fall noch ein bisschen unheimliche Würze gab, und fuhr dann endgültig nach Hause.

*

Der erste Schwinger traf Uwe an der Stirn, der zweite landete die volle Punktzahl. Sein Nasenbein knirschte hässlich, brach aber nicht. Bluten musste es trotzdem, war ja klar. Er presste die Arme vors Gesicht, bevor Ralfs nächster Schlag ihn traf. Er taumelte zurück in die Wohnung.

Wie erwartet folgte Ralf ihm. Er war schon immer der Zielstrebigere von ihnen gewesen und setzte um, was er sich vornahm, und das war heute: Uwe vermöbeln. Ausfallschritt mit links, Schlag mit rechts, Ausfallschritt mit rechts, Schlag mit links und noch mal von vorne.

»Hör auf! Hör auf!« Uwe wich in die Küche aus.

Ralfs Schlag räumte die Flurgarderobe ab. Jacken und Kopfbedeckungen regneten auf den abgetretenen Teppich. Ralfs Arm blieb an der Hutablage hängen, die Garderobe rumpelte von den Haken. Der Schwung riss Ralf von den Beinen, er strauchelte und landete bäuchlings auf dem Jackenberg neben der Garderobe.

Nur Millimeter von seinem Kopf entfernt stoppte Uwes Fuß.

Keuchende Stille.

Langsam zog Uwe sich in die Küche zurück. »Was soll das?«

»Du hast unseren Sohn in deine beschissenen Geschäfte reingezogen und ihn umgebracht!«, stieß Ralf aus.

»Ich hab doch Oliver nicht umgebracht!«, brüllte Uwe fassungslos. »Der war doch mein …« Mein Ein und Alles, wollte er sagen. Es ging nicht.

Ralf starrte ihn an, als wollte er ihn trotzdem zu Brei schlagen. Langsam rappelte sich Uwes ehemals bester Freund auf, strich seine Jacke glatt, ohne Uwe und seine blutige Nase aus den Augen zu lassen. Kickte einen Handschuh weg, der auch schon bessere Zeiten gesehen hatte.

»Ich ruf die Polizei!« Uwe zitterte am ganzen Körper. »Du kannst nicht hier reinmarschieren und mich verprügeln!«

»Du hast schon längst ein paar aufs Maul verdient«, meinte Ralf ruhig. Vorsichtig betastete er seine Hände. Bei ihm war alles in Ordnung, während Uwes Gesicht von der Nase abwärts aussah, als wäre er in ein Metzgermesser gefallen. Mit ein paar Taschentüchern, die Uwe sich tief in die Nasenlöcher drückte, stoppte er die Blutung. Sein Kopf schien davon anzuschwellen. Darüber hinaus trugen die Blutstropfen auf den Küchenfliesen nicht unbedingt positiv zum Gesamtbild bei.

»Du warst vor der Gerichtsmedizin«, stellte Ralf fest. »Ich hab dich auf dem Parkplatz gesehen.«

»Oliver war auch mein Sohn«, beharrte Uwe mit quäkender Stimme. »Ich hab mich um ihn gekümmert, bis du mit Anna zusammengekommen bist.«

»Ja, weiß ich doch.« Ralf winkt ab. Verlegen, wie es Uwe schien, aber nur kurz. Dann richtete er sich auf wie ein kampfbereiter Bär. »Anna und ich wissen von deinen Geschäften. Entweder du gehst freiwillig zur Polizei und legst ein Geständnis ab, oder ich komme mit meinen Kumpels wieder und wir räumen hier richtig auf!«

»Haha«, machte Uwe müde. »Nur zu, hier kann eh nichts mehr kaputtgehen.«

»Und *dann* gehen wir zur Polizei«, vollendete Ralf.

Uwe vergaß seine anschwellende Nase und die Blutflecken und den Zustand, in dem er und die Wohnung waren. »Was? Wozu? Das macht Oliver auch nicht wieder lebendig.«

»Du hast Oliver da reingezogen! Dafür bezahlst du!«

»Nein, hab ich nicht! Oliver hat mich erpresst«, hielt Uwe dagegen. »Und wenn mich nicht alles täuscht, hat Anna das gewusst, die hat nämlich gut von dem zusätzlichen Geld gelebt!«

Jetzt war es Ralf, der zurückwich. Schadenfroh verschränkte Uwe die Arme vor der Brust. »Oliver hat nämlich damit Annas Kühlschrank gefüllt, nachdem du dich aus dem Staub gemacht hast.«

Drohend kam Ralf näher. »Was hab ich?«

»Du hast sie sitzen lassen, als dir das mit Oliver und Anna zu schwierig wurde«, fuhr Uwe fort. »Obwohl sie doch angeblich deine Traumfrau ist. Oliver hätte dich gebraucht, auch als es keinen Ärger mehr in der Schule gab. Aber das war dir egal!«

»Gar nicht«, widersprach Ralf, allerdings sehr leise. »Ich hab mich doch um den Jungen gekümmert. Aber das war nicht so einfach. Mir fehlte die Erfahrung. Ich musste erst in meine Vaterrolle reinwachsen.«

Darüber konnte Uwe nur lachen. »Haha! Sag mal, wo lebst du denn? Fürs Reinwachsen gibt's keine Extrazeit, nicht mal, wenn die Kinder gerade frisch auf der Welt sind!«

Schwach wirkte Ralf plötzlich und sehr blass um die Nase. Das erinnerte Uwe an diejenigen, für die er schon sein ganzes Leben gegeben hatte, seine Mutter, seinen Vater, seine Geschwister, seinen Chef und dann auch noch Ralf. Hatte ihm einer von denen Zeit gegeben, damit er in die Rollen »hineinwachsen« konnte? Nein. Und es war hart gewesen. Einsamkeit und Überforderung waren die schlimmsten Gefühle, die Uwe je kennengelernt hatte. Aber gerade deshalb verstand er Ralf plötzlich so gut. Denn nicht mal Ralf hatte diesen Gefühlsbrei verdient.

»Willst du ein Bier?«, fragte er. Kurz darauf saßen sie auf Uwes fleckiger Couch und stießen mit zwei Flaschen Bier an. Tranken. Schwiegen. Nachdenklich schob Uwe den Nagel des Zeigefingers unter das Flaschenetikett.

»Oliver war nicht dumm«, murmelte Ralf.

»Der war gewitzt«, stimmte Uwe leise zu.

»Weiß ich doch«, brummte Ralf. Schniefte.

Heulte er etwa? Uwe schaute lieber nicht hin. »Weißt du noch, wie lächerlich er Informatik in der Schule fand? Das konnte der da schon alles.«

Rasch wischte Ralf sich über die Wangen. »Und?«

»Ab da wollte er immer alles rauskriegen. Passwörter und so Zeug. Er hat doch auch deinen PC geknackt. Kurz nach eurer Heirat.« Das Etikett löste sich von Uwes Flasche. Er knüllte es zusammen und warf es auf den Wohnzimmertisch. Da konnte er auch mal wieder mit einem feuchten Lappen drübergehen.

Resigniert zuckte Ralf mit den Schultern. »Jungs halt. Was soll das denn jetzt?«

»Er hat auch mein Passwort rausgekriegt«, fuhr Uwe ruhig fort. »Ab da wusste er alles über meinen Nebenverdienst. Aber ich hab das Geld gebraucht. Anna und Oliver sollten doch auch nach der Scheidung genug Geld zum Leben haben. Dafür hat mein Gehalt nicht gereicht. Schon gar nicht, als ich meinen Job verloren habe.«

»Nebenverdienst! Du hast Nerven«, brummte Ralf. Er sprach nun auch mit verstopfter Nase.

»Ich bin nicht der Typ Vater, der seine Familie hängen lässt.« Uwes stellte die leere Bierflasche auf den Tisch. »Die beiden sollten es gut haben. Auch ohne mich.«

»Aber ich war doch da«, begehrte Ralf auf. »Ich hab doch für Anna mitgesorgt, weil ich sie heiraten wollte!« Er starrte Uwe mit ausdruckslosen Augen an. »Du hast ihr weiter Geld gezahlt, obwohl *ich* mit ihr zusammen war?«

Uwes Nicken war nicht mehr als eine Andeutung. »Und Oliver habe ich auch Geld gegeben.«

Da begriff Ralf endlich. »Oliver hat dich also wirklich erpresst?«

»Ja. Hat nicht schlecht davon gelebt. Und Anna hat es gewusst.« Trotziger Stolz schwang in Uwes Stimme mit. »War ihr wohl nicht ganz unrecht, der monatliche Extragroschen.«

Am liebsten hätte Ralf ihm noch eine reingehauen. »Das war meine Familie, du hättest die Finger von ihr lassen sollen!«

»Hab ich aber nicht.«

Der nächste Schlag kam nicht ganz unerwartet und rutschte von Uwes Schläfe aufs linke Auge. Er schrie, trat blind zu, wurde getroffen, traf etwas Hartes. Glas und Holz polterten und klirrten durcheinander.

»Ist nicht bald Ruhe hier! Sonst ruf ich die Polizei!«, brüllte der Nachbar von unten.

Keuchend rückten die beiden Männer voneinander ab. Uwe sah vor Schmerz anfangs kaum was, bekam aber mit, dass er Ralf ein Veilchen verpasst hatte. Und der Wohnzimmertisch war umgestürzt. Heilige Scheiße.

»Red nie wieder schlecht über Anna oder meinen Sohn«, zischte Ralf. An seiner Schläfe pochte eine Ader. So außer sich hatte Uwe ihn schon lang nicht mehr gesehen.

»Doch«, meinte er kühl. »Gerade jetzt rede ich, weil es nämlich die Wahrheit ist. Willst du wissen, was dein lieber Sohn einen Tag, bevor er gestorben ist, gemacht hat?« Die Worte kamen undeutlich aus Uwes Mund, aber er musste es immer wieder sagen, um damit leben zu lernen. »Er hat am Samstag ein Paket mit Medikamenten bei mir abgeholt.«

»Hat er nicht!«, schrie Ralf. »Mein Sohn war kein Dealer!«

Ein paar Sekunden ließ Uwe verstreichen, um Ralfs Hilflosigkeit auszukosten. »Nein. Er hat wirklich nicht gedealt.« Uwe war unendlich erschöpft. So sehr er es auch wollte, er konnte die Rache an Ralf, die in der Wahrheit steckte, nicht genießen. Ralf war wie er ein gebrochener Mann. Und nichts konnte die Trauer, die sie beide verspürten, lindern oder tilgen. Auch nicht die bittere Wahrheit. Tote waren unantastbar.

Ächzend stemmte Uwe sich hoch und setzte sich auf der Couch zurecht. »Er hat die Medikamente für die Oma von seiner Freundin gebraucht.«

»Oliver hatte keine Freundin«, fuhr Ralf ihn an.

»Aber klar hatte er eine. Er hat euch nur nichts davon gesagt. Das ging erst seit Kurzem. Er wollte ihr aus irgendeinem

Grund mit den Medikamenten helfen, statt die Oma zum Arzt zu bringen.«

»Wer?«, fragte Ralf heiser.

»Keine Ahnung.«

»Aber du musst doch was wissen.«

»Mehr hat er mir nicht gesagt! Er wollte nur die Tabletten von mir haben«, sagte Uwe wütend. »Und ich habe nicht gefragt. Ich muss nicht mehr wissen als nötig.«

Schwankend erhob Ralf sich. »Die hat ihn in den Tod getrieben«, brummte er.

»Quatsch.«

»Aber die könnte was wissen!« Rote Flecken erblühten auf Ralfs Gesicht bis hinunter zum Hals. »Meinst du, Leonard würde—«

»Ne, hör mir bloß mit dem auf«, knurrte Uwe böse. »Wegen dem ist Oliver doch erst richtig in die Sache reingerutscht.«

Ihre Blicke trafen sich auf dem Höhepunkt ihres unausgesprochenen Zorns. Ihr Entschluss entstand in Bruchteilen einer Sekunde fest.

»Wir fahren hin«, sagte Ralf. »Zusammen.«

*

Die Sonne war gerade untergegangen.

Eigentlich konnte sie jetzt auch gehen. Nach Hause, nach Holland, nach Nirgendwo. Hier hatte sie ihre Arbeit getan.

Wie die Sonne.

Herbert war ja nun auch tot. Genau wie bald Hilde. Daran war Hilde selbst schuld. Sie hätte ihn ihr nicht ausspannen sollen.

Rache ist Blutwurst.

Nur um Vera tat es Elli ein bisschen leid. Sie hatte es so schwer gehabt mit allen, besonders mit ihr. Aber Renate meinte, dass Vera das mit der Ausbildung schon packen würde. Hätte sie auch. Wenn Hilde nicht wiedergekommen wäre, die dumme Kuh. Elli hätte sie fast beseitigt, ohne dass es jemand bemerkt hätte. Aber leider wieder nur fast. Sie war zu alt geworden für solche Aufgaben.

Dafür wusste Elli, wo Hilde hingebracht worden war, weil sie dem Krankenwagen unauffällig folgen konnte. Da hielt jemand seine Hand über sie. Sie musste nur aussteigen und die Straße hinunterlaufen und ein bisschen suchen. Dann fand sie das Zimmer bestimmt. Wo konnte Hilde sein? Im Knochenbrecherzimmer? In der Ausweidungsabteilung? Beim höchsten Gericht zur Gehirnwäsche?

Entschlossen schloss Oma Elli ihren Mantel, nahm ihre Handtasche aus dem Fußraum und stieg aus. Der Weg war nicht weit. Sie musste vom Mecces-Parkplatz nur über die Schermbecker Landstraße auf die andere Seite, und dann immer geradeaus Richtung Krankenhaus. Das schaffte sie auch mit ihren 83 Jahren.

Dass ihr jemand nachrief, weil sie die Fahrertür offengelassen hatte, blendete sie aus.

*

Vorsichtig blinzelte Anna durch den Türspion. Das Gesicht des Typen mit der dämlichen Gel-Frisur erschien verzerrt. Was wollte er von ihr? Sie konnte sich nicht erinnern, ihn schon mal gesehen zu haben. War er wegen Oliver gekommen?

Er klopfte. Erschrocken wich Anna zurück in den Flur.

»Frau Bauer?«, rief der Typ mit hohler Stimme. »Ich bin Ragnar Sockerberg vom Tageblatt. Ich möchte mit Ihnen über Ihren Sohn sprechen.« Aber ich nicht, dachte Anna und trat den Rückzug in Olivers Zimmer an.

»Frau Bauer«, rief der Typ wieder. »Ihr Sohn war mir als Volontär direkt unterstellt. Ich möchte Ihnen in den schwersten Stunden Ihres Lebens beistehen.«

Ein Echo verwebte sich mit Sockerbergs Stimme. Das war bestimmt der alte Hillesheim, der Schießhund. Anna war froh, dass er so aufpasste. Aber im Gegensatz zu sonst fertigte er diesen Fremden nicht einfach ab. Dieses Gespräch war bedeutend länger als drei Sätze. Was sollte das, zum Teufel? Tratschte Hillesheim etwa rum?

Entschlossen ging Anna zurück zur Wohnungstür und öffnete sie mit vorgelegter Kette. »Ja? Sie wollen zu mir?«

Hillesheim brachte seinen Satz dröhnend zu Ende. »Ach, da sind Sie ja. Der Herr ist von der Zeitung. Er will Ihnen helfen, den Tod von Ihrem Sohn aufzuklären.«

Sockerberg lächelte entschuldigend. »Guten Tag, mein Name ist …«

»Hab ich schon gehört«, murmelte Anna. »Die Polizei kümmert sich darum.«

»Ich weiß.« Er lachte mit gespielter Verlegenheit. »Ich bin der Chefredakteur des Tageblattes und wollte Ihnen, nun ja, mein Mitgefühl ausdrücken.«

»Ach.« Feindselig betrachtete Anna ihn durch den Türspalt. »Dann sind Sie also quasi sein Vorgesetzter.«

»Äh, ja, das war ich«, korrigierte er sie verunsichert. »Ihr Sohn war sehr talentiert. Aber wir können das auch gern drin besprechen.«

Anna warf Hillesheim einen Blick zu, der immer noch an Sockerbergs Lippen klebte. Nein, sie hatte keinen Bedarf, sich über die Umstände von Olivers Tod ausquetschen zu lassen. Sie kannte sie selbst nicht so genau. Aber sie verspürte große Lust, sich ein bisschen abzureagieren.

»Dann sind Sie also derjenige, der Olivers Recherchen nie fundiert genug fand?«

Sockerberg lief rot an. »Ich weiß nicht, was Sie—«

»Na, wenn Sie der Chefredakteur sind, dann haben Sie doch Oliver die Aufträge erteilt, nicht wahr?«, half sie ihm scheinbar auf die Sprünge. »Und soweit ich weiß, haben Sie die Arbeit meines Sohnes nicht sonderlich zu schätzen gewusst.«

»Was?«, machte Hillesheim verblüfft.

Der Wohnungsflur wurde Anna zu eng und zu dunkel. Sie schloss die Tür, zog die Kette aus der Schiene und öffnete die Tür wieder.

»Herr Hillesheim, Sie lesen das Tageblatt doch auch, oder?«, fragte sie den neugierigen Nachbarn und verschränkte die Arme vor der Brust. »Wie viele Artikel von Oliver haben Sie gelesen?«

»Ich bin eigentlich gekommen, um Ihnen mein Beileid auszusprechen«, lenkte Sockerberg ab, bevor der alte Hillesheim antworten konnte. »Es ist ein großer Verlust für uns, dass Oliver nicht mehr da ist. Also natürlich nicht so groß wie für Sie.«

Bittend legte er den Kopf schräg. Er wollte mit Sicherheit in die Wohnung, aber Anna hatte nicht vor, nachzugeben. »Und was wollen Sie jetzt von mir?«, fragte sie, um Nüchternheit bemüht.

Rasch streckte er ihr die rechte Hand hin. »Mein herzliches Beileid.«

Der gab einfach nicht auf. Sie musterte Sockerberg erneut, dann Hillesheim und ignorierte die Hand. Für diesen gegelten Lackaffen hatte Oliver also gearbeitet. Kein Wunder, dass er ihn nicht hatte leiden können, der hatte wirklich ein seltsames Auftreten.

»Danke«, meinte sie. »War's das?«

Sockerbergs Gesichtsausdruck wechselte von bittend zu loyal. »Ihr Sohn war an einer großen Sache dran, die er ganz exklusiv hätte bringen sollen.«

Da begriff auch Hillesheim, was Sockerberg damit bezweckte. Dabei hatte er ihn gerade noch so nett gefunden! Beinahe angewidert schüttelte er den Kopf. »Leichenfledderer«, blaffte er und ging zurück in seine Wohnung.

»Würden Sie dem Tageblatt die Recherchematerialien überlassen?«, fragte Sockerberg.

Mit dieser Frage hatte Anna gerechnet. Sie hatte sich sowieso schon gefragt, wann die Zeitung sich meldete, um die Story auszuschlachten.

»Nein. Die Polizei hat alles mitgenommen.« Sie legte so viel Bedauern wie möglich in ihre Stimme. Leider war davon nicht viel vorhanden. »Sie müssen sich an Kommissar Claaßen wenden.«

Das schmeckte Sockerberg überhaupt nicht. »Sie haben wirklich alles der Polizei gegeben?«

Anna tat so, als ob sie darüber nachdenken müsste, und nickte schließlich. »Ja. Weil die Polizei den Mörder meines Sohnes finden will.«

»Den Mörder?«

Anna wusste, dass Hillesheim hinter seiner Wohnungstür stand und lauschte, genau wie alle anderen Nachbarn auf dem langen Flur. So waren die Menschen eben. Anna konnte es ihnen nicht einmal heute übel nehmen. Der Tod war nun mal schrecklich interessant.

»Hauen Sie ab und kommen Sie nie wieder«, meinte sie. »Jetzt brauchen Sie sich auch nicht mehr um Oliver zu bemühen.« Sie knallte die Tür vor Sockerbergs Nase zu und ging durch den dunklen Flur zurück zum Kinderzimmer. Sollte er doch denken von ihr, was er wollte. Sie war vor ein paar Stunden mit Oliver gestorben. Seitdem war ihr wirklich alles egal.

*

Und wenn das alles ein furchtbares Missverständnis war?

Die Hand, mit der Vera die Glasscherbe hielt, sank auf ihren Schoß zurück. Draußen war es fast ganz dunkel geworden. Das einzige Licht kam von der Hoflampe, deren Schein durch die gesplitterte Fensterscheibe fiel.

Wenn Oliver gar nicht tot war, sondern nur deshalb sein Handy da gelassen hatte, damit sie ihn nicht so sehr vermisste? Wenn sie seine Adresse wüsste, hätte sie seine Festnetznummer herausbekommen und ihn angerufen. Und dann hätte sich alles aufgeklärt.

Ja, bestimmt war es so. Es konnte nur so sein.

Vorsichtig legte Vera die Scherbe der Fensterscheibe zwischen die anderen. Langsam erhob sie sich von der Armstütze des zerschlitzten Sessels und glättete ihr Tanzkleid. So einfach war es mal wieder. Das Leben war nicht so kompliziert, wie sie immer dachte. Wie der Hahn, der früher zwischen Oma Ellis Hühnern stolziert war, ruckte Vera den Kopf herum, um die Silhouetten der Wohnzimmermöbel in der Dunkelheit in Augenschein zu nehmen. Gut, es waren keine Möbel mehr in dem Sinne, eher ein Haufen Gerümpel. Aber es gab ja auch kein Herdfeuer mehr im Cornelius-Hof, was sollte man da mit Wohnzimmermöbeln? Eben. Nun musste sich Vera nicht mehr darum kümmern. Weil, weil ... Sie erinnerte sich nicht. Es war sowieso egal.

Die Spitzenschuhe zogen sie in den dunklen Boden hinein. Sie musste sich gewaltig anstrengen, um überhaupt die Füße heben zu können. Es war alles so schwer geworden. Schwer und sinnlos. Weil Oliver nicht anrief. Er wollte sie wohl nicht mehr? Hatte Oma Elli recht gehabt, als sie sie beständig vor den bösen Jungen warnte, die sie nehmen und sich dann aus dem Staub machen würden? Oliver hatte ihre Adresse. Er konnte sie jederzeit kontaktieren. Er tat es nicht. Er wollte sie nicht mehr. Aber wenigstens ... lebte er noch. Ja. Er musste leben. Denn wäre er tot gewesen, hätte sich auch die Erinnerung an ihn aufgelöst.

Vera fühlte sich seltsam erleichtert. Solang Oliver lebte, konnte sie an ihn denken und hoffen, dass er zu ihr zurückkam. Udo war schließlich auch zurückgekommen, und mit dem hatte Oma Elli sich so richtig in der Wolle gehabt.

Oma Elli sollte auch zurückkommen. Vera musste mit der Polizei sprechen, damit sie die Oma suchten und in ein Kran-

kenhaus brachten. Sie war sehr schwer krank. Verwirrt. Musste vielleicht ins Heim. Vera konnte sich nicht mehr um sie kümmern. Vera musste ihr eigenes Leben leben.
Sofort.
Nur mit Mühe schaffte sie es aus dem dunklen, verwüsteten Wohnzimmer hinauf in ihr Zimmer. Die Heizung funktionierte zum Glück, weil Oma letztens Heizöl bestellt hatte. Nun rauschte es warm und wohlig durch die Leitungen. Ein Geräusch, das von Leben zeugte.
Licht brauchte Vera nicht. Sie hatte Olivers Handy. Sie scrollte durch die Audiodateien, sein Tagebuch, in dem er die letzten Stunden festgehalten hatte. Seine letzten Stunden? Vera schob den Gedanken ganz weit weg, tippte wahllos verschiedene Dateien an, die sie aber alle schon kannte. Bis auf die hier. Der Zeitangabe nach war es die letzte Datei, die mit diesem Handy aufgenommen worden war. Wenn sie die angehört hatte, wollte sie Udo anrufen. Der sollte sie zur Polizei bringen.

*

Sonntag, 30. Oktober, es ist kurz nach sieben. Ich bin im Bad und muss flüstern, damit ich niemanden aufwecke. Vera schläft nämlich noch. Sie ist so wunderschön, wenn sie schläft. Das muss ich ihr unbedingt sagen, wenn sie aufwacht.
Ich hab ein schlechtes Gewissen wegen der Medikamente. Es könnten die falschen sein. Leonard studiert noch nicht so lang Medizin, er könnte sich bei der Diagnose geirrt haben. Er hat noch nicht mal sein Physikum in der Tasche! Ich hätte mit Vera reden sollen, dass sie ihre Oma zum Arzt bringen muss.
Andererseits kann sie es immer noch tun, wenn ich ernst mit ihr rede. Wahrscheinlich ist sie mit allem überfordert,

der Hof, die kranke Oma, die Arbeit, die Ausbildung. Sie wirkt manchmal so, obwohl sie lächelt.
Ich kann mir vorstellen, mit ihr zusammenzuleben. Keine Ahnung, warum.
Die Medikamente habe ich Oma Elli erst vor ein paar Minuten geben können. Ich bin extra früh aufgestanden und zu ihr runter zum Wohnzimmer. Dort war sie gestern den ganzen Tag drin. Vera hielt es für besser, wenn wir nicht hineingehen und die Oma in Ruhe lassen, fremde Gesichter würden sie immer ein bisschen aufregen. Haha, ein bisschen ist gut. Ich habe Vera noch nicht erzählt, dass ihre Oma mich beim ersten Besuch mit einem Baseballschläger verprügeln wollte.
Ich wollte die Medikamente vor die Tür legen, klopfen und dann wieder hinaufgehen. Aber Oma Elli war schon wach, sie hat wohl hinter der Tür geschlafen, denn sie hat sie sofort aufgerissen. Hat mich angeschaut mit ihrem starren Wachsmaskengesicht. Und dann hat sie ganz leise: »Danke«, gesagt. Und gelächelt. Als ob sie sich erst an mich erinnern musste. Manchmal glaube ich, sie hat noch was anderes als nur Parkinson. Gibt es so was auch in Kombination mit Alzheimer?
Ich muss Schluss machen. Nebenan in Veras Zimmer tut sich was.

Kurz nach zehn, ich stehe unten im Hof vor dem Wohnhaus. Ich habe mich noch mal zu Vera ins Bett gelegt. Es war schön. Also so richtig schön. Mit ihr.
Wir haben im Bett gefrühstückt. Oma Elli hat uns ein Tablett heraufgebracht mit Kaffee, der war richtig lecker. Sie wirkte ruhiger und konzentrierter. Hat sie schon was von den Tabletten genommen? Wirken die etwa so schnell? Wäre super, dann wird für Vera doch noch alles gut, hoffentlich.

Vera muss heute Mittag arbeiten, deshalb fahre ich jetzt nach Hause. Heute Abend wollen wir telefonieren. Ich bin plötzlich total verliebt. Und Vera auch in mich, glaube ich. Sie ist ganz anders als früher in der Schule, viel zugänglicher, sie lacht auch viel mehr und küsst so gut. Vielleicht hat sie doch auf mich gewartet. Hört man, dass sie gerade im Bad duscht? Das Fenster ist offen, sie singt. Ich lasse die Aufnahme weiterlaufen, vielleicht hört man etwas davon. Ich könnte Vera ohne Pause beim Singen zuhören. Für immer. Wirklich.
Sie ist die Frau, die ich ...

(Reifenquietschen. Schreie. Es kracht mehrfach. Eine helle, verzweifelte Stimme.)
Was machst du denn da?!
(Stöhnen. Es knackt und rauscht, zwei Stimmen sind es jetzt. Dann plötzlich wieder Stille, als hätte jemand den Ton abgestellt, aber die Aufnahme läuft weiter. Länger. Minutenlang. Bis es raschelt. Jemand atmet schwer. Dann ist wieder Olivers Stimme zu hören.)
Verdammte Scheiße ... Ich liege in einem Baum ... Sie haben mich ... hergeschleppt. Da kommt jemand ...
(Dumpfes, feuchtes Klatschen von Holz, das auf einen schlaffen Körper einschlägt.)

Ende der Datei.

*

»Verdammt noch mal, ihr habt hier nichts zu suchen! Verlasst auf der Stelle mein Haus!« In Bert Sauers Augen stand nackte Angst.

»Wir verlassen dein Haus erst, wenn wir ein paar Takte mit deinem Sohn gesprochen haben«, wiederholte Ralf.

Uwe nickte gelassen. »Oder wenn die Polizei kommt.«

»Mit Vergnügen! Die Polizei kann ruhig was für ihr Geld tun.« Bert war zu allem entschlossen, als er sein Smartphone aus der Tasche der Strickjacke zog und die Notrufnummer wählte. Langsam stiegen Ralf und Uwe die Treppe hinauf.

»He! Ihr dürft das nicht!« Bert zuckte zusammen, als sich im Telefon eine Stimme der Polizeizentrale meldet.

Ralf und Uwe kümmerten sich nicht weiter darum. Ihnen war es sogar sehr recht, wenn die Polizei hier auftauchte. Bis dahin wollten sie Leonard befragen, und zwar so, dass er ihnen wirklich alles sagte, der ach so gute Junge!

Sie überraschten ihn mit Kopfhörern auf den Ohren im Bett, die Augen geschlossen. Er begriff nicht, warum die beiden in seinem Zimmer standen, und schaltete umständlich die Musik-App auf dem Handy aus. »Was wollt ihr denn von mir?«

»Die Wahrheit, Bürschchen!« Uwe hatte sich nur noch schwer unter Kontrolle. »Du steckst nämlich bis zum Hals in der Sache drin. Du und Oliver, ihr habt schon in der Schulzeit zusammen krumme Dinger gedreht, also weißt du auch, wer Oliver umgebracht hat. Stimmt's?«

Verblüfft schaute Leonard die beiden Männer an, als wären sie komplett durchgeknallt. »Wie bitte?«

»Leonard, wir wissen Bescheid.« Ralf warf Uwe einen Blick zu. »Sag uns, mit wem Oliver und du Geschäfte gemacht habt.«

»Aber ich hab doch gar keine Geschäfte gemacht, das war Oliver ganz allei…« Leonards Mund klappte zu. Sein Vater Bert stand im Türrahmen, seine Gesichtsfarbe wirkte nicht besonders gesund.

»Was weißt du von Oliver und seinen Geschäften?«, fragte Bert schwach. »Hat er dich in etwas hineingezogen?«

»Haha, guter Witz! Dein Söhnchen hatte Oliver sogar ermutigt, weiterzumachen, weil man so gut dabei verdient! Und jetzt tut er so, als könnte er kein Wässerchen trüben!« Uwe hätte nicht gebrüllt, wenn er nicht das Gefühl gehabt hätte, dass ihm niemand zuhörte.

Sekundenlang stand Bert da, als wäre er eingefroren. »Absurd.« Ungläubig steckte er das Smartphone zurück in die Jackentasche. »Leonard, du machst doch so was nicht.«

Leonard zog es vor, zu schweigen.

Eine ganze Weile ruhten Berts Augen auf der Stirn seines Sohnes, als wollte er seine Gedanken lesen. »Leonard?«

»Papa.« Die Antwort fiel ihm sichtlich schwer. »Der Typ, den du kennst. In Grönahill.«

»Der Anwalt?«

»Ja, genau der. Meinst du, er hat heute Abend noch Zeit? Ich glaube, ich muss etwas klären.«

Gerade noch rechtzeitig griff Ralf zu, bevor Bert gegen den Türstock knallte. Seine Knie hatten einfach nachgegeben. Uwe half ihm, Bert auf den Schreibtischstuhl zu setzen, und stellte sich vorsichtshalber daneben.

»Aber warum?«, fragte Bert tonlos.

Zögernd schob Leonard die Decke weg und setzte sich auf. Er trug schon seinen Schlafanzug, obwohl die Sonne erst vor einer halben Stunde untergegangen war. Schrecklich erwachsen sah er plötzlich aus, als wäre er nicht Anfang zwanzig, sondern schon jenseits der vierzig. Und gleichzeitig war ihm die ganze Sache so unangenehm, dass er als Zehnjähriger durchgegangen wäre. Am liebsten hätte Uwe ihn gleichzeitig geschüttelt und getröstet, so durcheinander war er.

»Eigentlich bin ich schuld«, sagte Uwe leise. »Ohne mich hättet ihr nie …«

»Nein, Uwe.« Leonard wirkte seltsam gefasst. »Lass mal. Ich muss das jetzt mit meinem Vater klären. Er zählt auf mich.«

Der Satz versetzte sowohl Uwe als auch Ralf einen Stich. Zwischen ihnen und Oliver war so eine Aussage nie gefallen. Dazu war von Anfang an zu viel kaputt gewesen.

»Als wir die Karre von unserem Biolehrer angezündet haben«, begann Leonard und angelte mit den nackten Füßen nach seinen warmen Hausschuhen, »da hatten wir hinterher das Gefühl, dass wir für immer zusammengehören. Wir haben es gemeinsam durchgestanden, verstehst du, Papa?«

»Ich heul gleich«, meinte Ralf trocken.

Leonard ließ sich davon nicht beeindrucken. »Doch, wir haben es zusammen verbockt und wussten ja, dass es Mist war.« Verlegen kratzte er sich am Kopf. »Ihr habt uns alle geholfen. Dafür habe ich mich nie bei dir bedankt, Papa.« Plötzlich machte er zwei lange Schritte und umarmte seinen Vater, der ganz klein auf dem Schreibtischstuhl aussah. Bert wusste nicht, wo er hinschauen sollte. Schwer sanken seine Arme auf die Schultern seines Sohnes. Auch er hätte am liebsten getobt oder zumindest geschimpft. Gleichzeitig spiegelte sich die Angst auf seinem Gesicht. Er hatte mit allem gerechnet, aber nicht damit.

»Jetzt mal Klartext!« Uwe hasste solche Szenen.

»Wir haben uns in der neuen Schule wohlgefühlt und dachten, dass wir den ganzen Mist aus der alten Schule wiedergutmachen müssten.« Leonard ließ sich zurück aufs Bett sinken. »Weil du doch alles gezahlt hast, Papa.« Der vorsichtige Blick, den er Uwe und Ralf zuwarf, wirkte nicht ganz echt.

Uwe hätte platzen können vor Wut. Musste er sich jetzt auch noch unter die Nase reiben lassen, dass er damals das Geld nicht gehabt hatte, um für den Schaden aufzukommen? Und dann machte Leonard auch noch auf lieb Kind, um seinen Hals aus der Schlinge zu ziehen!

»Wir haben sogar Jobs angenommen, um das Geld zurückzuzahlen, das ihr für den Brand ausgelegt habt und …«

Angewidert rückte Ralf von ihm ab. »Sag mal, merkst du's noch? Was erzählst du da eigentlich für einen Stuss? Wir haben das Geld nie zurückgefordert! Ihr habt gejobbt und die Kohle für euch allein ausgegeben, so sieht's doch aus!«

»Und als Oliver dir gesteckt hat, wie mein Nebenverdienst aussieht, hast du auch die Hand aufgehalten, genau wie unser lieber Herr Sohn.« Abschätzig musterte Uwe Leonard von oben bis unten. »So war's doch, oder?«

Bert schüttelte vehement den Kopf. »Das klingt überhaupt nicht nach Leonard. Wieso solltest du so was machen? Du hast doch alles bekommen, was du wolltest. Deine Schüler-Jobs hatten meiner Ansicht nach nie etwas mit einer wie auch immer gearteten Wiedergutmachung zu tun.« Sein Blick ging entschuldigend zu Uwe hinüber. »Wir hatten die Mittel und wollten, dass die Jungs ohne Schwierigkeiten erwachsen werden.«

Uwe zögerte kurz. »Bert, Oliver und Leonard haben sich das Geld geteilt, das Oliver von mir bekommen hat.«

»Das Schweigegeld«, mischte Ralf sich ein. »Damit er nicht verrät, was du im Internet vertickst.«

»Weil ich keine andere Möglichkeit hatte, Mensch!«, schrie Uwe ihn an. »Verdammt noch mal, ich wusste doch, dass das alles Bullshit ist. Aber egal! Wir sind nicht wegen mir hier.«

»Aber ich finde es schon sehr interessant, was ihr erzählt«, schaltete sich Bert wieder ein. »Ihr habt also die Jungen sozusagen kriminalisiert.« Er war nur zu gern bereit, die ganze Schuld, deren Ausmaß noch keiner von ihnen erfasste, komplett auf Uwe abzuwälzen.

Ralf deutete auf Uwe. »Er, nicht ich.«

»Ich habe für meine Familie gesorgt, als du sie übernommen hast und das Geld trotzdem knapp war«, meinte Uwe nur.

»Und du hast nicht mit Medikamenten gedealt, Leo?«, fragte Bert plötzlich. »Wieso brauchst du dann einen Anwalt?«

Ralf und Uwe schauten sich an.

Leonard kam mit dem Umschwung nicht ganz mit. Er wurde blass. »Papa! Nein! Ich hab doch nur …« Er fing an, seine Finger zu kneten.

Absurd, dachte Ralf, dass ein erwachsener junger Mann mit einer tiefen Stimme so kindlich klingen kann. Er hatte nie viel mit Leonard zu tun gehabt. Aber so rasch, wie er in die Rolle des unschuldigen Sohnes geschlüpft war, konnte er sich gut vorstellen, wie er sich als Kind und Jugendlicher verhalten hatte. Ein richtiger Schauspieler! War so ein Freund nicht viel gefährlicher für einen Heranwachsenden als Uwe, der Kleinkriminelle?

»Jetzt bleib mal auf dem Teppich! Oliver war schließlich auch kein Unschuldslamm.« Ralf räusperte sich vernehmlich. »Mir sind hier einfach zu viele unvollendete Sätze unterwegs. Was hast du, Leonard Sauer?«

»Und ich will wissen, wie Olivers Freundin heißt und wo sie wohnt.« Wenn Uwe sich zu seiner vollen Größe aufrichtete, überragte er die anderen in Kopfhöhe und Schulterbreite.

Endlich sah Leonard sich dazu veranlasst, mit allen Infos herauszurücken: »Ich habe doch nur die Medikamente überprüft, die Oliver mitgebracht hat.«

»Woher wusste er, welche er bei mir bestellen muss?«, fragte Uwe scharf.

Leonards Blick pendelte zu Bert hinüber. Der zuckte nur mit den Schultern, was wohl so viel bedeutet wie: Jetzt ist es auch schon egal, erzähl einfach alles.

»Er hatte mir beschrieben, welche Symptome Veras Oma zeigt«, berichtete Leonard leise. »Ich habe auf Morbus Parkinson getippt und bin mit ihm die Wirkstoffliste durchgegangen. Da waren ein paar Wirkstoffe drunter, von denen ich ihm abgeraten habe.«

»Wie löblich, du hast ihm abgeraten«, äffte Ralf ihn nach. Allmählich war auch er mit seiner Geduld am Ende. »Warum hast du ihn nicht an den Ohren zur Polizei geschleift? Oder wolltest du Gott spielen, nur weil du Medizin studierst und glaubst, dass du es kannst?«

»Nein, ich …«

»Das Zeug, das Oliver bei mir bestellt hat, hätte die Oma auch auf Rezept in der Apotheke bekommen«, meinte Uwe beiläufig. »Wusstest du das nicht?«

»Doch, aber sie wollte doch nicht zum Arzt! Oliver hat mir darauf sogar 'nen Eid geschworen, dass sie um nichts in der Welt zum Arzt wollte!«, ereifert sich Leonard. »Oliver wollte ihr erst etwas geben und abwarten, ob sie vernünftiger wird. Und dann wäre er mit Sicherheit mit ihr zum Arzt gegangen.«

Oh, du süße trügerische Hoffnung, dachte Uwe traurig.

»Warum hast du nicht vorher mit mir gesprochen?«, fragte Bert resigniert. »Und seine Freundin heißt Vera, sagst du? Etwa Vera Cornelius, die Tochter von Renate, die ein Jahr in der Klassenpflegschaft war?«

»Genau die. Vera Cornelius lebt bei ihrer Großmutter im Hasenweg, gleich am Waldrand.«

»Ihre Eltern sind vor ungefähr einem Jahr nach Neuseeland ausgewandert«, fügte Bert hinzu.

»Um Himmels willen!« Uwe war ehrlich erschrocken. »Sie kümmert sich doch nicht etwa ganz allein um ihre Großmutter?«

»Keine Ahnung«, meinte Leonard.

»Wenn die alte Dame wirklich Parkinson hat«, meinte Ralf düster und stand auf, »dann habt ihr zwei es nicht wirklich besser gemacht.«

»Ja, und wie war das jetzt am Samstag?« Berts Haltung hatte sich verändert. Er saß da wie ein Richter, der nicht richten wollte, denn der Angeklagte war sein Fleisch und Blut.

»Samstag?« Leonard überlegt einen Augenblick. »Da hat Oliver die Medikamente vorbeigebracht, damit ich sie mir anschaue. Es sollten die richtigen sein.«

Eine Glocke schrillte durchs Haus. Niemand rührte sich.

»Tja.« Auf wackeligen Knien erhob Bert sich. »Ich habe die Polizei gerufen, und da ist sie nun. Mist.«

»Passt dir das jetzt nicht, oder wie?«, muffelte Ralf.

Bert beachtet ihn nicht. »Ich gehe runter.«

»Ja, mach ruhig die Tür auf, die sollen deinen Filius gleich mitnehmen! Bevor ich ihn in Stücke haue!« Die andauernde Trauer und die wachsende Wut kosteten Uwe gehörig Kraft. Dass ausgerechnet Ralf ihm die Hand auf den Arm legte, damit er sich nicht auf den immer kleiner werdenden Leonard stürzte, ließ er gerade so durchgehen. Erfolglos versuchte er, einen verantwortungsbewussten Medizinstudenten in Leonard zu sehen oder wenigstens einen jungen Mann, der zu seinem Fehler stand und die Konsequenzen anstandslos trug. Aber alles, was da in seinen Augen auf der Bettkante hockte, war ein Mensch, aus dem er nicht schlau wurde. Er hatte doch sein ganzes Leben noch keinen Mangel kennengelernt. Warum zum Teufel hatte er dann die Hand aufgehalten? Gut, Oliver war in der Hinsicht keinen Deut besser gewesen, aber trotzdem! Aufgrund der finanziellen Sicherheit seiner Eltern verstand Uwe Leonards Verhalten noch weniger.

»Ich muss mal«, sagte Leonard kläglich.

Ralf nickte knapp. »Dann geh halt.«

Wie auf Kommando verschwand Leonard hinter der zweiten Zimmertür, die anscheinend in sein privates Badezimmer führte. Das entlockte Uwe ein weiteres abschätziges Schnauben. So ein verwöhntes Blag!

»Guten Tag, mein Kollege und ich kommen von der örtlichen Polizei. Herr Sauer, Sie haben uns angerufen?«

Die Stimme an der Haustür klang streng und fürsorglich zugleich. Uwe wollte die Gelegenheit nutzen, um ein paar Takte zu sagen, die vielleicht zur Aufklärung von Olivers Tod beitrugen. Die Vorstellung, dass er auch über seinen illegalen Medikamentenhandel würde auspacken müssen, erleichtert ihn seltsamerweise.

»Kommt ihr runter?«, rief Bert unten im Flur.

Uwe und Ralf schauten sich an. Ihnen fiel ein, dass Bert die Polizei ursprünglich wegen ihnen gerufen hat. Kein besonders angenehmer Gedanke, wie Ralf fand, als er hinter Uwe die Treppe hinuntertrottete.

»Guten Abend, die Herren.« Das Gesicht des Polizisten drückte nicht gerade Begeisterung aus, fand Ralf. Aber gut, man musste nehmen, was man kriegen konnte. »Ich bin Polizeimeister Frank Dresel und bin mit meinem Kollegen hergekommen, weil Bert Sauer uns—«

»Sagt mal, wo ist eigentlich Leonard?«, fragte Bert irritiert.

In diesem Moment krachte das Garagentor gegen die Mauer. Durch die immer noch geöffnete Haustür konnten sie einen Schatten aus der Einfahrt auf die Straße schießen sehen, bevor er in der Dunkelheit verschwand. Es nützte nichts, dass Bert hinausrannte und »Leonard! Komm zurück!« brüllte.

»Wieso haut er denn ab?«, fragte Ralf perplex. Polizeimeister Dresel und sein Kollege tauschten einen vielsagenden Blick.

Uwe sah alles andere als glücklich aus. »Vielleicht hat er Panik gekriegt, weil er nicht ganz unschuldig ist.«

*

Claaßen wusste nicht, ob er lachen oder weinen sollte, als der Anruf kam. Er hatte gerade die Kreuzung beim gesperrten Preußenmuseum Richtung Dinslaken überquert, als sein Smartphone sich meldete. Mit einem verärgerten »Was denn?« nahm er das Gespräch an.

»Guten Abend, hier spricht Frank Dresel.«

Der Dresel, dachte Claaßen überrascht. »Was machen Sie denn schon wieder im Dienst?«

»Ich bin noch mal von sechzehn bis zwanzig Uhr eingeteilt.« Freude am Job klang wirklich anders. »Teilschicht ist doppelt saure Schicht.«

»Lausige Arbeitszeiten«, stimmte Claaßen zu. »Aber deshalb rufen Sie bestimmt nicht an.«

»Nein. Hier sitzen ein paar Herren, die mit Ihnen sprechen wollen.«

Damit konnte er Claaßen nicht mal mäßig begeistern. »Warum das denn? Wer denn überhaupt?«

»Uwe Pointinger, Ralf Bauer, Bert und Leonard Sauer. Es geht im Großen und Ganzen um-«

»Oliver Bauer«, vollendete Claaßen gelangweilt. »Und wie komme ich zu der späten Ehre? Kann das nicht warten?« Am besten bis übermorgen nach meinem Urlaub, dachte er betrübt.

»Na ja, die vier sind jetzt halt schon da«, druckste Frank herum.

Claaßen startete einen letzten Versuch, um das Gespräch mit den vier Herren herumzukommen. Er wollte endlich seine Ruhe haben. »Wer von den leitenden Kollegen hat denn Dienst?«

»Die sind alle beschäftigt.«

»Sie haben doch noch gar nicht rumgefragt.«

»Doch«, meinte Frank. »Habe ich. Außerdem wollen die vier wirklich nur mit Ihnen sprechen.«

»Aha.« Wenn es denn unbedingt sein musste! Claaßen wendete am Lippeglacis bei den Schrebergärten. An der Lippe entlang kam er über die Schillstraße nun aus der anderen Richtung der Kreuzung zum Preußenmuseum. Zurück gen Westen durch den Feierabendverkehr auf der B 8 - was für ein Spaß. Dafür war Claaßen den Herren Sauer, Bauer und Pointinger schon jetzt wahnsinnig dankbar. Wehe, die hatten in ihrer Trauer nur eine Schlägerei angefangen und Claaßen sollte nun herausfinden, wer schuld war!

Auf Höhe der Kreuzung Pastor-Bölitz-Straße/ Fischertorstraße klingelte sein Smartphone wieder. Claaßens Laune wurde noch schlechter, denn Ragnar Sockerberg, selbst ernannte Ausgeburt der Männlichkeit, war dran und machte auf wichtig.

»Herr Kommissar, Sie glauben nicht, was ich herausgefunden habe.«

Stimmt, ich glaube dir nicht, dachte Claaßen. »Geht es auch ein bisschen konkreter?«

»Es geht um den Fahrradkiller«, meinte Sockerberg, als redete er über den Fund des Bernsteinzimmers. »Na ja, das sind vertrauliche Informationen, die ich Ihnen quasi aus Interesse an der Aufklärung des Todes unseres Mitarbeiters Oliver Bauer überlasse.«

So ein elender Wichtigtuer! »Das will ich wohl hoffen, dass Sie Ihrer Bürgerpflicht nachkommen«, schnarrte Claaßen. »Sie sind in zehn Minuten in der Dienststelle an der Reeser Landstraße, haben wir uns verstanden?«

»Ich kann Ihnen die Infos gern per E-Mail schicken. Mein Terminkalender ist sehr eng«, meinte Sockerberg.

Das könnte dir so passen. »Zehn Minuten oder ich lasse Sie aus Ihrem Büro abholen!«, dröhnte Claaßen und beendete das Gespräch. Das wurde ja immer schöner!

Kurz darauf kam er mit einem frischen Kaffee in die Dienststelle. Frank fing ihn auf dem Weg zu seinem schäbigen Büro ab und informierte ihn darüber, dass Vater und Sohn Sauer, Uwe Pointinger und Ralf Bauer nicht ganz freiwillig hergekommen waren. Es gab mindestens einen Streitpunkt, der höchstwahrscheinlich mit Claaßens aktuellem Fall zusammenhing. Reumütig sahen die vier aus, wie sie da auf den Besucherstühlen hockten und sich kaum trauten, die Köpfe zu heben. Gut so. Dann brauchte Claaßen hoffentlich nicht so lang, um die Wahrheit aus ihnen herauszukitzeln.

Von Sockerberg war leider noch nichts zu sehen.

»Und?« Claaßen blieb abrupt stehen und mustert die vier. »Ist das da etwa ein Veilchen?«, fragte er Leonard Sauer. Hatten die sich wirklich geprügelt? Als hätte Claaßen es geahnt! Bei so viel Voraussageglück sollte er vielleicht Lotto spielen.

»Das war Polizeiwillkür«, mischte sich Bert Sauer ein. »Dazu stelle ich noch eine Anzeige!« Das ging an Frank Dresel, der nicht darauf reagierte.

»Quatsch, Papa.« Zusätzlich zu seinem Veilchen bekam Leonard rote Wangen. »Ich bin vom Fahrrad geflogen und dumm auf dem Bordstein aufgekommen.«

»Bei der Geschwindigkeit auch kein Wunder«, meinte Frank aus dem Hintergrund. »Er war auf der Flucht.«

»Aha?« Jetzt wurde es interessant für Claaßen. »Dann fangen wir zwei an, was, Herr Sauer junior? Kommen Sie mit.«

Doch es kam nicht dazu, denn in diesem Moment rauschte Sockerberg heran. Entweder hatte er Angst vor Sanktionen und war deshalb schier hergeflogen, oder er hielt es vor Spannung kaum aus und die Infos mussten raus aus ihm, bevor er explodierte. »Herr Kommissar, meine Zeit ist begrenzt, ich muss zuerst mit Ihnen sprechen!«

»Wir sind doch hier nicht bei ›Wünsch dir was‹!« Uwe Pointinger war deutlich am Gesicht anzusehen, dass er keine Lust auf einen langen Abend bei der Polizei hatte. Andererseits hatte er genau das verdient, schließlich hätte er Claaßen schon bei der ersten Begegnung alles sagen können, was er auf dem Herzen hatte.

Ohne Umstände tauschte Claaßen deshalb seine Gesprächspartner aus und nahm Sockerberg mit. Der sollte sich ruhig drehen und wenden und ein Gesicht ziehen, weil ihm das »antike« Mobiliar nicht zusagte. Aber raus kam er hier erst, wenn Claaßen alles gehört hatte, was es zu hören gab. Und das sagte er Sockerberg auch.

»Das ist kein Problem. Die Schwarmintelligenz des Netzes hat mir geholfen. Sie ist schier unerschöpflich!« Sockerberg benahm sich, als säße er für einen Hollywood-Streifen vor laufender Kamera.

»Sie sprechen vom Internet«, meinte Claaßen.

»Natürlich, wovon denn sonst?« Verärgert über die Unterbrechung schüttelte Sockerberg den Kopf. »Auf Millionen von Rechnern liegen Millionen von Informationen, die man nur—«

»Überspringen Sie das Intro und kommen Sie zum Kern.« Als Sockerberg ihn indigniert von oben bis unten mustert, fügte Claaßen ein sehr dünnes »Bitte!« an.

»In den sozialen Netzwerken bin ich auf den Film eines Fahrradfahrers gestoßen. Er war nachts ohne Beleuchtung unterwegs und wurde dabei von einem recht aggressiven Autofahrer verfolgt. Anscheinend ist er kein Einzelfall.«

Claaßen interessierte an dieser Sache nur eines: »Gehört das zu der Story, die Oliver Bauer recherchiert hat?«

»Ach ja, Oliver.« Nachdenklich strich sich der Chefredakteur über die Stirn. »Ja, das gehört dazu. Wirklich eine sehr heiße Story. Schade, dass ich es nicht vorher gemerkt habe.«

Claaßen stand hinter seinem Schreibtisch und starrte den einen Kopf größeren Sockerberg an, der sich partout nicht hinsetzte. »Und weiter?«

»Äh, ja.« Sockerberg hätte fast den Faden verloren. »Er ist anscheinend mit einigen Leuten in Kontakt getreten bis hin zu gegenseitigen Besuchen. Aber er hat nur herausgefunden, dass es diesen Fahrradkiller gibt.«

»Ja, und weiter? Oder war das etwa alles?«, blaffte Claaßen ihn an, weil Sockerberg gar so selbstgefällig lächelte.

»Natürlich nicht«, fuhr er mit öliger Stimme fort. »Ich habe dort weitergemacht, wo Oliver aufhören musste. Und ich habe dank meiner Kontakte herausgefunden, dass die Unfälle von heute bereits weitere Kreise gezogen haben.«

Ruhig bleiben, ermahnte Claaßen sich. Der eitle Fatzke will nur spielen. Und ich will in den Urlaub! »Herr Sockerberg, Sie haben genau sechzig Sekunden Zeit, um mir alles mitzuteilen. Danach verhafte ich Sie wegen vorsätzlicher Zurückhaltung wichtiger Informationen.«

»Finden Sie das nicht ein wenig übertrieben?«

»Nein.«

Es gefiel Sockerberg überhaupt nicht, dass er seine Show verkürzen musste. »Der Fahrradkiller fährt einen dunkelblauen Passat, der schon etwas älter zu sein scheint. Jedenfalls wurde er in vielen Posts als Rostlaube bezeichnet. Derzeit steht er auf dem Parkplatz vor dem Einkaufszentrum an der Schermbecker Landstraße.«

Na bitte, es ging doch! Erleichtert atmete Claaßen durch. »Wissen Sie zufällig, ob der Fahrer auch im Wagen sitzt?«

»Hm.« Sockerberg zückte sein Smartphone und wischte eine Weile darauf herum. »Nein. Er ist ausgestiegen und hat die Tür offen gelassen. Schauen Sie mal.« Er hielt Claaßen das Telefon hin. Deutlich waren auf dem Foto Beulen im Blech zu erkennen.

Es wurde Zeit für Claaßen, Sockerberg stehen zu lassen und Frank und seinen Schichtkollegen zu suchen. Wenn das da auf dem Smartphone der Unfallwagen von heute war, dann sollten sie ihn schleunigst abholen.

*

Nachdem Frank und der Kollege losgefahren waren, blieb Claaßen im Durchgang zu den Einzelbüros stehen und beobachtete Vater und Sohn Sauer. Bert redete leise auf Leonard ein, der wie ein Grundschüler auf seinem Stuhl hockte. Von dem blasierten Medizinstudenten war nichts mehr übrig. Und es lag nicht nur an dem Veilchen.

Ragnar Sockerberg, Ralf Bauer und Uwe Pointinger taten so, als sähen und hörten sie nichts, bekamen aber garantiert alles mit. Höchste Zeit, dass Claaßen eingriff.

»So, Herr Sauer junior, kommen Sie bitte mit in mein Büro.« Beschwingt lief Claaßen auf die Sitzgruppe zu und prallte sprichwörtlich an Bert Sauers böser Miene ab. »Ich werde meinen Sohn zum Verhör begleiten.«

»Wer hat denn was von einem Verhör gesagt?«, wunderte Claaßen sich. Bert wurde rot.

Claaßen konnte förmlich aus den Augenwinkeln erkennen, wie der Chefredakteur sich alles ins Gehirn presste, was auf diesem Flur vorging. Er verwettete seinen Schimanski-Parka darauf, dass übermorgen eine fette Schlagzeile mit dem Namen »Oliver B.« auf der ersten Seite des Tageblattes prangte.

»Herr Sauer, Sie können Ihre Aussage nach Ihrem Sohn machen.«

»Ich will nicht, dass mein Sohn alleine da reingeht!«, begehrte Bert heftig auf. »Ich muss mit!«

»Papa, jetzt bleib doch mal ruhig.« Auch die Rolle des Märtyrers beherrschte Leonard gut. »Ich kann das allein! Ich hab's schließlich auch allein verbockt.«

Sockerbergs Ohren schienen Leonard entgegenzuwachsen. Kurzerhand packte Claaßen den jungen Mann am Arm und zog ihn hinter sich her. Die Neugierde des Chefredakteurs widerte ihn an.

Bert ließ sich partout nicht abschütteln. Energisch schloss er die Tür hinter sich. »Ich bestehe auf meiner Anwesenheit!«, forderte er lauter als nötig. »Mein Sohn weiß nicht, was er tut!«

Allmählich wurde es Claaßen einen Tick zu dramatisch. Andererseits war es ihm lieber, der Vater machte hier drin Theater, als dass der Zeitungs-Heini alles mitschrieb und sich damit in der Öffentlichkeit brüstete.

»Herr Sauer, warum glauben Sie das denn?« Mit einer Geste wies Claaßen die beiden an, Platz zu nehmen. »Ihr Sohn ist Student der Humanmedizin, oder nicht? Ihm haben doch schon eine ganze Reihe von Leuten bescheinigt, dass er seine Sinne beisammenhat. Überhaupt würde mich interessieren, warum Sie auf der Flucht waren, Herr Sauer junior.«

»Die Nerven«, antwortete Bert an seiner Stelle. »Mein Sohn ist von Oliver Bauer in eine Sache hineingezogen worden, die—«

»Ach, Papa, halt doch die Klappe!«, schrie Leonard ihn plötzlich an. »Oliver hat mich nirgendwo reingezogen! Ich habe ganz allein beschlossen, dass ich das mache, ja?«

Endlich schwieg sein Vater. Beleidigt verschränkte er die Arme vor der Brust.

Leonard atmete einmal kräftig durch. »Herr Kommissar, ich lege ein Geständnis ab.«

Meine Güte. Ging es bei den Sauers nicht auch eine Nummer kleiner? Davon abgesehen war der Satz für Claaßen das untrügliche Zeichen, dass es gleich für ein paar Leute sehr hässlich werden würde.

»Oliver hat rausbekommen, dass sein Vater, also Uwe Pointinger, mit verbotenen Medikamenten handelt«, sprudelte Leonard heraus. »Und weil er ihm eins auswischen wollte, hat Oliver sich jeden Monat von ihm Geld geben lassen. Die beiden haben sich nie sonderlich gut verstanden.«

»Aha.« Claaßen hatte er es doch gewusst.

»Ich habe davon die Hälfte bekommen, weil meine Eltern damals ganz allein für den Schaden am Wagen von unserem Biolehrer aufgekommen sind«, fuhr Leonard etwas gefasster fort. »Oliver hat drauf bestanden, dass ich das Geld nehme, weil er ein schlechtes Gewissen hatte.«

Die Info schien Bert zu irritieren. »Was ist aus dem Geld geworden?«

»Ich hab's gespendet.«

Claaßen erinnerte sich an die Spendenquittungen der verschiedenen Hilfsorganisationen, die bei den Sauers auf dem Küchentisch gelegen hatten. »Und die Medikamente?«

»Also, das mit den Medikamenten.« Leonard zögerte. Schließlich gab er sich einen Ruck. »Wir haben wirklich nur das Geld von Uwe genommen. Bis Oliver vor zwei oder drei Wochen meinte, ich müsste ihm dabei helfen, die richtigen Medis für eine alte Frau herauszusuchen, die er bei seinem Vater bestellen wollte. Die alte Frau war die Oma von Vera Cornelius. Mit ihr ist Oliver seit zwei Wochen zusammen. Nein, er war mit ihr zusammen«, korrigiert er sich.

»Weiter«, drängte Claaßen.

»Am Samstag, als ich ihn zum letzten Mal gesehen habe«, an dieser Stelle wurden Leonards Augen rot, »hatte er ein Päckchen mit Medikamenten für Oma Cornelius von seinem Vater abgeholt. Wir haben zusammen was gegessen und wollten zu mir. Unterwegs wurden wir von einem Passat verfolgt und von der Straße gedrängt.«

Claaßen schob Leonard einen Ausdruck hinüber, den Frank ihm in die Hand gedrückt hatte, bevor er zur Rudolf-Diesel-Straße losgefahren war. »Sah er zufällig so aus?«

Leonard schaute gar nicht richtig hin. »Ja. Ich dachte, da wäre ein alter Mann am Steuer. Aber inzwischen glaube ich, dass es auch eine alte Frau gewesen sein könnte.«

»Möglich.« Claaßen betrachtete den Ausdruck nachdenklich. »Der Wagen ist auf Elisabeth Cornelius zugelassen. Sie ist im Hasenweg gemeldet.« Hatte sie die Radfahrer umgenietet?

»Dort wohnt auch Vera, Olivers Freundin«, bestätigte Leonard. »Oliver ist am Samstag zu ihr gefahren. Mit den Medikamenten.«

Bingo. Claaßen nickte bedächtig, sagte Leonard und seinem schockierten Vater, dass sie sich gefälligst nicht zu rühren hätten, und rief einen Bereitschaftspolizisten. »Passen Sie bitte auf die Herrschaften auf. Ich muss kurz weg.«

Der Hasenweg. Dort war Claaßen noch nie.

*

Weil das Smartphone keine Ruhe gab, telefonierte Claaßen während der ganzen Fahrt. Ein Anruf kam von Frank Dresel. »Ich stehe neben dem Passat auf dem Großparkplatz an der Schermbecker Landstraße. Der Fahrer konnte noch nicht ausfindig gemacht werden. Es gibt Unfallspuren am Wagen und es wurde ein Baseballschläger im Kofferraum gefunden, wahrscheinlich mit Blutspuren.«

»Ja ja«, machte Claaßen ungeduldig. »Bestellen Sie den Abschleppdienst. Die KTU soll sich den Pott anschauen.« Er drückte das Gespräch weg. Den Wagen und besonders den Schläger musste er sich wohl nach seinem Urlaub anschauen. Bis dahin hatte er hoffentlich auch seine Gedanken zu dem Fall sortiert.

Eigentlich war er nichts Besonderes. Claaßen bog auf die Bislicher Straße ab. Da kamen ein paar Parteien aufgrund eines Grundkonflikts einfach nicht voneinander los und produzierten fröhlich noch krassere Nebenschauplätze. Zwei Freunde, die zu Konkurrenten um die gleiche Frau wurden. Zwei junge Männer, die vielleicht deshalb als Schüler zur Selbstjustiz gegriffen hatten, weil ihre Bedürfnisse neben dem Konflikt untergegangen waren. Dann starb einer als Ergebnis der jahrelangen Heimlichtuereien. Und dann zogen sie noch eine dritte Familie mit rein, die auch ein fettes Päckchen zu tragen hatte. Ein offenes Wort zur richtigen Zeit hätte das Desaster vielleicht nicht verhindert, aber gemildert. Oder? Und überhaupt: Wie konnte man einer kranken Frau heimlich Medikamente besorgen, statt sie zum Arzt zu bringen?

Wohleitner von der Spurensicherung rief an. Er erzählte Claaßen nichts Neues: »Ich habe mir ein paar Audiodateien angehört. Darin war tatsächlich die Rede von dem Fahrradjäger und einem Medikamentenhändler, den das Opfer gekannt hat.«

»Weiß ich längst«, brummte Claaßen. »Ich habe eine Zeugenaussage.«

»Na, Spitze, und warum erfahre ich das erst jetzt?«, maulte Wohleitner.

»Weil ich erst vor zehn Minuten mit dem Zeugen gesprochen habe und dann gleich weiterfahren musste. Ging es in den Dateien zufällig auch um eine Vera?«

»Ja, und eine Oma Elli. Hängen die wohl mit drin?«

Drinhängen ist gut, dachte Claaßen düster. »Die sind quasi zum Dreh- und Angelpunkt des Falls geworden. Ich bin gerade auf dem Weg zu dieser Vera Cornelius. Muss ich noch was über sie wissen?«

»Sie macht eine Ausbildung zur Tanzpädagogin, aber das wird nicht weiter wichtig sein, denke ich.«

»Abwarten. Ach ja, ich bin nachher noch mal im Büro. Schick mir doch bis dahin per E-Mail eine schriftliche Zusammenfassung der Audiodateien, ja?«

»Na, na, na, mal nicht ganz so hastig«, entgegnete Wohleitner scharf. »Du bist nicht mein einziger Kunde!«

Claaßen legte auf. Eine Entschuldigung hatte keinen Sinn, weil er beim nächsten Anruf wieder Druck machen würde, es ging nicht anders. Der Polizeialltag hatte dank der entsprechenden Klientel sein eigenes Tempo.

In der Dunkelheit tauchten auf der linken Seite die unförmigen Schatten der Campingwagen auf der Grav-Insel auf. Gegenüber bog er in den Hasenweg ein und überlegte, ob er noch Verstärkung anfordern sollte. Schließlich parkte er vor dem letzten Gebäude am Waldrand. Der Abendnebel hatte sich längst über die Straße geschoben. Das war der Herbst am Niederrhein.

Schon von der Straße konnte Claaßen die offene Tür des Haupthauses sehen. Wurde er etwa erwartet? Und wenn ja, in welchem Zustand waren die Bewohner? Vorsichtshalber tastete Claaßen nach seiner Waffe unter der Jacke. Wie erwartet steckte sie im Holster. Hoffentlich war heute nicht einer der Tage, an dem er sie ziehen musste.

Er musterte die Umgebung. Nachbarn gab es hier zur Genüge. Mal sehen, wie lang es dauerte, bis sie verstohlene Blicke über ihre akkurat geschnittenen Hecken und Büsche warfen.

»Hallo?« Der Hof zwischen den Gebäuden war bestimmt mal aufgeräumter gewesen. »Hallo! Ist jemand zu Hause?« Blitzschnell überschlug Claaßen in Gedanken, was er alles geändert hätte, wenn das hier sein Grundstück gewesen wäre. Zuerst hätte er die Paletten mit den Pflastersteinen weggeräumt.

Eine zerzauste Gestalt tauchte in der geöffneten Haustür auf.

Sie kam Claaßen bekannt vor. »Herr Gödecke, was machen Sie denn hier?«

»Oh. Herr Kommissar. Das ging aber schnell.« Udo Gödecke wirkte erschöpft. »Wir haben den Krankenwagen gerufen und sie in die stabile Seitenlage gebracht. Sie hat schon erbrochen, aber sie ist total weggetreten.«

»Wer?«, fragte Claaßen perplex.

»Vera Cornelius. Sind Sie etwa nicht wegen ihr hier?«

Erschrocken eilte Claaßen an Gödecke vorbei ins Haus. Das klang nicht gut! Wie befürchtet entpuppte sich die Lage als noch ernster. Inmitten einer zerstörten Wohnzimmereinrichtung kniete Elena Gödecke neben einer bewusstlosen, jungen Frau und kontrollierte ihre Atmung.

»Guten Abend, Herr Kommissar«, sagte sie müde. »Es war alles ganz schrecklich. Wir wollten nur nachschauen und – ja. Sie lag schon so hier.«

»Ich brauche Platz«, raunzte Claaßen sie an und ging neben Vera in die Knie. »Suchen Sie mal nach einer Decke. Wieso ist es hier so kalt?«

»Die Fenster sind kaputt«, meinte Udo Gödecke. »Im ganzen Haus gibt es keine intakte Fensterscheibe mehr. Sie muss gewütet haben wie eine Verrückte.«

»Wer? Sie?« Verwundert betrachtete Claaßen das zarte Persönchen mit den blauen Lippen. Er tippte auf eine Überdosis von etwas, das man nur nach Rücksprache mit dem Arzt nehmen sollte.

Udo nickte. »Wahrscheinlich. Vera ist klein, aber oho. Oder ihre Oma hatte wieder einen Anfall.«

»Wo ist die Oma?«, fragte Claaßen. Es wunderte ihn nicht, dass Udo mit den Schultern zuckte und »Keine Ahnung« sagte.

Elena kam mit dem Gewünschten zurück und stopfte die Decke um Vera fest.

»Oma Elli ist in den letzten Wochen sonderbar geworden«, erzählte Udo zögernd. »Wir wollten ihr helfen, aber das war schwierig.«

Oma Elli ist bestimmt Elisabeth Cornelius, dachte Claaßen. Der Passat war auf sie zugelassen. Wenn sonderbar bedeutete, dass sie sich ins Auto setzte und Fahrradfahrer umnietete, dann liefen die Fäden wohl hier zusammen. »Warum haben Sie nicht eingegriffen, als Oliver Bauer die alte Frau Cornelius mit Medikamenten versorgt hat?«, fragte er streng.

Verstört tauschen Udo und Elena einen Blick. »Wie? Davon wussten wir nichts«, beteuerte er.

Motorengeräusch brummte in den Hof. Kurz darauf stand der Rettungsarzt mit einem Sanitäter im Wohnzimmer. Elena hatte alles geradezu vorbildlich vorbereitet. Veras Erbrochenes hatte sie in eine Plastiktüte gewischt, ein paar leere Tablettenblister in eine andere. Der Rettungsarzt runzelte die Stirn. »Levetiracetam. Leidet die junge Frau denn an Epilepsie? Und wieso nimmt sie Ropinirol? Für Morbus Parkinson erscheint sie mir ein bisschen zu jung.«

»Das wird erst mal konfisziert.« Claaßen streckte die Hand aus. »Ich bin der ermittelnde Kommissar in einem Mordfall, mit dem diese junge Dame zu tun haben könnte. Darf ich? Sie haben ja noch die andere Tüte.«

Wohl oder übel musste der Rettungsarzt sich fügen. Während Vera versorgt und für den Transport vorbereitet wurde, knöpfte sich Claaßen die Gödeckes vor.

»Wir wollten wirklich nur nachschauen, weil wir wussten, wie angeschlagen Vera und Elli sind«, erzählte Elena mit Tränen in den Augen. »Mein Mann war heute Nachmittag schon einmal hier, aber er hat nichts ausrichten können. Leider.«

»Und Sie waren auch nicht erreichbar«, bemerkte Udo mit deutlichem Vorwurf in der Stimme.

Dem konnte Claaßen nichts entgegensetzen. »Tja, da haben Sie wohl recht. Wie sieht es mit weiteren Angehörigen aus?«

»Die Eltern leben in Neuseeland und außer ihrer Oma hat Vera niemanden mehr hier.«

»Was ist mit Freunden?«

Elena schüttelte den Kopf. »Richtige Freunde hat Vera nicht. Hin und wieder hat sie mich zusammen mit Hella besucht. Sie kennen sich wohl aus der Schule.«

»Können Sie sie ausfindig machen? Sie soll sich ein wenig um Vera kümmern, bis wir wissen, was hier läuft.« Hella. Bei dem Namen klingelte es, aber Claaßen wusste absolut nicht, warum. Es musste eine Verwechslung sein.

»Und Oma Elli?«, fragte Udo leise. »Im Haus ist sie nicht, wir haben schon überall nach ihr gesucht. Sogar im Keller.«

»Ich werde eine Fahndung nach ihr ausgeben.« Claaßen hängte sich ans Telefon.

*

»Vicky! Dein Telefon!«

Verschlafen nahm sie die Zeitschrift vom Gesicht. »Was?«

»Telefon.« Die steile Falte auf der Stirn ihrer Mutter zeigte den Grad ihrer Verärgerung an, je tiefer, desto heftiger. »Dein Chef ist dran. Sag ihm, dass du jetzt Feierabend hast.«

»Gib schon her.« Ächzend zog Vicky sich an der Lehne hoch. Sie konnte sich zwar Schöneres vorstellen, als von Claaßen geweckt zu werden. Aber sonst hatte er es nicht so eilig, also musste es wirklich dringend sein. »Guten Abend.« Enthusiasmus pur.

»Vicky, wegen Oliver Bauer habe ich ein paar Fragen.«

Das war ungewöhnlich. »An mich?«

»Ja, an Sie. Wir hatten leider keine Gelegenheit, uns in Ruhe auszutauschen.« Claaßen klang nur mäßig gestresst. »Sagt Ihnen der Name Hella was?«

Der Schlaf wurde dünner, die Gedanken in Vickys Kopf wieder klarer. Wenn sie sich eine Sekunde Zeit nahm, konnte sie sogar das schmerzliche Wimmern der jungen Frau auf dem Asphalt hören. »Das ist der Vorname des zweiten Unfallopfers, das heute von einem flüchtigen Passat in Flüren über den Haufen gefahren worden ist.«

»Wissen Sie zufällig auch Nachname und Adresse?« Da war er wieder, der Typ, der sich für nichts interessierte, was er nicht verwenden konnte.

»Äh, nein, weil der Kollege die Daten des Opfers vor Ort aufgenommen hat. Ich war mit den anderen Beteiligten beschäftigt. Aber Kommissarin Assmann kann Ihnen bestimmt weiterhelfen. Sie bearbeitet die beiden Unfälle nämlich.«

»Genau das habe ich befürchtet«, brummte Claaßen.

»Wieso? Was ist mit Frau Assmann?«

»Mit ihr ist gar nichts«, gab er barsch zurück. »Es ist nur gerade der Name Hella im Zusammenhang mit dem Fall Oliver Bauer gefallen. Ich bin sicher, dass ich ihn heute schon mal gehört habe. Und zwar im gleichen Zusammenhang. Können Sie sich vorstellen, warum?«

»Nein.« Noch so ein Ding, das Vicky nicht ausstehen konnte: aus dem Feierabend gerissen zu werden und dann auch noch Denksportaufgaben lösen zu müssen. »Die Verletzte ist um die zwanzig und blond. Erinnert Sie das an Ihre Hella?«

Stimmen und Brummeln und dann eine Autotür, die zuknallte. »Und ob es das tut! Das ist Hella Eickmann aus der Zahnarztpraxis von Dr. Holtkamp. Da waren Sie doch dabei.«

»Nein. Ich habe im Auto gewartet«, erwiderte Vicky säuerlich. »Weil Sie meinten, dass es schneller geht, wenn ich unten bleibe.«

»Dreck, elendiger«, fluchte Claaßen.

Besser hätte Vicky es nicht ausdrücken können.

»Diese Hella ist vermutlich im Krankenhaus«, überlegte Claaßen laut. »Wo hat man sie hingebracht?«

»Ins evangelische. Wollen Sie sie jetzt etwa befragen? Soweit ich es mitbekommen habe, hat man sie sofort in den OP gefahren.« Bei der Erinnerung an ihr Gesicht musste Vicky einen dicken Kloß hinunterschlucken. »Sie wird eine Weile im Krankenhaus bleiben müssen.«

»Umso besser. Und danke.« Die Verbindung brach ab.

Langsam nahm Vicky das Telefon vom Ohr und starrte es an. Wieder mal hatte der Herr Kommissar einfach aufgelegt, nachdem er erfahren hat, was er wissen wollte.

»Musst du noch mal los?«, rief ihre Mutter aus der Küche.

»Nein!« Sollte sich Vicky darüber freuen, dass Claaßen sie nun doch nicht aus dem Feierabend geholt hatte?

»Ich hab uns Brote gemacht.« Die Mutter stellte ein Tablett auf den Wohnzimmertisch und schaltete den Fernseher ein. »Guten Hunger.«

Schweigend nahm Vicky ein Käsebrot und ein Gürkchen vom Teller und biss hinein. Die Temperaturen sollten in der

Nacht unter null Grad fallen, verkündete der Wetterbericht. Obwohl sie eine Nacht im eigenen Bett der kalten Nachtschicht vorzog, ärgerte Vicky sich, dass sie erst morgen in der Frühschicht erfahren würde, ob der Fall Oliver Bauer gelöst werden konnte.

*

Hella hatte keinen blassen Schimmer, wie Oma Elli sie zum dritten Mal aufgespürt hatte. Sie saß da und starrte sie an, wie Hella mit ihrem bandagierten Kopf und der angebrochenen Hüfte im Krankenbett lag. Mehr war zum Glück nicht passiert. Bisher.

Hella hätte nichts gegen eine Mitpatientin gehabt, die sie gegen Oma Elli verteidigte, sollte die Oma, nun, gefährlich werden. Genau davor hatte Hella Vera schließlich schon eine ganze Weile gewarnt. Dazu kam, dass Oma Elli seit Wochen ihre Kleidung nicht gewechselt hatte. Wenn man es genau nahm, hatte Hella nur deshalb die Augen geöffnet, weil der plötzlich aufgetretene Gestank stärker war als das wohlig-taube Gefühl, welches das Schmerzmittel ihr bescherte. Eigentlich brauchte Hella nur den Arm auszustrecken, um auf den Klingelknopf zu drücken. Aber sie konnte sich kaum bewegen. Und sie traute sich auch nicht, denn Oma Elli lächelte so seltsam. Außerdem hatte sie zweimal versucht, Hella umzubringen. Zu hastige Bewegungen reizten Elli nur unnötig.

»Alt und verlaust!« Die Stimme der alten Frau kratzte rau und hart, als hätte sie schon ewig nicht mehr den Mund aufgemacht.

Ganz nah kam Oma Elli an Hellas bandagierte Stirn heran. Eine Geruchsmischung aus altem, sauren Schweiß, Urin, Fäkalien und Mundfäule legte sich unerträglich dick auf Hella Gesicht. Automatisch hielt sie die Luft an.

»Hilde.«

Nur dieser Name, mit dem Hella nichts anfangen konnte.

Minuten vergingen. Hella wagte nicht, sich zu bewegen.

»Hilde ist schuld«, flüsterte Oma Elli plötzlich. Ihre Augen weiteten sich, als hätte sie endlich etwas erkannt, nach dem sie lange hatte suchen müssen. Sie sprach für sich, nicht für Hella, die kaum den Atem der alten Frau ertrug, weil er selbst beim Atmen durch den Mund faulig schmeckte: »Mir kann niemand helfen. Herbert und Hilde lassen das nicht zu. Herbert hat ihm zugeflüstert, dass er gehen und nie wiederkommen soll. Damit Vera unglücklich ist.«

Hellas Puls schien in ihrem Kopf anzuschwellen. Kurz dröhnte er lauter als Oma Ellis dünne Stimme. Die Namen sagten ihr nichts. Wer sollte nie wiederkommen?

»Herbert hat ihm sein Fahrrad gegeben, damit er wegfährt.« Gierig und zornig starrte Elli Hella an. Sie behielt Hella genau im Auge, registrierte jede ihrer Bewegungen und konnte viel schneller darauf reagieren als sie.

Der Drang, nach der Schwesternklingel zu greifen, wurde stärker.

Oma Elli lächelte versonnen. »Herbert bleibt jetzt bei mir, Hilde.« Ihr Blick wurde glasig. »Für immer. Klar?« Unvermittelt und unausweichlich wie eine uralte Prophezeiung, die sich endlich erfüllte, stand Elli auf und nahm das Kissen vom unbenutzten Nachbarbett. Schweiß ergoss sich über Hellas Körper, als hätten sich alle ihre Poren auf einmal geöffnet. Ihr Instinkt befahl ihr, aus dem Bett zu springen und zu fliehen. Doch die Schmerzmittel machten sie träge. Es hätte Minuten gedauert, das warme Kribbeln aus den Gliedern zu schütteln.

Das weiße Kissen legte sich auf ihr Gesicht, die Luft wurde knapp. Das Herumgerudere mit den Armen war unnötiger Energieverbrauch und sorgte dafür, dass Hella ein paar Sekunden früher schwarz vor Augen wurde.

Dann lag sie still.

Sorgfältig legte Elli das Kissen zurück auf das andere Bett und ging wieder. Vera war jetzt ja auch hier. Sie hatte gesehen, wie sie sie hergebracht hatten. Elli musste sich endlich um ihre Enkelin kümmern.

*

Das war gerade noch mal gut gegangen. Normalerweise meditierte Elena in den Stunden vor Allerheiligen. Doch dieses Mal hatte sie regelrecht gespürt, dass Hel, die Herrscherin über Helheim, noch in der Nähe war. Nur deshalb hatte sie Udo nach Sonnenuntergang noch einmal in den Hasenweg getrieben. Zum Glück hatten sie Vera rechtzeitig gefunden, so dass sie nun in einem Zimmer des evangelischen Krankenhauses lag und schlief. Vera war Elenas Meinung nach nicht das richtige Opfer für Hel. Außerdem hatte sie sich schon den armen Oliver Bauer geholt, das reichte bis zum nächsten Jahr.

Schon ein paar Minuten stand Elena reglos an Veras Krankenbett. So tief und fest war der Schlaf der jungen Frau, dass man sie trotz der stabilen Vitalwerte, die auf dem Monitor angezeigt wurden, für tot halten konnte. Hin und wieder zuckten ihre Augenlider oder die Mundwinkel. Ob sie Schäden von der Überdosis zurückbehielt, blieb abzuwarten.

Udo weigerte sich, auf dem Besucherstuhl Platz zu nehmen. Er wollte raus. Nur seine Winterjacke hatte er über die Stuhllehne gehängt. Für Udo war es eine Zumutung, überhaupt hier zu sein. »Wir müssen langsam gehen. Die Besuchszeit ist auch schon lang vorbei.« Noch nie in ihrer gemeinsamen Zeit hatte sich Elena von seinem Gequengel beeindrucken lassen. Trotzdem wiederholte er: »Wir müssen, Schnecke.«

»Es ist noch nicht soweit«, wiederholte sie stur. »Ich will da sein, wenn Vera aufwacht. Sie bekommt sonst den Schreck ihres Lebens.«

»Was meinst du, warum es hier Personal gibt?« Udos Ungeduld wurde zu sanfter Verzweiflung. Ihr letzter gemeinsamer

Abend schien unrettbar verloren. »Schau mal, die haben sie an die ganzen Maschinen angeschlossen, damit sie alles im Blick behalten. Die brauchen uns hier nicht.«

Elena blieb hartnäckig. »Sie sehen nur das Offensichtliche. Die echte Gefahr lauert hier noch irgendwo.«

»Ja, in Form von multiresistenten Keimen«, meinte Udo trocken. »Dagegen kannst du mit deinem Hokuspokus auch nichts ausrichten. Bitte, Schatz, lass uns gehen.«

Aber Elena wusste, was sie wusste und rührte sich keinen Millimeter. »Es ist noch nicht vorbei.«

Oh je! Udo musste sich gewaltig zusammenreißen. »Ich weiß ja, dass du nur helfen willst, aber das ist nicht nötig. Vera hat alles, was sie braucht. Bitte komm mit mir!«

»Nein.«

»Und warum nicht?«

Vorsichtig nahm Elena Veras schlaffe Hand mit der Kanüle in ihre und begann, die Finger zu massieren. »Darum.«

Udo hatte es satt, zu warten. Er nahm seine Jacke vom Besucherstuhl, warf Elena einen letzten auffordernden Blick zu, der unerwidert blieb – und wollte gehen.

Weit kam er nicht.

Bevor er die Hand auf die Klinke legen konnte, öffnete sich die Tür wie von selbst. Das Erste, was vom Flur hereinwehte, war der scharfe Gestank von ungewaschener Haut.

»Hel!«, schrie Elena entsetzt.

Wie elektrisiert wich Udo zurück, als plötzlich …

… Elli im Zimmer stand.

Schmutzig, verwirrt, den Tränen nahe. »Vera«, heulte sie. Ihre Schritte waren eckig und abgehackt, ihr Kopf wackelte grotesk hin und her. So zielstrebig, wie sie auf das Krankenbett zuschaukelte, bahnte sich mit Sicherheit ein Unglück an. Dennoch konnte Udo sich nicht mehr rühren. Was war nur aus Elli geworden? »Verdammich, das ist der Morbus!«

Sein erstickter Schrei riss Elena aus der Starre.

»Weiche!« Veras Hand fiel auf die Bettdecke zurück. »Weiche!« Beschwörend breitete Elena die Arme aus und vertrat Elli den Weg, die gar nicht mitzukriegen schien, was um sie herum vorging. Unbeeindruckt schob sie Elena zur Seite und zerrte an Veras Decke. »Raus, raus!«

Elena fiel ihr in den Arm.

Endlich realisierte Udo, was passierte und drückte auf den Rufknopf. Fast augenblicklich brandeten draußen auf dem Flur hektische Stimmen auf. Jemand schrie nach einem Arzt, Klirren und Poltern mischten sich mit dem Zuknallen gleich mehrerer Türen.

»Du bekommst sie nicht!« Tapfer rang Elena mit der verwirrten Elli, die trotz ihrer 83 Jahre Bärenkräfte entwickelte. Sie japste und keuchte und heulte, da …

… flog die Tür erneut auf.

Kommissar Claaßen stürmte herein, riss die verwirrte Elli vom Bett weg, legte ihr im Handumdrehen Handschellen an und drückte sie auf den Besucherstuhl. Augenblicklich sank Elli in sich zusammen, als wäre sie eine Wachspuppe kurz vor dem Schmelzpunkt.

»Gott sei Dank, Herr Kommissar!«

Ehe Claaßen sich versah, ging Elena heulend vor Erleichterung an seinem Hals. »Sie wollte Vera umbringen! Was ist nur mit dieser Frau los?«

»Ist das Elisabeth Cornelius?« Energisch schob er Elena von sich weg in Udos Arme.

»Ja«, bestätigte der eingeschüchtert.

Claaßen musste verschnaufen. Vornübergebeugt stand er da, die Hände auf die Oberschenkel gestützt, und wünschte sich, wieder dreißig zu sein. Oder wenigstens etwas jünger als Mitte vierzig.

An Udos Schulter hatte Elena sich relativ schnell beruhigt. Ihr Blick pendelte zwischen Vera und Elli hin und her. Die eine sollte möglichst schnell wieder aufwachen, die andere konnte getrost bis in alle Ewigkeit auf dem Stuhl hocken wie eine Leiche!

Claaßen gönnte sich zwei tiefe Atemzüge. »Frau Cornelius, was ist denn passiert? Haben Sie den blauen Passat gefahren mit dem Kennzeichen …«

Langsam hob Elli den wirren Schopf. »Ja«, antwortete sie ruhig. Verblüfft schauten Elena und Udo sich an.

»Ich habe ihn gefahren, weil ich Herbert ein für alle Mal erledigen wollte«, flüsterte Elli nach einer Pause. Ihre Stimme schien zu schwanken. »Sein Geist fand mich immer wieder überall auf der Welt. Ich wollte ihn endgültig töten.«

»Wer ist Herbert?«, fragte Claaßen.

Ratlos schauten Udo und Elena sich an. Den Namen hörten sie zum ersten Mal. Nur Elli lächelte zufrieden. »Ich glaube, diesmal habe ich es geschafft.« Ihre Arme hinter ihrem Rücken begannen, heftig zu zucken. Morbus Parkinson machte mit einem Schub auf sich aufmerksam. »Er wollte Vera zerstören. Dachte, das wäre ich. Dabei bin ich doch schon alt.« Sie kicherte verschämt. »Hat mich einfach verwechselt. Hat mir sogar Elixier gebracht, damit ich wieder jung und dumm werde!«

»Die Medikamente, die wir gefunden haben«, stellte Elena flüsternd fest.

»Aber ich weiß ja, dass er mich wieder betrogen hätte. Mit Hilde. Und die ist jetzt tot.« Wieder diese seltsamen Laute, die sich nicht zwischen Jungmädchen- und Hexenkichern entscheiden konnten.

Claaßen dachte angestrengt nach. »Hilde?«

»Hella nennt sie sich.« Elli nickte und gähnte. »Ja. Die ist jetzt auch endlich tot. Genau wie Herbert. Nun können sie für ihren Betrug zusammen in der Hölle schmoren.« Sie spuckte aus und haarscharf an Claaßens Schuhen vorbei. »Das ist ihre Strafe, weil sie mich alle beide betrogen haben!«

»Wissen Sie, was sie meint?«, fragte Udo den Kommissar. Doch der wollte dazu lieber nichts sagen.

Zaghaftes Klopfen an der Tür ließ ihn aufschauen. Eine Krankenschwester schob sich herein. »Können Sie mal kommen? Dr. Ljungberg möchte mit Ihnen sprechen.«

»Ein paar Minuten bitte noch«, brummte Claaßen. Er hatte noch keine Kraft für einen weiteren Tatort. »Wenn die Kollegen da sind. Bis dahin wäre es vielleicht ganz gut, wenn«, er warf Oma Elli einen Blick zu, »Frau Cornelius in ein leeres Zimmer gebracht wird.«

Die Schwester zögerte. »Wir können sie wahrscheinlich nicht allein lassen, oder?«

»Ich fürchte, nicht.«

Die Schwester nickte wissend. »Dann müssen wir sie sedieren und dafür brauche ich eine Anweisung vom Arzt.«

Ein, zwei bange Sekunden verstrichen.

»Wie geht es …« Claaßen gestikuliert zum Flur hin.

»Ganz gut«, meinte die Schwester. »Frau Eickmann ist zum Glück nichts passiert. Dr. Ljungberg will deshalb mit Ihnen sprechen.«

Heimlich atmete Claaßen auf. Also doch kein weiterer Tatort. Jedenfalls nicht mit einer Leiche.

»Und was ist jetzt?«, hakte Udo vorsichtig nach. »Also mit Vera und ihrer Oma?«

Das wusste Claaßen nicht. Es war auch nicht seine Aufgabe, sich darum zu kümmern. »Das sehen wir dann. Es wäre gut, wenn Sie noch eine Weile hierbleiben, ich muss das alles protokollieren. Das kennen Sie ja schon.« Verstohlen schaute Claaßen zu Vera Cornelius hinüber, die immer noch schlief.

Elena und Udo Gödecke nickten ergeben.

Einer Eingebung folgend, trat Claaßen an Veras Bett. Betrachtete ihr Gesicht, ihre Hände. Zog ein Blatt Papier heraus, auf dem zwei ovale, schraffierte Formen abgebildet waren. Vorsichtig hob er die Bettdecke an, hielt das Blatt neben Veras Fuß, seufzte und deckte den Fuß wieder zu.

»Ja, dann.« Claaßen nickte in alle Richtungen, schaute auf seine Armbanduhr und ging hinaus, um noch vor Mitternacht alles in die Wege zu leiten.

*

»Du hättest deinen Spaß gehabt.«

Hastig zog Claaßen ein Stofftaschentuch aus seiner Windjacke und polierte die Messingbuchstaben. Es machte ihn immer noch verlegen, vor Wolfgang Lüders winziger Grabplatte zu stehen und mit seinen sterblichen Überresten zu sprechen. Nicht, weil es ihm generell seltsam erschien, mit Toten zu reden. Die Seelen der anderen Verblichenen, die sich hier im Kolumbarium vielleicht auch versammelt hatten, hätten ebenfalls etwas von der Unterhaltung mitbekommen können. Und na ja, es ging um polizeiinterne Dinge.

Rasch warf Claaßen Blicke über beide Schultern. »Die alte Frau Cornelius ist übergangsweise in einer Pflegeeinrichtung, bis sie einen festen Heimplatz hat«, flüsterte er. »Ihre Enkelin wurde vorerst stationär in der Psychiatrie in Duisburg aufgenommen, bis ihre Mutter aus Neuseeland kommt. Ihre Maschine landet voraussichtlich morgen Abend in Düsseldorf.« Vorsichtshalber ging er noch einen Schritt näher an Wolfgangs Nische heran. »Da überfährt die Oma den geliebten Freund der Enkelin und schlägt ihm den Schädel ein, weil sie ihn für ihren früheren Geliebten hält, der sie hat sitzen lassen. Und dann geht die Enkelin hin und hilft ihr, ihren tödlich verletzten Freund in die Weide zu stecken. Bekloppt, oder?«

Ein paar Sekunden verstrichen, als erwartete Claaßen eine Antwort von Wolfgang. »Und mit den Schuhabdrücken, die

die Spurensicherung am Tatort sichergestellt hat, konnten Oma und Enkelin überführt werden.«

Die ersten Friedhofsbesucher tauchten am anderen Ende des Weges auf, obwohl es erst kurz nach acht Uhr morgens war. Claaßen war extra früh hergekommen, um seine Ruhe zu haben, wenn er mit seinem verstorbenen Kollegen sprach. Man konnte nicht immer auf der Gewinnerseite stehen. Dann musste er eben ein bisschen schneller berichten, bevor die Massen anrollten.

Wolfgang hätte den kurzen Bericht zu Lebzeiten mit einer ironisch hochgezogenen Augenbraue quittiert. Claaßen hätte gefragt: Wieso hat Vera Cornelius ihrer Oma Elli geholfen, statt die Polizei zu rufen?

Und Wolfgang hätte bestimmt geantwortet: Mal so auf die Schnelle küchenpsychologisch gesprochen? Vera will um jeden Preis die Familienstrukturen aufrechterhalten, die ihr noch geblieben sind. Die Eltern sind ausgewandert und unerreichbar, die Oma ist unheilbar krank und damit im Grunde auch unerreichbar. Aber das will Vera nicht wahrhaben, weil sie innerlich noch nicht so weit ist, um auf eigenen Beinen zu stehen. Das könnte auch der Grund dafür sein, dass sie sich keine Unterstützung bei der Pflege geholt hat.

Dazu hätte Claaßen nachdenklich genickt, Wolfgang wäre fortgefahren: Und dann Bumm!, macht die Oma etwas, das sie und Vera endgültig auseinanderreißt. Aber das passt nicht in Veras Weltbild. Also tut sie alles, um es ignorieren zu können und strafrechtlich zu vertuschen.

»Einfach so?«, murmelte Claaßen.

Einfach so, säuselte es in den Ecken des Kolumbariums.

Na dann! Verstohlen fuhr Claaßen sich mit dem Stofftaschentuch über die Augen und steckte es wieder ein.

»Hella Eickmann geht es einigermaßen. Sie hat einen heftigen Schreck bekommen, weil die Oma ihrer besten Freundin sie umbringen wollte. Aber im Krankenhaus hat sie psychologische Betreuung.« Allmählich verlor sich das beklemmende Gefühl, vor zu vielen unsichtbaren, aber durchaus neugierigen Ohren zu sprechen. »Oliver Bauers Eltern werde ich morgen noch mal zum Gespräch bitten müssen. Ich war gestern bei Anna Bauer, um ihr zu sagen, dass wir die Mörderinnen ihres Sohnes gefasst haben, von denen er eine mit Medikamenten versorgt hat. Da meinte sie wie nebenbei, dass Ralf Bauer mit Uwe Pointinger zusammengearbeitet hätte. Uwe hat angeblich die Bestellungen angenommen und Ralf Bauer hat das Zeug auf seinen Runden ausgeliefert.«

Anscheinend wollten auch die neu eingetroffenen Besucher ihre Ruhe haben und schlugen den Rundweg um den Friedhof herum ein. Das verschaffte Claaßen ein bisschen Zeit. »Keine Ahnung, ob da wirklich was dran ist. Das werde ich erst nach meinem Urlaub überprüfen. Oder ich gebe den Fall an die Kollegen ab, mal schauen.«

In den ersten müden Sonnenstrahlen wurden aus Nebelschleiern trübe Andeutungen des Novembers, der wahrscheinlich so kalt und feucht werden würde wie alle anderen November davor.

»Ich kann mir nicht vorstellen, dass Leonard Sauer wirklich alles von dem Geld gespendet hat, das Oliver Bauer ihm gegeben hat. Der ist nicht der Typ für so was. Der studiert zwar Medizin, aber bei dem habe ich ein komisches Bauchgefühl.«

Claaßen fiel auf, dass er das absolute Unwort laut ausgesprochen hatte. Hatte er sich am Ende bei Elena Gödecke angesteckt? Sie hatte ihm auch noch Olivers Portemonnaie und sein Handy gegeben, das in Vera Cornelius' Zimmer auf dem Bett gelegen hatte. Claaßen ging davon aus, dass darauf die gleichen Dateien gespeichert waren wie auf Olivers Laptop, aber das sollte die Spurensicherung herausfinden.

»Und dann noch etwas zu Frank und Vicky.« Es war nicht gerade Claaßens Lieblingsthema. »Da bräuchte ich jetzt deinen psychologischen Rat, Herr Profiler.« Er warf einen Blick in die Glaspyramide in der Decke des Kolumbariums. »Hörst du mir da oben auf deiner Wolke überhaupt zu?« Natürlich kam auch jetzt keine Antwort.

»Ehrlich gesagt weiß ich nicht, wen ich dem Schmitt für das Kommissars-Studium empfehlen soll. Der wird im Dreieck springen, weil er bis Montag meine Meinung hören will. Ich finde beide durchschnittlich. Frank ist eher der gemütliche Typ, und Vicky, Mann! Die steht sich so was von selbst im Weg. Diese ständig schlechte Laune oder sie will anderen vor Wut ins Gesicht springen, meistens mir. Ich werde die beiden am Montag in mein Büro bitten und mit ihnen ein ernstes Wort reden. Vielleicht ändert das was an ihrer Arbeitseinstellung. Was meinst du?«

Gute Idee, antwortete Wolfgang in Claaßens Kopf. Dort stimmte er auch ein geradezu homerisches Gelächter an. Bist selbst schon ein halber Profiler!

Eigentlich war Claaßen fertig mit seinem Jahresbericht, jedenfalls, was seine Arbeit betraf. »Ich bin immer noch nicht umgezogen«, meinte er zögernd. »Ich find's immer noch witzig: der ehemalige Drogenfahnder von der Dinslakener Koksstraße. Sorry.«

Das Gelächter verstummte. Auch die anderen neugierigen Ohren schienen das Interesse an Claaßen verloren zu haben, denn plötzlich fühlte er sich sehr einsam. Fast wie der letzte Mensch auf der Welt.

Auch gut, dachte er, dann ist das wohl das Schlusswort für dieses Jahr. Zeit, in die Gegenwart zurückzukehren. Immerhin hatte Claaßen zwanzig Minuten in der Kälte herumgestanden und gefroren.

Er nickte der Grabplatte seines verstorbenen Kollegen von der Duisburger Kripo zu, bevor er ging. Bei Backes in der Kneipe gab es heute ein Frühstücksbuffet ab neun. Viola, die Betreiberin, machte ihm bestimmt eine Käseplatte dazu, wenn er sie ganz lieb fragte.

Epilog

Der Nebel, der vom Rhein herüberzog, kam nicht bis zur Weide im Kolk. Zwischen den Bäumen erschien es Elena sogar wärmer als auf freiem Feld. Sie hätte längst unterwegs sein müssen. Diese eine Sache wollte sie jedoch erledigt wissen, bevor sie nach Hause zu ihrer Familie fuhr.

Im nächtlichen Regen war der Boden aufgeweicht. Bei jedem Schritt sank Elena ein bisschen ein. Schließlich stand sie wieder zwischen den knorrigen Wurzeln der zerbrochenen Weide, die nun keinen toten Körper mehr barg. Als wäre Olivers Leichnam niemals hier gewesen.

Vorsichtig legte Elena die Blume der Liebe, eine weiße Lilie, in die leere Baumhöhle, sprach ein kurzes Gebet und ging davon.

Danksagung

Ich arbeite nie allein an einem Roman. Verwandte, Freunde und Bekannte begleiten mich seit Jahren in den entscheidenden Momenten als Ideengeber, Trostspender und Kopfwäscher:

Ich danke meinen Liebsten! Mutig durchlebt ihr mit mir jeden noch so absurden Gedanken, bis daraus ein Text geworden ist. Danke dafür! (Vielleicht tut ihr es auch, damit ich Ruhe gebe. Aber will ich es wirklich so genau wissen?)

Nike Leonhard, du schreibst beharrlich Fantasyromane, gründest Netzwerke, haust auf den Tisch und holst mich auf den Boden der Tatsachen zurück. Manchmal aus den Wolken, manchmal aus finsteren Erdhöhlen. Du bist die Meisterin der Klappentexte. Danke dafür!

Anne Colwey, du bist ein Goldstück, wenn es darum geht, den richtigen Gedanken zu finden! Ich danke dir für die Zeit, die du mir zwischen den Texten schenkst, wenn das Leben ein wenig mühsamer ist als sonst.

Esther Wagner, man möchte meinen, du schaust in meinen Kopf und zauberst das Bild, das dort steckt, aufs Papier. Ohne dein Cover wäre dieser Roman nur halb so gut!

Liebe Twitter-Freunde, Leser, Fans und Kritiker, danke, dass ihr meine Bücher kauft, mit mir nach Romantiteln sucht und jeden Tag so viele gute, nette, laute, nachdenkliche, freche und geistreiche Worte findet. Ohne euch wäre es echt langweilig!

Der stille Ruf des Todes
Ein Schweden-Krimi von Michaela Stadelmann

Zwei Mädchen werden als Höhepunkt der gleichen Fashion Show gebucht, ohne voneinander zu wissen: Um die Familienschulden abzubezahlen, unterschreibt Liliana, 15, im sibirischen Bolturino einen Vertrag mit einer Modelagentur, die blutjunge Mädchen für Foto-Shootings und Fashion Shows vermittelt, erotische Aufträge inbegriffen. Statt ein Leben in Saus und Braus zu führen, wird Liliana weit weg von ihrer Familie in einem zugigen Plattenbau in Krasnojarsk untergebracht und mit perfiden Methoden der Modelscouts gefügig gemacht. Als sie nach Malmö engagiert wird, scheint ihr Wunsch nach einer Model-Karriere in Erfüllung zu gehen. — Nach der wöchentlichen Routineuntersuchung in der Poliklinik verschwindet die an Magersucht erkrankte Rita spurlos, genau wie der 16-jährige Liam, der vor einem Jahr tot im Malmöer Pildammspark gefunden wurde. Todesursache: Organversagen aufgrund starker Auszehrung, denn Liam litt ebenfalls an einer Essstörung. Der Hinweis, dass Rita mit einer Frau im blauen Mantel mitgefahren ist, bringt die Polizei nicht weiter. — Was niemand ahnt: Emily mit dem blauen Mantel ist Modelscout und besessen davon, Rita bei der Malmöer Fashion Show laufen zu lassen. Rita verweigert jedoch die Nahrungsaufnahme. Ihr Zustand verschlechtert sich rapide. Emily will nicht wahrhaben, dass Rita kurz vor dem Kollaps steht und eigentlich schon zu schwach ist, um zu laufen. Sie zwingt Rita dazu, ihren Walk zu trainieren und riskiert damit das Leben des Mädchens. Zwei Schicksale, die mit der Welt der Mode verknüpft sind und beide tödlich enden können ...

*

Sommer 2014, Morgon Expressen, Schweden

Malmö. Am Montagabend wurde im Pildammspark von Spaziergängern eine Leiche gefunden. Dabei handelt es sich um Liam L., der bereits vergangene Woche als vermisst gemeldet wurde. Laut

Auskunft des Malmöer Polizeipräsidiums ist der Sechzehnjährige an Herzversagen gestorben.

»Nach der Befragung des Vaters wurde deutlich, dass L.s früher Tod auf eine massive Essstörung zurückzuführen ist. Die Leiche weist alle Symptome einer Anorexie auf«, so der Polizeisprecher. Zum Thema »Essstörung« finden Sie im Regionalteil ein Interview mit Dr. Karsten Johansson, Kinder- und Jugendpsychiater.

Donnerstag, 22. Oktober 2015, Poliklinik Malmö

»Tuva? Hallo. Ist denn schon wieder Donnerstag?«

Der Name lässt mich zusammenfahren. Ich muss eingenickt sein. Abgekämpft hebe ich den Kopf und blinzele zur Anmeldung. An der Anmeldung nimmt Tuva Eklund genervte ihre Sonnenbrille ab. »Hallo, Schwester Hiltrud. Ja, es ist schon wieder Donnerstag. Kann ich meinen Becher haben?«

Schwester Hiltrud verzieht das Gesicht. »Kleinen Moment noch. Frau Doktor möchte dich erst untersuchen.«

»Dr. Hoglund hat mich doch erst letzte Woche durchgecheckt.«

Das ist original Tuva. Ihr Gemaule entlockt mir ein unwillkürliches Lächeln, das Kraft kostet.

Schwester Hiltrud hebt entschuldigend die Hände. »Was Frau Doktor beschließt, werde ich nicht in Frage stellen. Ich bin hier nur …«

»… die Krankenschwester«, vollendet Tuva mit ihr und seufzt. »Wie Sie meinen. Aber machen Sie schnell. Ich habe extra viel getrunken, damit auch ordentlich was durchläuft.«

»Ja ja«, murmelt Hiltrud und ist schon beim nächsten Patienten. »Hallo Herr Nyberg, wie geht es uns denn heute?«

Tuva verdreht die Augen und wendet sich ab. Ich wundere mich, dass sie immer noch zum wöchentlichen Screening vorbeikommt. Ist sie nicht schon längst clean? Wozu also der Aufwand? Damit alle ihren Reibach machen?

Erst schlendert sie im Wartebereich an mir vorbei und lässt sich auf einen freien Stuhl fallen. Blinzelt. Erschrickt. Beugt sich dann vor. »Rita?!«

Ertappt hebe ich die Schultern. »Hej. Tuva.«

Ich weiß, dass sie nicht wegen der schlechten Flurbeleuchtung die Augen zusammenkneift, als sie mich mustert. Wir haben uns ein paar Wochen nicht gesehen, und jetzt hat sie Mühe, mich, Rita Wiklund, wiederzuerkennen. Oder eher das, was von mir übrig ist - ein Schatten. Ganz vorsichtig, als könnte sie mir damit schaden, steht sie wieder auf und kommt zu mir herüber. »Kann ich mich zu dir setzen?«

»Klar. Der Stuhl neben mir ist frei.«

Behutsam lässt Tuva sich neben mir nieder. Im Grunde könnte sie sich auch zu mir *auf* den Stuhl setzen, so dünn bin ich geworden, seit wir uns das letzte Mal gesehen haben. Und sie hat, obwohl auch sie hochkalorische Zusatznahrung bekommt, auch nicht unbedingt zugenommen. Ich kann mir vorstellen, dass ihr Körper noch mit den Nachwirkungen ihrer Drogensucht kämpft. Das macht zwar schön schlank, ist aber auch nicht gesund.

Was einmal meine Hand gewesen ist, wandert zu meiner spitzen Nase in meinem klein gewordenen Gesicht. Haut spannt über den Gelenken, als meine Spinnenfinger am zarten Nasenflügel kratzen. Tuva denkt wie alle anderen auch, dass ich nur noch aus Haut und Knochen bestehe. Das kann ich an ihrem Gesicht ablesen. »Und du? Warum bist du hier?« Ihre Stimme krächzt vor Verlegenheit ein wenig.

Obwohl es mir schwerfällt, lächele ich, wie es sich für einen sozial angepassten Menschen gehört. »Bestimmt nicht, weil ich zu gesund bin.« Auch meine Stimme ist dünn und zerbrechlich geworden. Mein Atem reicht oft nicht mal mehr für einfache Sätze.

»Da haben wir ja was gemeinsam«, murmelt Tuva betreten.

»Und du?« Statt unbefangen klinge ich aufgesetzt und müde. »Auch ein bisschen zu schlapp für die Welt?« Mit meinem spitzen Kinn deute ich nach draußen. Graue Wolken ziehen über den Himmel. »Das Wetter schlägt ganz schön zu.« Wir wissen beide, dass es bei mir nicht am Wetter liegt. Ich bin abgemagert, weil ich richtig krank bin, nicht schlapp. Aber Tuva hütet sich davor, es auszusprechen, denn auch ihre Unterarme sehen noch wie Streichhölzer aus.

»Ja, das Wetter«, sagte sie etwas leiser. »Ich bin hier zur wöchentlichen Pissprobe, obwohl ich seit meiner Entlassung clean bin. Kommst du auch jede Woche her?«

»Muss ja.« Keine Haut, kein Fett, kein Muskel federt mein Schulterzucken ab. Die Erschütterung läuft fast bis zu meinen Zehenspitzen. Ich könnte schreien vor Schmerz. »Sie wiegen mich. Damit ich nicht davonfliege.«

Tuva schnieft. »Hast du denn schon zugenommen?«

Die Frage ist ihr hoffentlich peinlich! Ich frage sie ja auch nicht, ob sie hin und wieder noch was durchzieht. Aber bei den anderen scheint es seit meiner hässlichen Diagnose kein anderes Gesprächsthema mehr zu geben. Keiner will sich mir gegenüber noch zurückhalten und tarnt die Frage nach meinem Gewicht als Besorgnis. Dabei ist es total respektlos!

Aber ich bin ein Profi der Selbstbeherrschung und tue ihr nicht den Gefallen, wie eine Verrückte herumzukreischen. »Nein. Aber ich habe auch nicht abgenommen. Und solang das der Fall ist, komme ich her und muss nicht in die Klinik nach Växjö.« Meine großen Augen verdunkelten sich. Dort werden Essstörungen und Substanzabhängigkeiten behandelt. Tuva war auch dort.

Das scheint sie endlich zu verstehen, dass ich hier nicht zum Spaß sitze. »Musst du auch noch zu Dr. Johansson?«

»Zu dem Psychologen? Ja. Der nervt tierisch.« Diesmal ist mein Lächeln echt und kostet nur noch halb so viel Energie. Ich hole aus zum Gegenschlag, denn das mit dem Zunehmen kann ich nicht auf mir sitzen lassen: »Sag mal, haben dir deine Eltern eigentlich verziehen?«

»Was meinst du?«

»Das mit den Drogen.«

Leider steckt in diesem Moment Schwester Hiltrud den Kopf in den Flur. »Tuva? Kommst du?«

Die Erleichterung, darauf nicht antworten zu müssen, kann Tuva beim besten Willen nicht kaschieren. »Also dann ...« Sie steht auf und rennt fast vor mir weg.

Eigentlich habe ich auch nicht ernsthaft mit einer Antwort gerechnet, aber dass Tuva mich einfach sitzen lässt, ist auch nicht in Ordnung! - Mein Blick fällt auf ihre Sonnenbrille, die sie auf dem Stuhl vergessen hat. Was ist das überhaupt für ein blöder Tic, im November mit Sonnenbrille herumzulaufen? Soll ich sie ihr etwa nachtragen? Aber das Männchen in meinem Kopf ist wachsam und flüstert mir verschwörerisch zu: Jedes Gramm zählt!

Ja. Jedes Gramm zählt bei mir. Wie bei Tuva. Nur dass Tuva wahrscheinlich mit Begeisterung ein Gramm Shit raucht, während ich mir jedes Gramm Essen hineinzwingen muss. Kurzerhand nehme ich die Sonnenbrille und stehe auf. Ich muss warten, bis die schwarzen Punkte vor den Augen verschwinden, und stelle mich vor den Garderobenspiegel im Wartebereich. Löse das Haargummi. Die Sonnenbrille stecke ich tief in die Haare hinein, lege dicke Strähnen darüber, fasse sie mit den restlichen Haaren zu einem neuen Zopf zusammen. Das Haupthaar ein bisschen aufgebauscht, Haargummi drum und die Sonnenbrille ist nicht mehr zu sehen. Kritisch betrachte ich meine Stirn. Am Haaransatz bildet sich eine Geheimratsecke. Anscheinend sind ein paar Strähnen ausgegangen.

»Rita?« Und schon wieder steht Schwester Hiltrud mit einem Packen Papier im Gang. »Kommst du bitte mit?«

Nein, würde ich am liebsten brüllen, wenn ich nicht so fertig wäre. Ich will mich nicht wiegen lassen. Ich weiß, dass ich zu dünn bin. Zu zerbrechlich. Zu krank. Nicht mehr lang und man wird mich im Krankenhaus behalten. Aber heute komme ich vielleicht noch mal davon.

Der stille Ruf des Todes.
Ein Schweden-Krimi von Michaela Stadelmann
Print, E-Book, 200 Seiten, ISBN 978-3-74609842-5
erschienen Frühjahr 2018